青春副作用。

Youth
Side Effects

Misa著

是不是青春就是這樣，
誰都沒有犯下什麼大錯，
卻總是迎來再也無法挽回的遺憾與傷痛。

出·版·緣·起

三百六十度全媒體出版

城邦原創創辦人　何飛鵬

當數位變革浪潮風起雲湧之際，做爲一個紙本出版人，我就開始預想會不會有數位原生內容出版社出現？如果會的話，數位原生出版會以什麼樣貌出現？而我又將如何面對這種數位原生出版行爲？

就在這個時候，我看到了大陸的起點網，這個線上創作平台，聚集了無數的寫手，形成數量龐大的創作內容，無數的素人作家在此找到了夢許之地，也成就了一個創作與閱讀的交流平台，而手機付費閱讀的習慣養成，更讓起點網成爲全世界獨一無二、有生意模式的創作閱讀平台。

基於這樣的想像，我們決定在繁體中文世界打造另一個線上創作平台，這就是ＰＯＰＯ原創網誕生的背景。

做爲一個後進者，再加上我們源自紙本出版工作者，因此我們在ＰＯＰＯ上增加了許多的新功能，除了必備的創作機制之外，專業編輯的協助必不可少，因此我們保留了實體出版的編輯角色，讓有心成爲專業作家的人，能夠得到編輯的協助，我們會觀察寫作者的內容、進度，選擇有潛力的創作者，給予意見，並在正式收費出版之前，進行最終的包裝，並適當的加入行銷概念，讓讀者能快速認識作者與作品。

這就是POPO原創平台，一個集全素人創作、編輯、公開發行、閱讀、收費與互動的一條龍全數位的價值鏈。

經過這些年的實驗之後，POPO已成功的培養出一些線上原創作者，也擁有部分對新生事物好奇的讀者，不過我們也看到其中的不足——我們並未提供紙本出版服務。

眞實世界中，仍有許多作家用紙寫作，還有更多讀者習慣紙本閱讀，如果我們只提供線上服務，似乎仍有缺憾。

爲此我們決定拼上最後一塊全媒體出版的拼圖，爲創作者再提供紙本出版的服務，讓所有在線上創作的作家、作品，有機會用紙本媒介與讀者溝通，這是POPO原創紙本出版品的由來。

如果說線上創作是無門檻的出版行爲，而紙本則有門檻的限制，線上世界寫作只要有心，就能上網、就可露出，就有人會閱讀，沒有印刷成本的門檻限制。可是回到紙本，門檻限制依舊在。因此，我們會針對POPO原創網上適合紙本出版的作品，提供紙本出版的服務，我們無法讓所有線上作品都有線下紙本出版品，但我們開啓一種可能，也讓POPO原創網完成了「三百六十度全媒體出版」的完整產業及閱讀鏈。

不過我們的紙本出版服務，與線下出版社仍有不同，我們提供了不同規格的紙本出版服務：（一）符合紙本出版規格的大眾出版品，門檻在三千本以上。（二）印刷規格在五百到二千本之間的試驗型出版品。（三）五百本以下，少量的限量出版品。

我們的宗旨是：「替作者圓夢，替讀者服務」，在作者與讀者之間搭起一座無障礙橋梁。

我們的信念是：「一日出版人，終生出版人」、「內容永有、書本不死、只是轉型、只是改變」。

我們更相信：知識是改變一個人、一個組織、一個社會、一個國家的起點。讓想像實現、讓創意露出、讓經驗傳承、讓知識留存。我手寫我思，我手寫我見，我手寫我知，我手寫我創，變成一本本的書，這是人類持續向前的動力。

我們永遠是「讀書花園的園丁」，不論實體或虛擬、線上或線下、紙本或數位，我們永遠在，城邦、POPO原創永遠是閱讀世界的一顆螺絲釘。

楔子

最剛開始對一個人感到有些在意時，那種心情就像是突然有許多粉紅色的泡泡在腳邊湧現，一低頭就可以看見。

哎呀，完蛋了，我好像有點在意那個人了。

這時候只要願意抬腳踩破那些泡泡，其實是可以將那些還沒發展成喜歡的在意心情清除乾淨的。

可是……一點點泡泡而已，應該沒關係吧。

而且泡泡在腳邊飄來蕩去很有趣，它們滑過腳邊、輕碰肌膚的觸感很舒服呀。

直到有一天，忽然感覺快要呼吸不過來了，才發現那些泡泡在不知不覺間已經多到幾乎要淹沒自己！

天啊，怎麼會這樣？

可是到了這個時候，不管多麼努力，都無法讓那些泡泡消失不見，戳破泡泡的速度遠遠趕不上它們增加的速度。

然而，是我們自己選擇放任泡泡肆意滋長的。

是我們自己願意喜歡上那個人的。

第一章

戈本颱風是今年第十九號颱風，夾帶著豐沛的雨量，爲台灣乾枯的水庫帶來甘霖，電視上的新聞氣象主播笑得開心，政府終於不用再實施限水了。

一陣陣強風猛烈地吹過，樹葉先是被掃落在地，又再度被捲起，空中出現了好幾個由落葉組成的小型龍捲風。

「外面風超大的！妳有看見嗎？」手機螢幕亮起，是來自俞季玟的訊息。

我拿起手機，趴在床上回應。

「有啊！這樣明天的新生入學典禮會不會延後？」

「別傻了，新聞說半夜颱風就走了，還是早早睡吧！」俞季玟的回覆很快傳來。

我嘆口氣，將手機丟到一旁，關了燈，躺在床上看向黏貼在天花板的螢光星星。

緩緩閉上眼睛，雖然有些失望，卻又忍不住微微笑了起來。

好想放假，可是又好想去學校，明天是高中新生入學第一天，對於新的學校，我懷有許多期待。

國三那年除了去學校上課，我和俞季玟幾乎都在補習班度過，每天就是上課、念書、模擬考、吃飯、下課、補習班，日復一日，我完全無法想像自己是怎麼撐過那段時間的。

悲哀的是，好不容易升上高中，沒過多久馬上又要面臨大學考試，爲什麼我們的青春歲月都要浪費在念書上啊？

想到這裡，我做了個決定，要在少得可憐的青春時光裡，好好談一場戀愛！

我拿起手機，再次發了條訊息給俞季玟。

「喂，先說好，我們不能看上對方喜歡的人，知道嗎？」

很快的，俞季玟回傳訊息。

「當然！如果感覺自己快要喜歡上對方喜歡的人，一定要自動放棄！」

我發了個讚的貼圖，接著說：「如果妳喜歡的人喜歡上我，那該怎麼辦？」

「堯禹，妳很有自信是吧！」俞季玟傳來一個翻桌的貼圖。

我格格笑著：「以防萬一呀！」

「我們是最要好的朋友，所以一定要為對方的戀情加油，而且絕對絕對不可以搶走對方喜歡的人！」

我完全同意：「沒錯，違反約定的人，眾叛親離！」

俞季玟回了個大笑圖：「而且還會考不上大學！」

哇，俞季玟補上的這個違約後果還眞是超級嚴重，讓我不由得心驚膽跳，連忙回應了十張OK的貼圖，表達自己絕對會遵守約定的決心。

大家都說女孩子之間的友情很脆弱，很容易爲了一點小事而鬧翻，可是我覺得就是因爲我們太看重彼此了，才會這樣。

所以，只要事先向朋友說清楚彼此的底線，友情就一定能順利維持下去，如果明明知道對方的底線在哪裡，卻偏偏還是硬踩，那麼這段友情也可以不用繼續存在了。

我和俞季玟不僅國中同班三年，還約好要到同一所高中念書，而且承蒙老天爺眷顧，我們居然還有幸被編在同一班！

看向窗外的風雨，我在心中祈禱：神啊！請保佑我們，讓我們度過愉快的高中三年吧！

鏡湖高中位於台北市中心，雖然升學率不是最高，卻是校園環境最美麗的高中。一如其名，校區裡有座占地不小的人工湖泊，湖裡可見游魚和烏龜，水質清澈，天氣好的時候，湖面宛如鏡子般，清楚倒映出環繞在四周的幾棟校舍建築，包括體育館、教學大樓、圖書館和老師辦公室等。學校每學期還會固定在這座湖上舉辦獨木舟比賽，算是校園盛事之一。

當初一看到鏡湖高中的招生介紹，我和俞季玟立刻決定報考，完全就是一見鍾情。

如今當我眞的穿著淺藍色襯衫和百褶裙站在學校門口時，忍不住一陣熱淚盈眶，深深覺得過去念書念得那麼辛苦都值得了。

「堯禹，我就說今天好是天氣吧！」俞季玟一手搭上我的肩膀，仰頭一望，天空確實藍得連朵雲都沒有。

「而且空氣好清新，開學第一天天氣就這麼好，會不會有豔遇？」

「哈哈，希望啦。」她摸摸自己的後頸，語氣有點不確定，「妳會不會覺得我頭髮剪太短？」

「看起來像個帥T，還不賴啊。」我故意調侃她。

「妳很煩耶！」國三那年，大概是因爲念書壓力太大，俞季玟竟覺得一頭長髮「剪不斷、理還亂」，認爲必須把頭髮剪短，腦袋裡的思緒才會清楚，但設計師不小心把她的頭髮剪得太短，她爲此陷入自暴自棄，索性繼續維持短髮造型。

俞季玟本來臉就小，五官又深邃，搭配那一頭俐落短髮，看起來眞的是比男生還帥，站在她身邊，我偶爾甚至還會有些心跳加速。

我賊笑了起來，「如果妳被大家誤認爲是T，那我可能就會先交到男朋友嘍。」

俞季玟撇了撇嘴，「妳做夢，短髮也有短髮的市場。」

我們兩個一邊拌嘴，一邊往教室走去。

難掩緊張的情緒，我和俞季玟有些忐忑地踏進教室，發現其他同學已經分成幾個小團體聚在一起聊天，甚至還拿出手機交換LINE帳號，我們互看一眼，鬆了一口氣。

不怕熱鬧，只怕冷場。

將書包隨意放到兩個相鄰的座位上後，我們立刻加入其中一個小團體，主動自我介紹。

「我叫做堯禹，雙子座AB型，所以有時會有點人格分裂，但基本上是個很好相處的人喔！」這是我昨晚想出來的自我介紹詞。

「我是俞季玟，也可以叫我李玟，反正只差一撇。」

「反正只差一撇？這種話妳居然說得出口！」我忍不住虧了俞季玟一句，沒想到她會說出這麼有趣的介紹詞。

大家被我們逗得哈哈大笑，一個髮尾帶著美麗內彎弧度的褐髮女孩開口：「我叫……」

「一年級新生注意，現在請立刻至體育館集合，貴重物品務必隨身攜帶。」

這時廣播突然響起，打斷褐髮女孩的自我介紹，她朝我們嫣然一笑，沒再繼續往下說。

未來還有很多時間可以認識彼此，也不差這一時半刻。這麼一想，我轉身從書包拿出手機，匆匆忙忙就往外跑，才一踏出教室就撞上一個男生。

「哇！抱歉！」對方似乎嚇了一跳，原來剛剛他一邊和其他男生聊天，一邊倒退著走路，所以才會沒注意到我。

「沒關係，還好手機沒掉地上。」我晃了晃新買的手機，要是螢幕破了可就得哭了。

他定定地看著我，讓我有些不好意思。仔細一看，這個男生長得還眞不錯，濃眉大眼的。

「怎麼了嗎？」我問。

「學校禁止帶手機喔，勸妳小心點。」他不懷好意地笑了笑，說完就和那群男生往前走去。

咦？

我趕緊抓著站在一旁的俞季玟，低聲問：「是眞的嗎？不能帶手機來學校？」

「可以吧，他應該是騙妳的。」俞季玟瞇起眼睛，「喂，他長得有點帥啊，有興趣嗎？」

「還沒貨比三家呢，他是我們班的嗎？」

「好像不是。」俞季玟聳肩，「走吧，快去體育館。」

體育館內人聲鼎沸，館內館外都設有籃球場，一旁還有羽球、網球混合場地與游泳池，而且非常酷的是，館內的籃球架是以機器控制，可以往上提收到天花板，因此能視需求空出場地做其他利用。

現在，全校一年級新生都聚集在體育館內，聽著校長在台上宣布落落長的注意事項。

「很高興大家來到鏡湖高中，學校的優點想必大家都很清楚。」校長指向體育館外的鏡湖，「所以這次我們要講講『缺點』，也就是……」校長拍了兩下手，從講台後方走出一列學長姊，他們身上分別穿著夏季與冬季的制服、運動服，有人還背著書包。

學校的夏季制服是淺藍色短袖襯衫，搭配百褶裙；冬天則是淺藍色長袖襯衫，配合天候可以選擇搭配深藍色的毛衣背心或是長袖毛衣，還有一件超時髦的深藍色牛角扣大衣，如果將大衣扣子全數扣上，根本看不出來是學生制服。

而體育服就是樣式簡單的淺藍色長短褲和外套，內搭米白色T恤。

「我們學校對於服裝儀容的要求非常嚴謹，只能依照台上這幾位學長姊所示範的方式穿著，請大家看仔細。」校長的口氣認眞。

總之就是衣服要紮進去，皮帶扣要看得見，裙子不能太短，襯衫袖子不能折起來。

接著校長對第一位學長招手，示意他走上前。這位學長側背著書包，身材頗高，膚色是健康的小麥色。我們班的隊伍離講台很近，可以清楚看見他的一舉一動。

「書包也不能這樣背。」校長一說完，那位學長立刻將書包背帶往下拉，使書包被扣在手臂和背之間，看起來很像不良少年。

新生們發出一陣笑聲，校長對那位學長使了個眼色，他立刻站姿一變，完美演繹什麼叫做三七步。

「還有，也不要以這樣的站姿站在走廊上，或是其他任何地方。」校長微笑。

此時那位學長露出一臉不屑的表情，還翻了個白眼。

「也不可以出現這樣的表情與態度。」校長再次微笑。

接著那位學長擺出一副痞子的囂張樣子在原地踏步。

「更不能用這樣流氓的姿勢走路。」校長補充說明。

忽然，那位學長蹲下身來，雙腳張得老開，雙手手肘靠在膝蓋上，只差嘴巴沒叼根香菸了。

「更不用說做出這種難看的蹲姿啦。」校長說完後拍了兩下手，那位學長立刻站起來，朝台下眾人鞠躬，露出可愛的微笑，轉身回到後頭的隊伍裡。

台下所有新生被那位超配合的學長逗得哄堂大笑。

「我們學校不僅校園美麗，師生、同學間相處氣氛融洽，課業也不如那些只重視升學率的高中繁重，你們可以在這裡快樂度過三年，校長唯一的要求就是服裝儀容必須端正、整潔，穿著鏡湖的制服，你們就代表鏡湖，希望大家都能遵守。」校長說完，體育館裡響起一片熱烈的掌聲。

「我們還眞是沒塡錯學校啊！」俞季玟用手肘頂了我一記，我也向她眨了眨眼回應。

❖

雖然才剛開學沒幾天，但我總覺得高中就像是國中的延續，只是課程更加深入罷了。我們學校要等到升上高二，才需要選擇念理組或是文組，但我和俞季玟說好到時要一起選擇文組，畢竟我們兩個都對背科比較拿手。

班上在推舉幹部的時候，俞季玟因爲外型像個俊俏的男孩，竟打趴一票男性候選人，意外當選體育股長。

「我一點也不Man啊，我喜歡布娃娃，我不想當體育股長啦！」她哭喪著臉抱怨，我拍拍她的肩膀要她節哀順變，她看起來這麼帥，不當體育股長還有誰能當呀。

當然，這樣的說法換來俞季玟的一頓毒打，而且她迅速立下了一個志願——要把頭髮留長。

不過目前她只能認命地擔任體育股長，請容我大笑三聲，哈哈哈。

「堯禹，只剩妳還沒交確認單。」班長陳詣安手上拿著一疊單子，走到我面前，「快點簽完名後放上來，我要送過去給老師。」

我從抽屜拿出那張校規確認單，皺起眉頭問：「我們學校有禁止攜帶手機嗎？」

陳詣安先是看向左邊正在交換LINE帳號的女同學，再看向右邊正在討論手機遊戲的男同學，接著扶了下眼鏡，「如果我說有的話，妳相信嗎？」

「當然不信。」校規單上也沒這麼寫，所以我大筆一揮，簽了堯禹兩個字以後，把校規確認單交給陳詣安。

「老師都叫我們加他LINE了，怎麼可能禁止帶手機。」陳詣安拋下這句話後，便轉身往教室外走去。

陳詣安個頭不高，頂多和俞季玟相當，卻長得很可愛，像極了日本傑尼斯系的偶像男孩，只差沒有染上一頭時下流行的髮色。

我想起開學那天在走廊上撞見的那個男生，他居然騙我不能帶手機來學校，還是他眞的以爲手機是違禁品？

「喂，大家注意，等一下體育課要跟隔壁班一起上，因爲隔壁班的體育老師今天請假。」俞季玟喘著大氣從教室外跑進來，衝上講台大聲宣布。

鐘聲一響，班上同學魚貫走出教室，而我卻還慢吞吞地從書包裡取出水瓶，至於身爲體育股長的T……噗，要是俞季玟知道我這樣叫她，一定會很生氣。

總之，俞季玟身爲體育股長，一定要先去操場報到，所以我就成了最後一個離開教室的人，離開前，我還很盡責地鎖上門窗。照理來說，負責保管鑰匙兼鎖門的該是班長陳詣安，看在他剛剛去繳交校規確認單，也算是替班上做事的份上，我就隨手幫他這個小忙吧。

正當我鎖好門準備離開的時候，才一轉身，又差點撞上開學第一天撞到我的那個男生，他身上也穿著運動服。

「哇，妳走路眞的很不專心耶！」他說。

「學校不是禁止使用手機嗎？」我指著他手上的手機，他分明就是邊走邊滑手機才會又撞上來，而且他上次還騙了我！

「我可不是單純在滑手機這麼簡單，我是在與班上同學培養感情。」他挑了挑眉。

「滑手機能跟同學培養什麼感情？」我掉頭就走，不打算理會他。

「喂，妳有臉書嗎？」他在後面喊。

我當作沒聽見，腳下絲毫未停。

見狀，他連忙追了上來，果然是腳長的傢伙，沒幾步就越過我。他轉身面朝著我，以倒退的方式走路，他好像很喜歡用這種方式邊走邊聊天。

「我是說眞的喔，沒有臉書的話，會很難在學校生存，而且在這個年代，應該已經很少人沒有臉書了吧？」

「這種事情是男生應該在意的嗎？通常是女生才會比較在意人際關係吧。」

他聳聳肩，「人脈本來就要從小累積，我現在臉書上的好友人數已經有三千多個人嘍！」

我忍不住噗哧一笑，「三千多個好友，裡面你眞正叫得出名字的又有幾個？」

「我都叫得出來啊。」他的語氣很是理所當然。

「騙人！」

「眞的，不信妳讓我加妳臉書，我保證下次見到妳，一定叫得出妳的名字。」他瞇起眼睛微笑。

我停下腳步，滿臉狐疑，「你都用這種方式認識人？」

他也停下腳步，一手插在口袋，另一手輕輕搖晃手機，「只限定可愛的女生。」

天啊！這個人好輕浮！

「好呀，我叫堯禹，帳號是公開的，你去搜尋就能找到。」

「我叫……」

我制止他往下說，「不用告訴我你的名字，反正等你加我臉書的時候，我就會知道。」

那個男生一愣，隨即點頭同意，「好啊，那妳的名字是哪兩個字？」

我陰險一笑，「自己去查啊。」

「蛤？」他顯然以爲自己聽錯。

「反正堯不就那幾個字，禹字的選擇也不多，所以很容易拼湊出來的，你加油吧。」我刻意模仿他倒退著走了幾步路，便愉快地朝樓梯下跑去。

到了操場以後，俞季玟罵我動作太慢，我無奈地表示自己是無辜的，都是被那個男生拖累，才會這麼晚到。操場上除了我們班，還聚集了另一個班級的學生。

「這堂課我們班男生會和隔壁班分組進行籃球比賽，女生可以打排球，還是妳想要做其他運動？」俞季玟指著一旁分別堆滿籃球和排球的大籃子。

「我想要先在操場附近走走，順便參觀校園，怎麼樣？」我對她眨眨眼。

「根本就是想打混啊。」俞季玟嘖了聲。

這時，那個剛才和我抬槓的男生從教學大樓方向氣喘吁吁地跑了過來，他果然是隔壁班的。他不僅姍姍來遲，還一副無所謂的樣子，聽到他們班的人衝著他喊體育股長時，我有些驚訝。

過沒幾分鐘，體育老師終於出現了，是個外型高大粗壯的女生，所以我們私下都偷偷稱呼她為金剛芭比，這個外號似乎早就在學長姊間流傳已久。

身為體育股長，俞季玟不能打混摸魚，只好乖乖和其他女生一起打排球。她明明最討厭運動，只因為剪了短髮，就讓她看起來像個運動全能的帥T，可見髮型對一個人來說有多麼重要。

我抱持著幸災樂禍的心情往操場走去，俞季玟遙遙看了過來，臉上神情寫著「妳死定了」。我心領神會，但還是沒有停下腳步。

「堯禹！」林琦惠從後頭追上我，她就是開學第一天那個沒來得及自我介紹的褐髮小美女，每天的髮型都像雜誌上的模特兒一樣完美。

「嘿！妳也要在操場附近走走嗎？」

「當然，我才不想打球，那會破壞髮型。」林琦惠走到我旁邊，我們兩個就沿著操場漫步。

林琦惠是個很會找話題的女生，只要一個話題告一段落，她馬上就會開啓新的話題，我們從國中生活聊到高中的各科老師，當然話題也包括了班上同學。

林琦惠突然冒出一句：「那個男的，妳知道嗎？」

「誰？」

「隔壁班的體育股長。」我順著她手指著的方向看過去，果然是那個騙我不能帶手機來學校的男生。他正在籃球場上奔馳，還搶走班長陳詣安手中的球。

「哎呀！班長太矮小了，打籃球眞不吃香。」

「話也不能這麼說呀，NBA裡面有個叫艾佛森的個子也不高，但球打得很好。」

我吃驚地看向她，「妳有在看NBA？」

林琦惠聳聳肩，「其實是我哥在看啦。」

「是喔。」我拿出手機查詢艾佛森的資料後，忍不住說：「欸，同學，妳說他沒有很高，但也有一百七十八公分耶！」

「但是那樣的身高在NBA球員裡不算高啊。」林琦惠一副理所當然的樣子。

「反正陳詣安也沒有要進軍NBA，我們爲他擔心幹麼。」

「是妳先提起的！」林琦惠哈哈大笑，「對了，妳有臉書嗎？」

看樣子現在臉書已經成爲最主流的社交工具，短短半小時內我就被問到臉書兩次，「有啊，我們好像還沒有互加，對不對？」

還記得國小的時候，大家都是拿著筆記本抄寫同學家裡的電話，但是現在卻轉爲拿著手機互相加LINE或臉書帳號，時代眞的變了呀。

我和林琦惠互加了臉書後，竟發現我和她的共同好友除了幾個班上同學，居然還有一個我的國小同學。

「妳認識宋奇軒？」

「對啊，妳也認識？太巧了吧！」林琦惠感到訝異，在自己的手機上點開宋奇軒的頁面。

「我國小一到四年級都和他同班，五年級分班後就沒聯絡了，好像是國中的時候吧，他突然來加我臉書。」

宋奇軒小時候常流著鼻涕和我吵架，只要吵輸就跑去跟老師告狀，沒想到臉書照片裡的他，卻用髮膠抓出了一頭俐落的造型，感覺像是完全變了個人。

「他是我國中同學，很受女生歡迎呢。」

「騙人！」我完全無法想像。

「是眞的，那時候班上很多人喜歡他。」林琦惠信誓旦旦。

「該不會包括妳吧，哈哈哈！」本來只是想開玩笑，林琦惠卻突然安靜下來，我頓時一驚，「眞的假的啊？」

「他眞的還不錯啊。」林琦惠低聲說。

宋奇軒這小鬼升上國中以後，竟然從鼻涕蟲脫胎換骨變成大受歡迎的超級天菜，真是不可思議。

「晚上我來糗糗他。」聽我這麼說，林琦惠立刻臉色大變。

「不要啦！這樣好丟臉。」

「哈哈，開玩笑的。」雖然我將宋奇軒加爲好友很久了，但從來沒跟他聊過天，基本上我根本很少用臉書，連手機都只是拿來玩遊戲而已。

此時，一顆籃球滾到我的腳邊。

「喂，學校規定禁止帶手機喔！」隔壁班的體育股長朝我們跑來，手指向地上的籃球。

「明明就沒有這種規定，你亂說！」我沒好氣地回話，還是很好心地彎下腰撿起籃球遞給他。

「哈哈，但我真的覺得應該禁止攜帶手機，不然大家都不會認真上課。」他接過籃球，一邊說話一邊運球。

「妳認識他？」林琦惠小聲地附在我耳邊問。

「我不認識。」

「好過分啊，堯禹，我們應該已經是可以互加臉書的關係了。」他笑著接話，這時某個在球場上的男生吆喝著要他趕緊歸隊，他轉身把籃球丟回去，大喊：「等一下！」

「見色忘友！」那個男生接過球後，撂下這麼一句。

陳詣安朝我們這裡看來，用袖子擦過下巴的汗水，注意力又轉回球場上。

「我連你叫什麼名字都不知道。」我說。

「我本來就想要向妳自我介紹，是妳要我直接先加妳臉書的。」他滿臉笑意，接著轉而對林琦惠說：「我知道妳，林琦惠對不對？」

她大驚，「你怎麼知道？」

「我們班有幾個同學有加妳臉書，我看到就記下來了，我很會記人的長相。」

「該不會是只記得女生的長相吧。」我忍不住出聲調侃，這個男生果然很輕浮。

「不管男女我都會記得，你們班班長陳詣安我也知道是哪一個。」

「爲什麼？你們認識？」我有些詫異。

「不是，就說了我很會記人。」他回頭看了球場一眼，「我得回去了。堯禹，我等等有空就加妳，要記得按同意喔。」不等我回答，他說完便轉身跑回球場。

「他還眞是……」我找不到形容詞來形容這個人。

「堯禹，好羨慕妳認識他啊。」林琦惠卻很興奮。

「有什麼好羨慕的，我也不算認識他吧，只是講過幾句話，而且照這個邏輯來說，他剛剛不是也跟妳講過話了？你們也算認識啦！」

「不，他很特別，每個人一生都一定要認識一個那樣的大少爺。」

「大少爺？」

林琦惠驚訝地張大嘴巴，「妳不知道他的來歷？」

「什麼來歷？」

「鏡湖高中啊！」林琦惠說得認眞，我卻聽得一頭霧水，她嘆了一口氣，抓著我的手臂解釋：「他是鏡湖高中股東的兒子。」

「比起他是股東的兒子，我更震驚的是，原來學校也會有股東啊？」

「聽說鏡湖的股東都是有錢人，就算不是上櫃上市公司的總經理，也是中小企業負責人。」林琦惠看著那個男生的身影，一臉憧憬。

我忍不住想著，難怪這所高中的校區可以這麼漂亮，還能大手筆地挖出一座這麼大的人工湖，就是因爲背後金主資產雄厚啊。

所以那傢伙是個有錢人嘍。

果然，他言談中那股莫名其妙的自信，以及那種隱約有些看不起人的感覺，都擺明了他根本就是富二代無誤！

第二章

我是堯禹，今年十六歲，星座是號稱具有雙重人格的雙子座，血型是怪咖AB型，個性兼具勇敢與懦弱、樂觀與悲觀、開朗與陰鬱。畢竟是雙子座嘛，所以偶爾人格分裂、精神異常也是合情合理的。

今天早上我犯了一個嚴重的錯誤——我遲到了。

校門已經關上，正在舉行升旗典禮，我不想被老師登記遲到，然後站在司令台旁直到升旗結束，這樣全校都會知道我遲到，實在太丟臉了。

所以我認眞考慮著，要不要先在附近找間早餐店坐坐，等升旗典禮結束後，再去學校比較好。可是在這個時間穿著制服跑去早餐店，別人一看就知道我是蹺課，校長說過，穿著鏡湖的制服就代表鏡湖，所以我絕對不能做出有損鏡湖校譽的行爲。

雖然我上學遲到，但還是知道該維護學校榮譽。

於是，好了，這也不行，那也不行，我不知道該怎麼做才好。

躲在學校角落的圍牆邊，我來回踱步，暗罵自己爲什麼要睡過頭。

乾脆翻牆進去？可是我穿裙子，而且圍牆好高，我一個人根本沒辦法……

就在一籌莫展之際，一個穿著運動服的男生慢條斯理地走過來，褲管捲起到小腿一半，袖口也折起來，穿著完全不符合校規，還拿著一片吐司邊走邊吃。

他斜斜看了我一眼，停在距離我沒幾步的牆邊繼續吃著手裡的吐司。我有些不自在地打量他，他站在這裡幹麼？他應該也遲到了呀，怎麼看起來一點也不緊張？

他的運動服有點舊了，應該已經洗過很多次，不像一年級新生，可能是二、三年級的學長。

而且他長得有點眼熟……但我想不起來曾在哪裡見過他。

吃完最後一口吐司後，他從扁平的書包裡掏出一瓶水，咕嚕咕嚕灌了幾口，再將水瓶塞回書包，突然出聲：「一年級的？」

「呃……對。」我有些訝異，沒想到他會跟我搭話。

「遲到了，不敢進去？」

「嗯，不知道要怎麼辦。」

「翻牆進去，要不要？」他露出不懷好意的笑容，嘴角邊有著酒窩，看起來有點可愛。

「可是牆很高耶。」我不覺得我辦得到。

「妳踩著我的背爬上去，然後在裡面幫我接書包，怎麼樣？」

我看了看他，又看了看高牆，然後再看了看遠處關起來的校門。

「好吧，麻煩你了……」我頓了頓，才又說：「學長。」

他頰邊的酒窩加深，彷彿一潭小水窪。

「那就踩上來吧，學妹。」

他迅速彎下腰，見狀，我頓時有些不知所措，長這麼大還沒踩在別人身上過，這樣做好像不太好。

「可是，學長，我鞋子很髒，會弄髒你的衣服。」我盯著自己腳上那雙學生鞋。

「這點小事沒關係，快上來。」他頭也沒抬地擺擺手，要我趕快踩上他的背。

「還、還有，我有點重……」

他抬起頭，上下打量了我一會兒，又低下頭說：「看起來還好，妳快點。」

「可是……」

忽然，學長直起身，我這時才發覺他明顯比我高了一顆頭。他轉身面向高牆，雙手扶在牆緣，「那就算了，我自己進去。」

說完他還就真的猛地用力一跳，一腳踩上圍牆，接著一個旋身，兩腿跨坐在圍牆上。

「等、等一下啊，學長！不要丟下我一個！」我連忙大喊，一手還抓住他的小腿，但一觸及他裸露的肌膚又嚇得趕緊鬆開手。

他高坐在圍牆上，由上往下看著我，陽光落在他的臉上，他露出淡淡的微笑，酒窩也掛在頰邊。

「所以啦，剛才不要介意，直接踩上我的背不就好了？」

語畢，學長跳下圍牆，再次在我面前彎下腰，反手拍拍自己的背，「踩上去吧，我平時有在運動，沒事。」

我怯怯地看著他的背，握緊書包背帶，囁嚅地說：「那就失禮了……」

我踩上去，全身緊繃著，不想讓自己的體重都壓在學長身上，所以我雙手扶壓在牆上，一邊叨念著：「對不起喔，學長。」

「妳手抓著牆緣，跟我剛剛一樣，抬腳跨過去就好。」學長吩咐。

現在又有一個新問題了，我穿裙子，如果抬腳跨過去，那不是會走光嗎？

雖然學長的頭始終低垂，可是要我這樣跨過去還是有些彆扭，如果被他看到內褲怎麼辦？

「那個……學長……」

「快點啦，沒人會看的，直接過去。」學長彷彿知道我在想什麼，甚至手還往上揮了下，差點打中我的小腿。

你是男生，當然說得輕鬆！我無奈地想。但是現下也沒其他辦法，所以我只能牙一咬、腳一抬，穩穩跨坐在牆頭，看來我運動神經還不錯嘛。而圍牆另一頭，也就是學校裡面，鄰近牆邊正巧有組石頭桌椅，我勉力一跳，順利地穩穩落在石桌上。

不過因爲我的身高不夠，即便站在石桌上還是看不見牆外，只能高舉雙手伸出牆頭，大喊：「學長，我好了，你的書包給我吧！」

「妳小聲一點，是要讓老師都聽見喔？」學長在牆的另一邊說。

「抱歉抱歉！」我趕緊壓低聲音。

學長帶笑的聲音響起，「妳道歉了好幾次耶。」

「啊……不好意思。」

「瞧，又說了！」

「啊。」我趕緊捂住自己的嘴巴，以免不小心又冒出一句抱歉。

學長在牆的另一邊低低笑著，我想，他的臉上一定又浮現出那好看的酒窩。

「我要將書包丟過去了，妳接好，小心別被書包打到。」

「好！」

「一、二、三！」深藍色的書包從圍牆那頭飛來，劃過天際，接著落入後方的草叢裡。

「哎呀！」我連忙跳下石桌往草叢跑去，好險，書包差一點就掉進旁邊的池塘。我趕緊拿起書包，正想轉身跟學長說我接到書包時，忽然——

「又是你！」一個渾厚的聲音傳來，我記得這個聲音，是教官。

天啊！被教官抓到了嗎！

我閉緊嘴巴，連氣都不敢喘，更不敢回頭。

「齁！教官，你幹麼這時候來啦？」學長抱怨。

「在朝會沒看見你，我就知道你這小子又從這裡翻牆進來。」教官洪亮的聲音帶著得意。

「你幹麼注意我啊，教官！」學長大喊。

「所以勒？你這次連書包都沒帶了？」

學長沒有回答，而我看著自己手中的書包。

教官，學長的書包在我這裡啦！但是如果我出聲，教官就會發現我也翻牆進學校了……要不是我動作慢吞吞的，學長也不會被教官抓到，都是我的錯。

既然如此，這時候我不該只顧及自己，而是要幫學長一把才對。

我深吸一口氣，準備站出去——

「對啦，我今天沒帶書包，反正我課本都放在抽屜，沒關係吧，教官，學校又沒有規定不可以不帶書包上學。」

學長居然這麼說！我整個人傻住了。

「你都三年級了，課本還不帶回家，這樣大考怎麼辦？」教官的語氣聽起來很無奈。

「教官，學習注重融會貫通，那些課文都存在我的腦子裡，沒問題啦！」學長似乎滿不在乎。

「還有你，爲什麼又把制服穿成這樣？校長不是說了，你們穿著……」

「穿著鏡湖的制服就代表鏡湖。教官啊，校長說這些話的時候，我就在他旁邊，聽得比你還清楚。」

我腦中浮現新生訓練時的畫面，校長站在體育館的講台上，有個穿著制服的學長很配合地示範各種穿著制服時的不合格行爲。

「你就是這麼皮，校長找你上台示範的目的就是要你穿著整齊，但是……」

「好啦好啦，教官，我要去上課了啦，快點登記我遲到吧。」

他們的說話和腳步聲越來越遠，遠處傳來廣播，宣布朝會已經結束。

難怪我覺得他有點眼熟，原來酒窩學長，就是台上那個學長啊！

❖

「所以呢？妳就把他的書包拿回來了？」俞季玟看著我手上的扁平書包。

「不然怎麼辦？我又不能丟在那邊。」

「那個學長哪一班的，妳知道嗎？」

我搖頭。

「名字呢？」

我又搖頭。

「那他知道妳哪一班的嗎？」

我再次搖頭。

俞季玟翻了個白眼，「這樣要怎麼把書包還給他啊？打開書包隨便找一本課本看看，上面應該會寫名字。」

「隨便翻人家的書包不好啦。」我將書包往身後藏，不讓俞季玟碰。

「小姐，這就跟撿到錢包一樣，總要看看裡面有沒有身分證什麼的，才有辦法物歸原主吧。」

「這麼說也是。」

「所以拿出來，快點。」俞季玟命令。

「要翻也是我來翻！」我深吸一口氣後才打開書包，俞季玟也好奇地湊過來。

可是書包裡面別說課本了，連枝筆都沒有，只有一罐水還有一個沾了巧克力醬的塑膠袋。

「哎唷！書包怎麼這麼髒啦！」俞季玟皺眉，「是個邋遢學長。」

「也不是啦……」我的聲音幾乎化爲低喃。

神祕的酒窩學長就這樣消失在我的世界裡。鏡湖高中說大不大，但說小也不小，光是三年級就有十幾個班，而且對我們這種小高一來說，三年級教室簡直就像是洪水猛獸一樣的存在，對於學長姊總是懷抱著莫名的敬畏。

當然，我也想過直接去問教官，但教官一定會追問原因，那我就得說出那天我不但也遲到，還翻牆進了校園。俞季玟提議可以改問教官，當時在講台上示範制服穿著的學長是哪一班，我反問她，如果教官問我們想知道這個幹麼，該怎麼回答？俞季玟立刻支支吾吾說不出話來。

於是，酒窩學長的書包就這樣一直放在我的座位上。

連陳詣安都來關切爲什麼我會有兩個書包，我打哈哈帶過不答。上學遲到那天，我騙他我不是遲到，只是身體有些不舒服，所以先到保健室休息，才會沒去參加升旗典禮。如果讓他知道另一個書包的由來，那還得了。

下課的時候，林琦惠突然問我要不要陪她去圖書館還書。圖書館和導師辦公室都在另一棟大樓，我想說不定有機會可以遇見酒窩學長，便答應了。畢竟從他和教官那天的對話內容聽起來，酒窩學長好像挺常惹麻煩的，應該是導師辦公室的常客吧。

我隨林琦惠來到一樓，沿著鏡湖旁邊的路往圖書館方向走去，幾隻鴨子在鏡湖上悠哉嬉戲，有幾名學生站在橫跨湖面的橋上往下看。

那座橋名叫「連理橋」，光看名字就知道那座橋會有什麼樣的傳說，當然就是如果在橋上向心儀對象告白，就可以永遠在一起之類的。這個傳說還滿有名的，連鏡湖高中的官網上都有介紹，看樣子學校公關組眞的很會行銷啊。

「對了，他加妳好友了嗎？」林琦惠天外飛來一筆。

「誰？」

「就那個啊，大少爺……」

「堯禹！」

林琦惠話還沒說完，大少爺本人就出現在我面前，身邊依舊圍繞著一群人。大少爺穿起制服莫名有股貴氣，而且我總覺得他的制服似乎比較合身，該不會是特別量身訂製的吧？

「喂，妳的臉書是不是有做一些隱私設定，讓別人搜尋不到妳？」

大少爺朝我走來，那群朋友也跟著過來，我下意識地往後退一步。

「沒有啊。」

「那爲什麼我找不到妳？」他拿出手機點開臉書，頁面上的搜尋結果，列出來的全是堯雨、堯語、姚予、姚羽之類的帳號。

「你打錯字了啦！」我忍不住笑了起來，沒想到他會那麼認眞去找我的臉書。

「妳是哪個堯哪個禹？」他看起來有些懊惱，但依舊笑容不減。

「幹麼啊，這麼認眞要加人家臉書。」他其中一個朋友調侃。

「對啊，有問題喔，想追喔？」他的另一個朋友搭腔。

其他人也紛紛起鬨，林琦惠在一旁笑個不停。

「你自己猜啦！」我覺得有點不好意思，拉著林琦惠就要離開。

不過林琦惠卻要我等一等，逕自對大少爺說：「她叫堯禹，唐堯虞舜夏商周的堯，大禹治水的禹，堯禹。」

「妳幹麼告訴他呀！」我扯了林琦惠一把。

她低低竊笑：「人家想交朋友，幹麼刁難？富二代耶。」

富二代又怎樣！我還眞想這樣怒吼。

「原來是這兩個字啊，我還眞沒想到，很不像女生的名字呢。」大少爺一邊說一邊眉開眼笑地滑著手機，「找到了，我已經發邀請給妳了，快同意加我好友吧。」

「我的手機放在教室，回去再說。」不管身後那群男生起鬨的聲音此起彼落，我拉著林琦惠就往圖書館走去。

「難道你不想加他嗎？」林琦惠見我都不吭聲，有些擔心地開口。

我知道林琦惠沒有惡意，況且大少爺如果眞的想加我，一定找得到我的帳號，共通朋友之間找一下就可以了，所以就算林琦惠不告訴他，他遲早也會自己找到。

「也不是不想，只是想說讓他多費點工夫。」我聳聳肩，「不說這個了，妳自己去圖書館吧，我去教務處那邊晃晃。」

「妳要幹麼？」

「看看酒窩學長會不會出現。」

這棟大樓的一樓是學務處、教務處、教官室以及總務處，二樓是各年級的導師和科任老師辦公室，三樓是輔導室、人事室、會計室以及家長室，再往上是占據兩層樓的圖書館，最頂樓則是校長室。

我在一樓的學務處和教務處門外探頭探腦，卻不見酒窩學長的身影，於是又小心翼翼地往教官室走去，但裡頭連一個學生都沒有。於是我步上二樓，來到三年級導師室後，再度撲空，只好轉而去圖書館找林琦惠。一邊走，我一邊掏出口袋裡的手機。

剛才騙大少爺說我把手機放在教室，要是讓他看見我現在在用手機，不知道又要怎麼死命糾纏了。

我連上臉書，果然看見一則邀請，點開後，看見大少爺的頭像。

「方譽元。」我輕聲念著他的名字。

原來大少爺的名字這麼普通，決定了，以後就叫他芋圓。

我按下同意，把芋圓設成點頭之交，然後把手機放回口袋，推開圖書館的門往裡頭走。

圖書館總是有種特別的氛圍，再吵鬧的人一進到這裡都會不自覺地壓低聲音，明明窗外就是操場，另一邊還是車潮川流不息的大馬路，但圖書館就是有辦法隔離那些塵世喧囂。

我很快找到林琦惠，她正站在大眾文學的書架前，專心讀著手中兩本書的封底文案，爲了不打擾她，所以我靠過去之後，從書架上隨便拿起一本小說，只是翻沒幾頁就覺得昏昏欲睡了。比起小說，我還是比較喜歡漫畫。

我又看了林琦惠一眼，她依然專注於挑選想要借閱的書籍，手上已經抱了兩、三本小說。我覺得無聊，索性走到旁邊的自習區找個空位坐下，開始玩手機。

點開方譽元的臉書塗鴉牆，我還以爲會看見一堆炫富的發文或是照片，但意外的，大多只是他在學校打卡或是和朋友的合照。

接著，我突然瞥見他最近發的一則動態，不由得瞪大眼睛。

堯與姚，很簡單，但是雨予語羽禹宇卻很多。

果然該學好數學的排列組合。

這則看起來超無聊又難解其意的動態，居然也有五百多個讚，還有一堆人留言問他在打什麼啞謎。

我格格笑了起來，給他按了個讚。

沒想到，還不到幾秒，他就來敲我了。

不是說手機放在教室？現在妳根本還沒回到教室啊。

我嚇得心驚膽跳，趕緊關閉螢幕。這個人怎麼回事啊！

這時林琦惠走了過來，小聲對我說她要借書，問我有沒有要借的。

我搖頭，原來她早就注意到我了。

「妳去辦借書手續吧，我去一下廁所，直接在外面等妳。」說完，我就往圖書館外的洗手間走去。

踏出圖書館大門，就好像進入不同的世界，立刻又被各種吵雜的聲音包圍。

上完廁所，我正站在洗手台前對著鏡子整理頭髮時，外面有幾個男生經過，一行人邊走邊高聲聊天。

「所以勒，你的書包怎麼辦？」一個有些尖銳的聲音說。

「誰知道，我也不曉得對方是哪一班。」這個聲音聽起來有些熟悉。

「靠，蠢死了。都高三了，難不成還要再買一個書包？」另一個低沈的聲音開口。

「這禮拜再找不到，就眞的得要買了，不然教官囉嗦死了，我問他提紙袋上學可以嗎？

他說不行。

「最好可以啦，不然你就擺爛啊，撐個一年就畢業了。」說到這裡，他們笑鬧成一片，我連忙小跑步追出去。

是酒窩學長！

可是當我跑到洗手間外的走廊上時，已經不見他們的蹤影。奇怪！跑哪裡去了？

忽然，一陣大笑聲又從前方樓梯間傳來，他們下了樓梯！

我正想追過去，林琦惠卻在後頭大喊：「堯禹，妳要去哪？」

「我遇見酒窩學長了，我要叫住他！」我焦急地指著樓梯間。

「可是快要上課了。」林琦惠話才說完，上課鐘立刻響起，她匆匆丟下一句：「而且這堂是姥姥的課，不能遲到。」

不等我回答，林琦惠立刻拔腿往另一邊的樓梯跑去。

「啊……啊啊！」我看了看林琦惠的背影，又望向酒窩學長消失的那個樓梯間。

不行！對不起了，酒窩學長！

姥姥實在太可怕了，要是在她的課堂無故遲到，會被罰站一整節課，所以請再等等我，你的書包我一定會想辦法還給你！

結果過了兩天，酒窩學長的書包依舊掛在我的桌邊。難道學長就沒想過要一間一間教室找我嗎？

「季玟，還是乾脆妳陪我去三年級教室？」

「我才不要，妳自己犯下的蠢事自己處理。」俞季玟還眞「有義氣」。

「小氣欸，陪我一下會怎樣，三年級耶，我會怕啊！」

俞季玟揚起一邊眉毛，「我就不會怕喔？」

「妳外表這麼殺，學長姊都還要怕妳呢，超帥的啊！」我戳著她的臉頰。

「妳給我閉嘴，妳才長得讓大家都害怕！」她甩開我的手。

「過分！我是誇獎妳很帥耶！妳居然說我可怕。」

「誰先過分的！」

「好啊，我不借妳看漫畫了。」

「誰稀罕，我不會用網路看喔。」說完，俞季玟就眞的走回自己的座位，拿出手機看少女漫畫了。

這女人也不想想是誰在國中時每天陪她去上廁所，又是誰幫她找理由打發那些要向她告白的人，居然把這些恩情都忘光光了！

「林琦惠……」於是我討好似的轉向正在看小說的林琦惠。

「不要。」

「我話都還沒說完呢！」

「但我知道妳要說什麼，三年級的地盤我才不去。」她翻了一頁書，而坐在她前面的俞季玟低聲竊笑。

「妳們這兩個小氣鬼！我以後也不幫妳們。」撂下這句不太有用的狠話後，我回到自己靠窗邊的座位，突然想到，也許可以從臉書上找到酒窩學長的聯絡方式。

「喂，堯禹。」方譽元忽然從走廊上將頭探進窗戶，嚇了我一跳。

「幹麼？」

「很凶耶妳。」他笑了兩聲，「你們班體育股長在嗎？」

我瞥了俞季玟一眼，她正在用手機看少女漫畫，單看她的外表，不知情者大概會以爲她在看什麼體育報導吧。

「帥T，外找！」我故意大喊，林琦惠也有默契地拍了俞季玟一下。

看漫畫看得正入迷的俞季玟突然被我這麼打斷，自然老大不爽，她的表情看起來更Man了，還用很Man的語氣對我怒吼：「妳叫誰帥T！」

「誰搭腔我就叫誰嘍！」這是她剛才不理我的報復。

俞季玟氣沖沖的，似乎還想再多說些什麼，但注意到站在走廊上的方譽元後，她只能忍下怒氣朝窗邊走過來。「怎麼了嗎？」

「這學期我們兩班的體育課都被排在同一節課，我在想要不要我們兩班討論出個共識，看看每堂課要上些什麼。」方譽元提議。

「我們的體育老師不一樣，有必要這麼做嗎？」俞季玟興致缺缺，她只是外表帥氣，內心可是超討厭運動的少女啊。

「當然有！我很想上金剛芭比的課，但她是你們班的體育老師，所以只有我們兩班一起上體育課，我才有機會。」方譽元壓低聲音。

「金剛芭比的課有什麼好？」我忍不住插嘴。

「她以前是國手耶。」

「什麼？」我和俞季玟異口同聲。

「就是籃球國手啊，代表臺灣……」

「我們知道什麼是國手。」俞季玟帥氣地擺擺手打斷他的話，另一手叉在腰上。誰會不知道國手是什麼意思？重點是，我們對體育都不感興趣，所以完全不懂方譽亢到底在興奮什麼。

「反正，如果你們班沒意見，我們就一起上體育課，我負責跟老師提議，就這麼決定。」方譽亢擅自定下結論。

我和俞季玟對看一眼，我聳聳肩，示意要她自己決定。

「我再問問看班上同學。」聽得出來俞季玟在敷衍。

「等妳的消息嘍，季玟。」方譽亢露齒微笑。

「你怎麼知道我的名字？」俞季玟愣了下，微微皺眉。

他指著我，「在堯禹的臉書上看過妳留言，所以記住了。」

「你好像變態。」我哼了聲。

「總比妳這說謊精好。」方譽亢不以爲然，又提醒俞季玟：「看結果怎麼樣再跟我說。」說完他就離開了。

「根本還不怎麼認識，他居然省略掉姓，直接叫妳的名字，也太親密了吧。」我不禁失笑，卻發現俞季玟傻愣愣地呆站在原地。「妳幹麼啊？不會被他電到了吧？」

「電妳個頭。」俞季玟回到座位，繼續看她的少女漫畫。

「怪人。」我嘖了聲，然後拿起手機，繼續找尋酒窩學長的臉書。

從同學的臉書好友裡連來連去，卻怎麼樣都找不到，我原本以為這件事不難，畢竟連宋奇軒都能是我和林琦惠的共同朋友，更何況是同一所高中的學長。

但我實在太小看命運這東西，它永遠讓人料想不到。

今天已經是禮拜四，如果酒窩學長明天還沒拿回書包，他就得去買新書包，這樣實在太浪費了。而且，他每天進出學校的時候，一定常常被站在校門口的教官刁難。唉，眞是對不起啊……酒窩學長……

咦……每天？校門？

天啊！我怎麼這麼笨，怎麼沒想到可以直接在校門口等他呢？

不管怎樣，他每天一定會從校門口經過啊，只要我守在校門口等著，就一定可以遇見他，這樣也一定可以把書包交還給他。

隔天一大早，連糾察隊都還沒開始執勤、鐵門也還沒拉開，我就站在校門口等著。替代役守衛好幾次探頭問我是不是要進去學校，我說沒有，我在等人，然後哈欠連連。

現在才清晨六點半，我卻已經站在學校門口，為了還酒窩學長書包，這樣的我也算是很有心了吧。

只是，酒窩學長翻牆的技術那麼熟練，看來他應該很常遲到吧，會不會我這麼早就來學校守著仍舊是徒勞無功？說不定上學遲到遇見他的機率還比較高。想著想著，我越來越想睡了。

大批學生陸續湧進學校，教官過來問了我兩次為什麼還不進去，我只說了自己在等人，然後多嘴的替代役守衛插嘴補充：「她從六點半就守在這裡了。」

教官狐疑地看著我，還問了我是哪一班、叫什麼名字。完蛋了，他記住我了，以後一定會被特別注意的。

過沒幾分鐘，俞季玟背著書包出現了，她好奇地問我幹麼站在校門口，我低聲向她解釋原因後，她翻了個大白眼：「我覺得妳不如在上次翻牆進來那邊等，遇見他的機會還比較大。」

我趕緊噓了兩聲，「別讓教官聽到！」

俞季玟吐吐舌頭，「我要先去教室了。」

「沒義氣，哼！」

「隨便妳怎麼說。」她笑了兩聲，還眞的就往教室走去。

而我繼續站在校門口等著。酒窩學長的書包還放在教室裡，我才沒笨到拿著兩個書包站在這裡，我只需要在見到酒窩學長後，告訴他我在哪一班，再請他過來拿書包就好。

等啊等，時間來到七點二十五分，只見林琦惠一邊捧著小說看，一邊慢吞吞地踏進校門，因爲我和她的距離有點遠，所以就沒叫住她。

班長陳詣安隨後出現，他也問我爲什麼站在這裡。爲了打發他，我順口說了自己在等人，他聽完以後，瞇起眼睛教訓我：「早自習以前要進教室，不要都站在校門口了還遲到。」

「我……我又沒遲到過。」我有些心虛。

這時，一部豪華氣派的黑色轎車停在校門口，車身閃亮，幾乎可以當鏡子用。

後車門打開，方譽元從車上走下來，還伸手抓了抓頭髮。

待車子揚長而去後，方譽元緩步走近校門，看見我時明顯眼睛一亮，笑著湊過來問：

「妳在這裡幹麼？不會是等我吧？」

我也對他露出微笑，「最好是。」

他似乎很滿意我的回答，笑得更是大聲，「所以說，妳在等誰？都快打鐘了。」

聽他這麼一說，我才看了手錶，眞的快要七點半了，爲什麼酒窩學長還沒出現？

難道他又遲到？還是今天生病請假？這樣我根本沒辦法把書包還給他啊！

「堯禹，就快打鐘了，妳到底要不要進去？」教官對我說。

「哇！教官居然記住妳的名字了，妳慘嘍。」方譽元幸災樂禍。

「方譽元，你也是，快點進去。」教官扶了下眼鏡，目光不怒而威。

「哇！爲什麼連我的名字也記得？」

「因爲你是學校股東的兒子吧。」我聳聳肩。

「哈哈哈。」不知道這有什麼好笑的，但是方譽元很開心。「好了，走吧。」

「走去哪？」

「進教室啊，難不成妳眞的打算遲到？」他瞪大眼睛。

我再次轉頭看向對面的馬路，已經沒幾個學生了，看樣子今天是遇不到酒窩學長了。

「唉。」於是我只能轉過身，慢悠悠地跟著方譽元走進校門。

鐘聲正好響起，方譽元向我邀功：「看吧，再晚一秒，妳就遲到了。」

校門口的鐵門拉起，而教官也開始登記遲到名單。

「唉。」我又嘆了一次氣。

「怎麼了？妳被誰放鴿子？」方譽元問。

「沒有，我只是在等一個人。」爬上幾階樓梯後，我忽然轉頭看向方譽元，「芋圓，你是不是認識很多人？」

「哇，一下子就叫我譽元，會不會太親密了？」他三八地裝作害羞。

「你之前還不是叫俞季玟『季玟』。」

「季玟？她叫做俞季玟嗎？」方譽元一臉驚訝。

「幹麼？你不是已經知道了？」

「我以為她就叫做季玟，我以為她姓季！」他抓抓後腦，「她臉書的帳號也是季玟啊。」

原來是誤會一場，我解釋：「她叫俞季玟啦。」

「我才剛認識她，竟然就直接叫對方的名字！」他的表情看起來有些懊惱。

原來方譽元也會覺得害羞啊，我好心安慰他：「算了啦，沒差。」

他忽然看著我，一臉賊笑，「不過妳不一樣喔，妳明明知道我叫方譽元，卻還是叫我譽元。」

「才不是！我不是叫你方譽元的譽元，我是叫你芋圓，可以吃的那種芋圓。」我雙手叉腰瞪向他，就算站在比他高兩階的樓梯上，也只能和他視線平行。

「說到芋圓，九份芋圓很好吃喔，不如下次我們一起去吧？」他人畜無害地笑著。

「你真的很會引導話題的進行，果然是股東的兒子，明明是我先問你問題的。」

「這關股東什麼事情啊？我家可是正正經經的生意人。」他一腳往上一踏，瞬間與我拉近距離，「我是認識很多人沒錯，妳要找誰嗎？」

我趕緊再往上站一階樓梯，「我要找一個學長，他臉上有酒窩，三年級。」

「就算認識再多人，憑妳說得如此清楚的線索，我一定也找不到。」

「我聽得出來你在說反話喔。」

他挑了挑眉，「沒有其他線索嗎？」

「啊，就是新生訓練那天，在講台上示範制服穿著的其中一個學長，他還被校長叫去示範，你記得吧。」

「這樣具體多了，我找找看。」他邁開腳步往樓上走去，突然又轉過頭說：「如果我找到他，那妳就要跟我去九份吃芋圓喔。」

「找到再說吧。」

第三章

方譽元不知道用了什麼辦法，很快就找到了酒窩學長。

他領著我來到體育館，指向其中一個馳騁在籃球場上的身影說：「是他，對吧？」

我看過去，正在運球的那人的確就是酒窩學長。我白天才跟方譽元提起這件事，他居然下午就找到學長了。

「對，就是他。」我難掩驚喜地看向方譽元，「你怎麼找到的？」

「很簡單啊，我恰巧記得他長什麼樣子，去合作社買東西時，又剛好和他擦身而過，我跟著他來到體育館，確認他在打球，一時不會離開，然後就跑去妳的教室找妳啦。」方譽元洋洋得意。

「這樣不公平，不算！根本不算你找到的，只是正好遇上！」我忍不住皺眉。

「我才不管，說好的九份芋圓，別忘啦。」他賊笑了兩聲，轉身離開體育館。

看著方譽元的背影，我覺得很不甘心。雖然如果不是方譽元特地幫我留意，我還是找不到學長，但這種感覺就是不暢快呀。

算了，不過吃個芋圓而已，也沒什麼。

我扭頭看向籃球場，酒窩學長笑容燦爛，正把球傳給隊友，見他打球打得那麼開心，我覺得還是先不要過去打擾的好。

所以我找了個空位坐下來，遠遠觀察酒窩學長。

我發現他每次起步的時候，都會先踏出右腳，要抄球的時候，也一定是先用右手，而當他射籃成功，則會高舉雙手露出微笑，臉上的酒窩清晰可見。

等到上課鐘聲響起，我才意識到自己只顧著觀察酒窩學長的一舉一動，遲遲沒有上前搭話，眼看他沒有要離開球場的打算，我有些慌張，不曉得該怎麼辦。

要是不快點回教室，上課就要遲到了，但要是走了，下次不知道什麼時候才能再遇見酒窩學長，而且我明明打定主意今天一定要把書包還給他的。

可是他旁邊好多人喔，我好緊張……

算了，硬著頭皮過去吧！不然也沒別的辦法了。

於是我緩緩移動腳步，在籃球場邊站定，扭扭捏捏著不知道該怎麼開口，球場上有個學長注意到我，多看了幾眼後，主動問：「妳要找誰嗎？」

聽到他這麼問，球場上其他人都朝我看來，被那麼多雙眼睛齊齊注視著，讓我更加緊張。

我扭著手指頭，小聲地說：「那個……酒窩學長……」

「酒窩學長？」剛剛開口跟我搭話的那個學長一臉疑惑。

這時原本背對著我的酒窩學長轉過身，額上都是汗水。他一看見我便張大嘴巴：「啊！學妹！是妳！」

「那個，學長，你的書包還在我這裡。」我的臉不禁紅了起來，感覺體育館裡的所有人都停下動作，視線全部落在我身上，亂不自在的。

「妳有好好幫我保管吧？」酒窩學長朝我走近，身上因為運動而散發出蒸騰的熱氣，

「我等一下去找妳拿，妳哪一班？」

「一年七班，我叫堯禹。」

「堯禹？大禹的禹？還是小雨的雨？」說完，酒窩學長笑了起來，一旁的其他學長也笑了。

「你以為自己很幽默嗎？」另一個聲音有些尖銳的學長說。

「哈哈，總之，我等等去找妳，到時候再聊。」酒窩學長朝我點點頭，又轉身回到球場上。

等我跑出體育館後才鬆了一口氣，天啊，我緊張到連指甲都掐進手心了，不過是跟學長們講幾句話就讓人壓力這麼大，還眞是莫名其妙。

回到教室，距離上課鐘響已經過了快十分鐘，好在這堂課的老師人很好，又稱好好老師，我胡亂掰說自己是因爲肚子痛才會遲到，老師絲毫沒有懷疑，還要我小心飲食。只有陳詣安向我投來一道銳利的眼神，他一定知道我在說謊。

果不其然，一下課，陳詣安就走到我座位旁邊，問我剛才去哪裡了。

「我不是說了肚子痛嗎？」

「堯禹，我知道妳說謊，但只要老實交代妳去了哪裡，老師一定都會體諒，我們不能說謊，一旦說了第一次謊，後面就很難再說實話，謊言會接連不斷，就像滾雪球一樣越滾越大……」

「停！班長！你怎麼回事啦！」一個男生還這麼愛碎碎念，我努力裝出無辜的樣子，「我就眞的肚子痛，跑去上廁所，所以才會遲到啊！」

陳詣安瞇起眼睛：「我看見妳從體育館的方向跑來。」

我心中一驚，居然被看見了，為什麼？

「上課的時候，我抬頭看向窗外，恰巧瞥見妳匆匆忙忙從那邊跑回來。妳明明就不是肚子痛，為什麼要說謊？」

「這個……」我支支吾吾。

「下次如果又被我抓到妳說謊，我不會再給妳面子，會直接拆穿。」陳詣安語氣嚴肅。

「好啦！我知道了。」

見我答應，陳詣安才終於肯放過我。齁，真是受不了，這個認真魔人！

「學妹！」窗邊突然傳來一個熟悉的嗓音。

我反射性地站起來，「酒窩學長！」

「哈哈，幹麼站起來？幹麼叫我酒窩學長？」他是自己一個人過來找我的。

我感受到其他同學投來好奇的目光，趕緊拿起掛在桌邊的書包，從教室後門走出去。

「酒窩學長，很抱歉一直沒能把書包還給你，害你一直被教官噹對不對？我有聽到你和朋友的對話……」

「沒事啦，早就習慣了，反正教官也只是念念而已，不會怎樣。」他接過書包，順手打開，「裡面的垃圾妳幫我清掉啦？」

「對……抱歉擅自打開你的書包。」

「妳看看妳，又一直說抱歉嘍。」他俏皮地豎起食指晃了晃。

「喔！對不起……啊，我又來了。」

酒窩學長輕笑兩聲，即便只是微笑，他的頰邊都會浮現兩個可愛的小酒窩。

大概是察覺到我直盯著他的臉頰看，他摸了摸自己的臉：「是因為這個才叫我酒窩學長嗎？」

「抱歉，你不喜歡嗎？」

「也沒什麼不好啊。」他又笑了起來，「那我叫妳抱歉學妹好了，因為妳老是在說對不起。」

「可是抱歉學妹聽起來好像是長得很抱歉耶……」我忍不住抗議。

「也是！」他大笑幾聲，「所以妳後來還有遲到嗎？」

「我本來就不太常遲到。」我搖搖頭，餘光瞥見教室裡的俞季玟和林琦惠正饒富興味地看過來。

「我上學總是遲到，所以每天都從那面牆翻進來，我還想說妳會不會把書包放在牆邊。其實不帶書包上學也沒什麼，教官實在太囉嗦了。」酒窩學長將書包背在肩上，「不過還是謝謝妳替我保管，不然我又得花錢買一個。」

「我才要說謝謝，是學長袒護我，不然我……」忽然，我注意到陳詣安正從我和學長身邊走過，連忙閉上嘴巴。

剛剛才被他警告不能說謊，要是現在被他知道我之前不但遲到還說謊的話，他會不會氣得直接去向班導打小報告？

「那沒什麼啦，不過就只是……」酒窩學長還繼續往下說。

「哇哇哇！」我趕緊上前摀住他的嘴巴，但這樣的大動作反而更加引起眾人注意。

「很積極喔，堯禹。」俞季玟大聲地起鬨，她一定是在報復我之前叫她帥T的事！

「抱歉，酒窩學長，我不是故意的。」我趕緊退開，把雙手藏在身後。

「沒關係。」酒窩學長摸了摸自己的臉頰，頓時陷入沉默。

嗚，好尷尬，怎麼辦？

我覺得整個教室的人都在看我們，就連走廊上經過的學生也在看我們，大概是自我意識過剩，現在感覺連隔壁班的同學都從窗戶探頭出來看我們了！

「哈哈哈哈哈！」一陣大笑聲突然從頭頂傳來，我抬起頭，酒窩學長不知道爲什麼笑得很開心，雙手捧著肚子，幾乎笑彎了腰。

「酒窩學長？」我歪著頭疑惑地看著他。

「學妹，妳還眞是有趣啊！」他用力揉了揉我的頭髮，「我記住妳了，堯禹。」

聽見他突如其來地喊了我的名字，我不由得心中一緊，他只對我擺了擺手便瀟灑地轉身離開。

我踩著有些輕飄飄的腳步回到教室，林琦惠和俞季玟迫不及待地靠了過來。

「那個就是妳的酒窩學長？挺可愛的啊。」林琦惠點點頭。

「他是神經病嗎？笑得那麼開心。」俞季玟有些受不了。

可是，我很喜歡喔。

那樣大笑著的男孩子，率直地表達出自己眞實的情緒。

當他微笑時，嘴角的酒窩是那麼迷人。

把書包交還給酒窩學長後，我和他便沒再碰過面，總覺得心裡有股莫名的空虛。

我趴在教室走廊的欄杆上眺望著鏡湖，方譽元走到我身旁。

「喂，堯禹，俞季玟呢？」

「你就叫她季玟就好了，幹麼還改。」

「沒關係嗎？」他問。

「帥T不計較。」我開玩笑。

「好吧，季玟在哪裡？」

「找她幹麼？」

「之前和她提過想要兩班聯合上體育課啊。」

「我們班不是答應了嗎？」

那天下午，俞季玟馬上徵詢班上同學的意見，大家沒什麼異議，只說一起上課還有對手可以練習打球也不錯。而女生們認爲這樣有更多機會可以和大少爺方譽元相處，所以更是樂見其成。

所以，俞季玟當天就回覆方譽元我們班答應了。

「是沒錯，但我們總是要統整一下大家對於上課內容的想法。」方譽元突然露出擔憂的神情，「你知道我們鏡湖高中除了服裝儀容外，還特別注重什麼嗎？」

我搖搖頭，感覺學校在學生管理上挺自由的。

「就是健康操啊！」

「你是說那個很蠢的健康操嗎？」我感到不可置信。

方譽元用力點頭，「這是股東們的要求，他們覺得健康操很重要。我敢跟妳打賭，接下來幾次體育課，金剛芭比就會要大家開始練習健康操。」

每次朝會結束前，全校都要一起配合播放的音樂做健康操，二、三年級的學長姊多半很認眞，只有我們一年級大都隨便應付亂做，有些人甚至站在原地動也不動，揮動幾下手臂就算交差了事。

「不，我不想跳健康操，好蠢！」我大喊。

「是吧，更別說還要用體育課來跳健康操。」方譽元壓低聲音，「所以說，我才要跟季玟討論。」

「你們是能討論出什麼？如果學校規定要跳還是得跳啊，我覺得你回去跟你爸講比較快。」

方譽元擺擺手，表示不可能，「跳是一定要跳，只是我們可以爭取不要在體育課跳。」

「你的意思是跟老師說反正在朝會有跳就好了？」

方譽元點頭，「如果只有一個班級這麼提議，老師一定不會同意，但如果我們兩班聯合起來……」

「老師就不得不答應了。」我接下他的話。

方譽元露出奸計得逞的得意表情：「畢竟眾怒難犯呀。」

這實在是太重要了，我必須快點告訴俞季玟這件事。說時遲那時快，正巧俞季玟從樓梯間走上來，我趕緊對她招手，這位大小姐原本頂著張臭臉，但方譽元一從我旁邊探出頭，這小妞馬上換上另一張臉。

嘖嘖，男孩們，絕對不可以相信在你面前表現出溫柔婉約的女孩啊。

「怎麼了嗎？」俞季玟輕聲地問。

我不知道要不要提醒她，她昨天看少女漫畫時發笑的聲音跟河馬一樣。

「是這樣啦，金剛芭比有沒有跟妳說過健康操的事情？」

俞季玟有些不自然地點頭，不知道在矜持什麼。

「我是這樣想的啦……」方譽元把他剛才的提議重複一次，俞季玟連連點頭，和她平常的模樣相差甚多。

我原本以爲俞季玟會說體育課乖乖跳健康操就好，沒想到她竟一口答應了方譽元的提議。

「太好了，那就這樣說定了。」方譽元拍拍俞季玟的肩膀，神情愉悅地回到他們班的教室。

等方譽元消失在我們的視線範圍後，一直沒怎麼出聲的俞季玟才終於呼出一口長氣。

「妳幹麼？」我用手肘頂了頂她。

「我和他講話會有點緊張。」俞季玟咂嘴。

我瞪大眼睛，用曖昧的語氣說：「噢，不會吧，難道妳……」

「別亂講，我只是不擅長應付他那種類型。」俞季玟瞪我一眼。

「哪種類型？」

「裝熟類型。」

「噢，妳從以前就拿這樣的人很沒轍呢。」每次只要對方態度過於熱絡，俞季玟就會擺出冷漠的態度，導致大家都說她是句點王。不過她對我倒是不會這樣，應該是我跟她已經很熟了吧。

「像方譽元那種家世好的大少爺，人緣、功課、體育都不錯，我覺得這樣的男生有點可怕。」俞季玟說。

「可怕？」怎麼會？方譽元明明人畜無害吧。

俞季玟有點爲難，抿了抿嘴，「他不會抓距離，妳懂嗎？」

「不懂。」

「比如說，與異性朋友講話的時候，通常會保持一些距離，也不會隨意碰觸對方的身體。可是，方譽元卻會靠得很近，然後還會拍我的肩膀。」她的語氣異常認眞，「這樣子太奇怪了，我不喜歡。」

我皺起眉頭，「會不會是妳自我意識過剩？他對每個人都這樣啊。」

「我知道，但我就是不喜歡這樣的肢體接觸！」俞季玟有些惱怒。

「好啦好啦，那妳下次就離他遠一點呀。」

「是他來找我的，又不是我找他！」俞季玟說完就氣沖沖地走回教室。

奇怪了，幹麼衝著我發火？我是無辜的耶。

我扭頭看向鏡湖，卻意外瞥見酒窩學長和他的朋友在鏡湖邊追趕鴨子。

對，他們在追著鴨子跑，一群鴨子不斷拍動翅膀呱呱叫著，而幾個大男孩的笑聲清亮，被風傳送得很遠，連站在樓上的我都聽得一清二楚。

誰知下一秒，教官便吹著哨子從教師辦公大樓裡追出來，我彷彿聽見酒窩學長他們喊著：「完蛋了！」

幾個男生立刻作鳥獸散，分頭跑開，偏偏酒窩學長最爲倒楣，教官似乎毫不考慮就往他的方向追去。

「幹麼追我啦！」酒窩學長大喊，一路往我們教室所在的這棟大樓跑來。

我心臟怦怦跳著，迅速往樓梯間跑，隨即聽到酒窩學長的叫喊，以及教官的哨子聲響。當酒窩學長出現在樓梯轉角處時，我立刻向他招手，「學長，這邊！」

酒窩學長眞的就跟著我往樓梯上跑，我的心跳飛快，好像自己也是被教官追逐的學生一員，緊張萬分。

我們來到專科教室樓層，我隨手打開一間教室的門示意酒窩學長躲進去，接著從口袋裡掏出手機，斜倚在牆邊，勉力穩住激烈的喘息。

過了一會兒，教官從樓梯間走過來，雖然他看起來應該有五十幾歲了，但顯然體力還是很好，經過一陣奔跑後只是有點微喘。

「教官好。」我盡量保持自然，向教官問完好後，低頭繼續滑手機。

「妳有看到一個男同學跑過來嗎？」教官問我。

「沒有啊，教官。」我的聲音好像在發抖。喔，堯禹，冷靜，冷靜點！

「眞的沒有嗎？我一路追著他來到這裡，他怎麼可能突然消失不見？」教官東張西望，甚至還從我身後的窗戶往教室裡面看去，我暗自祈禱酒窩學長躲得夠好。

「我不知道啊，我剛才一直都在這邊滑手機。」

教官的臉上寫滿懷疑，我咬緊牙根，在心中吶喊：教官快走呀，快點離開這裡！

「我進去教室看看。」忽然，教官這麼說，我趕緊擋在門前。

「裡面沒有人啦！」

「我看一下就知道了。」教官態度很堅持，「借過。」

我用力搖頭，指著前方的樓梯說：「教官，我剛剛看見學長往那邊跑去了！」

教官皺起眉頭，有些不高興：「妳剛才不是說沒見到有人跑過去嗎？」

「呃……」我眼珠子胡亂轉著，「我剛剛在滑手機，所以沒有特別留意，現在仔細回想，眼角餘光有瞥見一個男生跑過去，是眞的。」

教官盯著我的眼神無比銳利，時間好像突然停滯了，我呑嚥口水的聲音格外清晰。

過了幾秒，教官面無表情地開口：「借過。」

噢，我無能爲力了。

對不起，酒窩學長。

垂頭喪氣的我往一旁讓開，教官扭開門把，我摀住眼睛不敢看。

「……妳說他往哪邊去了？」

結果我卻聽見教官這麼說。我把摀住眼睛的手放下來，朝門裡看去，結果什麼也沒有！教室裡空蕩蕩的，只有六張大實驗桌。實驗桌下沒地方可以躲，酒窩學長人間蒸發了嗎？

「他……他往那邊跑了。」我再度指了指前方的樓梯。

「一年七班的堯禹，學校雖然沒有禁止帶手機，但也不要一直玩。」教官丟下這一句教訓就離開了。

我雙腳一軟，靠在牆上，果然被教官記住名字了，而且原來說謊這麼累，我全身的力氣好像瞬間都被抽光了。

不對，酒窩學長呢？他跑哪去了？

我朝教室裡看去，酒窩學長忽然從門後探出頭。

「教官走了？」他用嘴型無聲地問。

我愣愣地點頭，酒窩學長從門後鑽出來，搔著頭道：「教官為什麼只針對我啊？阿晏他們也有追鴨子啊，而且是他們先提議要玩的。」

說到這裡，酒窩學長看向我，臉上的笑容就像之前一樣爽朗，「謝謝妳啦，堯禹。」

「不、不會，之前上學遲到，多虧學長幫忙……只是我說謊功夫不到家，差點就被教官識破了，還好學長聰明，躲在門後……」沒想到酒窩學長居然記得我的名字，這跟剛才被教官記住名字的感覺完全不同，讓我非常高興。

但就是因為太過高興了，所以我沒辦法坦然迎向他的目光，忍不住垂下頭。沒想到酒窩學長卻蹲下身，抬頭看著我，嘴角掛著淺淺的微笑。

「這樣很好啊！代表妳是好學生，不會說謊，不像我這麼壞，教官才會老是找我麻煩。」他頰邊的酒窩深深烙印在我的眼中，他的笑容看起來也更加閃亮。

「學……學長才不是壞學生呢，開學時你還有上台示範制服的正確穿法呀。」我覺得自己的聲音比蚊子大不了多少，臉頰也有點熱，還是不敢對上酒窩學長的眼睛。

「就是因為我都不守規矩，才會被叫上台示範啊！而且我會蹺課，還愛搗亂，這樣還不壞啊？」他歪著頭，依舊盯著我笑。

「這還好啦。」我側過身子想避開他的目光。「又不是打架。」

「妳又知道我不會打架了？」

我扭頭驚訝地看著他，「學長會打架？」

他突然放聲大笑，「不會啦！」

怎麼覺得他在尋我開心？我不滿地嘟嘴。

「我已經高三了啊，當然想要把握機會盡量玩樂啦，難得學校有這片湖，還有鴨子，我才不想乖乖遵守所有規定呢。」他站起來拍拍褲子，「畢竟高中生活只有一次。」

「說的也是。」

「對吧！」酒窩學長把手插到口袋裡，「希望堯禹也能好好把握。」

酒窩學長高三、我高一，我升上高二的時候，他就畢業了，我和酒窩學長只能在鏡湖高中相處短短一年，想到這裡，我頓時有點難過。

所以更要好好把握現在的時光。

「學、學長！」於是我鼓起勇氣，「你有臉書嗎？我可以加你嗎？」

沒有想到我居然會主動要求加男生的臉書，天啊天啊，冷靜點，堯禹，想像自己現在是方譽亓，要表現出一副朋友之間互加臉書很稀鬆平常的樣子。

酒窩學長回答：「我沒有臉書。」

「咦？」我驚訝地瞪大眼睛，「怎麼可能！」

已經這種時代了，大家應該都有臉書呀！

酒窩學長又是一笑，「大家聽見都是這種反應，沒有臉書眞的這麼稀奇？」

「因爲那是社交必備的工具……」媽呀！我居然講出跟方譽亓類似的話。

「我覺得臉書很麻煩，而且很沒有隱私。」酒窩學長抿著嘴，一臉無奈，「說是要和朋友聯絡感情，但不覺得就像是被監視一樣嗎？」

「呃……我沒這樣想過。」

酒窩學長臉上的笑意很淡，「那可以多想一下，而且妳還是女生呢。」

「這跟我是女生有什麼關係？」

「有啊，相較於男生，女生每次發文，總是可以得到比較多讚，要是再上傳一張漂亮的照片，馬上按讚人數就破百了。」

「學長沒有臉書，可是卻很懂得臉書生態。」我失笑。

酒窩學長也笑了起來，「妳仔細想想，妳放上去的照片會被很多人看到，可是那些人妳卻不見得熟悉，可能連對方的名字都叫不出來，讓那些不太認識的人看著自己的照片，不覺得很可怕嗎？」

「可是會同意加入臉書的，都是自己的朋友呀。」

「但是他們只要長按手機螢幕，就可以把妳的照片複製下來，傳給妳不認識的人看。」

我沒想到酒窩學長會注意這樣的細節，如此一想，真的還滿可怕的。

可能是因為見到我的臉色變得凝重，酒窩學長笑出聲，「也不用想得過於可怕，堯禹感覺是很開朗的女孩，人家說物以類聚，所以在堯禹身邊的一定也都是好人。」

「學長好像經歷過什麼事情一樣。」我莞爾一笑。

酒窩學長聳聳肩，「說到這個，妳的名字一直讓我想到一個笑話。」

「笑話？」

「前幾年有部很紅的電影，《不能說的祕密》，妳看過嗎？」

「嗯，裡面的女主角叫做小雨。」當時我看完以後，哭得稀里嘩啦。

「女主角有句台詞是『我是小雨，我愛你，你愛我嗎？』，妳的名字是大禹的禹，網路上就有人說『我是大禹，我治水，你智障嗎？』。」說完後，酒窩學長自己笑得很開心。

笑話很無聊，可是我被他的笑聲感染，也笑了起來。我們兩個就這樣在專科教室前面笑個不停，笑到後來也不知道是爲了什麼事情而笑。

上課鐘聲響起，我很不想和學長就此分別，就算沒有臉書，總會有其他聯繫方式吧？

「學長，那你有LINE嗎？」

「這個我就有了。」他拿出手機，找出帳號的顯示條碼。

我有些緊張地將手機鏡頭對準他的手機螢幕，掃過條碼，學長的頭像便出現在我的手機螢幕上，帳號名稱只寫著一個L。

「我加入了。」我抬頭看了看學長，「我如果有任何問題，都可以請教學長吧？」

「我倒覺得應該沒有什麼問題需要問我喔。」學長把手機收回口袋，「妳快回教室吧，別遲到了。」

「學長說這種話還眞是沒說服力。」

他露出好看的笑容，擺擺手，轉身往前走，應該是要從另一邊的樓梯下去。

我站在原地，一直等到再也看不見酒窩學長的背影之後，才趕緊跑回教室。

第四章

「不行，不管你們怎麼說，一定要跳健康操，這是鏡湖的傳統。」

即便方譽元和俞季玟早就和班上同學溝通好，要一起向老師「建議」體育課不跳健康操，但金剛芭比怎麼樣都不肯答應。

「金剛……不是，老師！我們也會練習，只是不想在體育課上跳。」方譽元一開口，就脫口說出老師的外號，金剛芭比的臉色瞬間就變了。

「是呀，我們想利用體育課來練習球類運動，可以增強體力。」俞季玟附和，班上其他女同學也紛紛幫腔。

另一個體育老師沒什麼意見，倒是金剛芭比的態度非常強硬。

「不用體育課練習，還有什麼時候可以練習？你們的學長姊也都是這樣過來的，認眞練習的話，一個禮拜就可以解決了。」金剛芭比視線掃過一排幫腔的女生，「妳們這些人平常上體育課也沒多認眞，還敢說什麼要增強體力！」

女生們立刻噤聲，不敢再多話。

「會啦，金剛……我是說老師，我們會找時間練習，朝會上也會認眞跳的。」

我的天啊，方譽元你乾脆不要說話算了，一直叫老師的外號是怎樣啦。

最後我們的提案當然沒有被接受，我覺得方譽元要負很大的責任。

金剛芭比要大家等距散開，預備做暖身操，方譽元垂頭喪氣地站在我的斜前方。

老實說，健康操的動作確實很蠢沒錯，但國小、國中時也跳過，我其實也沒有那麼排斥，其他同學也很認分地跳著，不知道爲什麼方譽元會這麼抗拒。

難道是因爲他覺得自己很帥，不想跳這麼蠢的動作嗎？

這種心態還眞是自負啊！

「接下來，當右手向上，左腳就要往前，左手向上就換右腳往前，來回共八次。」金剛芭比示範動作，另一位體育老師負責吹哨子、打拍子。

此時此刻，我終於明白爲什麼方譽元會如此不想跳健康操了。

右手向上時，他的左腳卻往左邊動，換左手向上時，他偏偏又把左腳往前伸，完全就是嚴重的肢體障礙。

因爲方譽元的動作實在太過怪異，讓人不注意都難，沒過多久，大家的視線便全部聚焦在他身上。他低下頭，動作更不自然了，從我的角度看過去，他就像張牙舞爪的章魚一樣，動作亂無章法。

「噗！」我忍不住笑出聲來，瞬間引發連鎖效應，大家跟著一片狂笑。

方譽元咬牙切齒地漲紅著臉回頭瞪了我一眼，「堯禹！」

「哈哈哈哈，對不起，哈哈哈哈，我的天啊！」面對我這種超沒誠意的道歉，想當然他一定不會原諒我，可是當下除了笑以外，我眞的無法有其他反應。

金剛芭比不知道是不是要報方譽元剛才叫她金剛芭比的一箭之仇，用力拍了兩下手後說：「繼續！」

所以大家忍著笑繼續跳健康操，不過視線仍然都落在方譽元身上，而方譽元因爲彆扭，手腳動作更不協調了，我憋笑憋到快要內傷。

體育課結束後，返回教室途中，我跟俞季玟邊走邊聊天，脖子卻忽然被人勒住，往後一扯。

「堯禹，剛才很開心嘛！」方譽元的聲音就在我耳邊。

「哇！又不是只有我一個人笑！」我努力想要掙脫，並朝俞季玟伸手，要她幫幫我，可是她卻擺出一副酷樣，完全沒有任何動作。

「但是是妳先笑的。」方譽元這個臉皮薄的傢伙不肯放過我，「不教訓妳我不甘心。」

「什麼教訓，我是女生耶！」我慌慌張張地想要找老師求救，但老師都不知道去哪裡了，只好再度把希望寄託在俞季玟身上。「季玟，幫我把他拉開啦！」

俞季玟只是抬抬下巴，雙手環胸，對方譽元說：「我支持你的作法。」

我瞪大眼睛，這什麼跟什麼啊！

「謝啦，季玟，不愧是我的好朋友。」方譽元笑了。

「等一下，不對，季玟妳是我朋友啊！什麼時候變成這顆芋圓的朋友了？」我極力想要擺脫方譽元的箝制，但這討厭鬼卻抓得老緊。

「堯禹，妳死心吧！」

結果方譽元居然直接把我扛起來！對，扛起來！

像是電視劇裡面演的一樣，方譽元把我扛在他的肩上，我緊張地失聲尖叫，俞季玟臉上的表情也僵了。

方譽元就這樣扛著我往湖岸邊跑去，我大喊：「俞季玟！救命啊！」

一路上我們自然成了眾人的矚目焦點，我的眼角餘光還瞥見了陳詣安和林琦惠。

我原本期望一向正經守規矩的陳詣安會過來幫我解圍，事實上他也真的朝我們這邊邁出一步了，但林琦惠卻立刻阻止他，完全是等著看好戲的樣子。

方譽元就這樣扛著我跑到鏡湖畔的碼頭，他將我「放在」湖岸碼頭的長椅上，我只感覺到一陣天旋地轉，還沒搞清楚狀況，就已經安安穩穩地坐在椅子上，而方譽元彎下腰，眼睛盯著我看。

碼頭是由深色木板搭建而成，旁邊停放了幾艘獨木舟，鏡湖波光粼粼，周圍林木蓊鬱，風景美麗宜人。然而，方譽元臉上氣沖沖、眼底卻又似乎隱含笑意的模樣，和這麼美麗的風景明顯不搭。

「芋圓先生，我覺得你這樣是在遷怒。」我伸手想要推開他，他卻一動也不動。

「要是妳沒先笑，別人會笑嗎？」他的臉越靠越近。

「喂，就算我沒先笑，也會有別人先笑呀。」我再次推了推他，但一點用也沒有，我只好不斷往後縮。

「那可不一定。」他將雙手撐在我大腿兩側的椅面上，上身逐漸朝我逼近。

「你離我遠一點啦！」我用雙手遮住自己的臉，只露出一對眼睛。

「都是妳害我被大家笑，妳要負責。」

「好啦，要怎樣啦！要喝什麼飲料？我請你就是了。」只要你的臉離我遠一點，什麼都好啦。

「我不要喝飲料，我要吃東西。」他的臉又再度逼近，我已經無路可退了。

「好啦！要吃什麼？」合作社賣的不就麵包、餅乾，那點小東西沒問題啦。

「妳答應我嘍。」

「答應、答應。」所以臉不要再朝我貼過來了！我又推了他一把。

這次他很乾脆地順勢往後一退，站起來含笑看著我。

這下子換我忿忿地瞪著他，這個無賴！我根本是無辜的。

「妳都叫我什麼？」

「芋、圓！」我刻意加重咬字，迅速從椅子上站起身，以免他又朝我靠過來。

「那我想吃九份芋圓。」

「又是九份芋圓，你對九份芋圓莫名有種堅持耶。」我轉身就走，想著趕緊逃離這裡才是明智之舉。

「看來妳還記得啊，那我們就這禮拜去吃吧。」

啥？

我立刻扭頭看他，我聽錯了嗎？

只見他勾起一個戲謔的笑容：「我想吃九份芋圓，而妳答應我了。」

「那我給你錢，你自己去吃。」我馬上就想從口袋掏出零錢來。

「不，我要和妳一起去九份吃。」他向前一步，兩手按在我的肩膀上，「這個禮拜六，早上九點，學校門口見。」

說完，他不等我回答便掉頭離開。

怎麼？現在就是先走先贏就對了？

「方譽元！」我大喊，但他連頭也沒回，只是帥氣地朝我擺擺手。

回到教室後，見俞季玟和林琦惠聊得正愉快，我鼓著臉頰大步走到她們兩個桌邊，雙手叉腰，盛氣凌人地插話：「很開心啊！」

怎麼我又和方譽元說出差不多的話啊？

「妳才開心吧，被方譽元扛著走的感覺怎樣？」林琦惠噗哧一笑，一臉曖昧。

「什麼？」我張大嘴。

「我看妳才開心吧。」俞季玟淡淡地說。

「開心個頭啦！」我伸出拳頭想各揍她們兩個一拳，不過因為跟林琦惠認識不久，所以即時縮手，只K了俞季玟。

「很痛！」俞季玟回我一拳。

「妳們都不救我！害我被芋圓強迫……」

「妳居然已經叫他譽元了，進展也太快了吧。」林琦惠插話。

「不是，是芋圓，九份芋圓的芋圓！」講到九份我更氣，把剛剛發生的事情經過一股腦全告訴她們。

「所以你們這禮拜六要去約會？」俞季玟皺起眉頭。

怎麼結論會是這個啦！

「才不是，妳沒聽清楚我的重點嗎？」我語重心長。

「有，重點就是方譽元喜歡妳。」林琦惠下了這個莫名其妙的結論。

「妳們耳朵到底怎麼了啦！」

「所以呢，妳眞的要赴約？」俞季玟又問。

「我很想pass掉，裝作沒這回事。」我拉過一旁的椅子坐下。

「可是依照方譽元的個性，肯定不會讓妳裝作沒這回事。」雖然認識沒多久，但我們都知道這位少爺的脾氣，看似隨和好相處，性格卻很固執。

「妳不去，他可能會在校門口一直等，或是乾脆殺到妳家去。」俞季玟補充。

看樣子大家都很瞭解方譽元嘛，越想就越覺得他眞的會那樣做，我有點無奈，「那我該怎麼辦？」

「赴約啊！」兩個女人不約而同地答。

「我才不要，跟他又不熟，單獨去九份玩好奇怪。」我嚷嚷著，突然靈機一動，「啊，我們一起去怎麼樣？」

「什麼？」林琦惠和俞季玟互看一眼。

「他只要我請他吃芋圓，可沒說得單獨成行，所以我們一起去九份吧。」我拉著她們兩個的手猛力搖晃，「而且追根究柢就是因爲妳們兩個不對我伸出援手，我才會被迫答應他這種無理的條件。」

「不是，追根究柢是因爲妳笑他。」俞季玟插了我一刀。

「妳們就沒笑嗎！」我捏捏她們的手。

「可是我們三個女的和他一個男的一起出去，也太便宜他了吧。」林琦惠瞇起眼睛。

「哪有三個女的，季玟是帥T耶！」我又故意這麼說，下場就是換來俞季玟一記惡狠狠的鐵砂掌。

「妳這死女人，都是妳一直故意叫我帥T，有人還眞的以爲我是T！」

我哈哈大笑，「眞的假的？不錯啊，男女通吃。」

「吃妳個頭！」俞季玟又打了我一下。

沒辦法啊，誰叫妳剪了短髮以後看起來超帥超有型，怎麼能怪我？要怪就怪妳自己當初幹麼要剪短髮。

我在心裡暗暗竊笑。

「就算季玟外型像T，本質上也是個女的，我們三個長得這麼可愛的女生陪方譽元一起去九份，要是他自我感覺良好，覺得這樣是皇帝出巡，以爲我們都是他的嬪妃，那豈不是太便宜他了？」林琦惠也自動把俞季玟歸類在T了，呵呵。

不過她這麼說也沒錯，我開始想像得到眾星拱月待遇的方譽元，臉上可能會浮現的愉快表情，喔，不行，怎麼可以讓他享受這種好康！

「那我們找幾個男生一起去好了。」我覺得這個主意不錯。

「要找誰啊？」林琦惠瞄了眼班上的男生，低聲說：「我們班的都不行啦，方譽元一個人就打趴一票。」

「看不出來妳挺看重外表的。」我也壓低聲音，林琦惠卻一臉理所當然。

「找班長陳詣安吧，感覺他一定會答應。」俞季玟提議。

「我反而覺得他一定不會想去耶。」

「妳就對他說要一起討論功課。」講完這番話，俞季玟自己都大笑了起來。

魔人。

其實陳詣安只是個子矮了點，長相還算不錯，但他的個性實在太過認眞了，我討厭認眞

「我覺得如果是我去約他，他一定不會答應。」因爲上次他還警告我不准說謊呢。

「我也不去。」林琦惠聳肩。

「妳不是跟他還不錯？我剛剛還看見你們一起走在鏡湖畔。」我有些訝異。

「那是老師找我們兩個過去，一路上我們都沒什麼話聊，超尷尬。」林琦惠一邊叨念陳詣安是塊木頭，一邊瞪著正在座位上改小考考卷的他。

「所以季玟妳去。」我和林琦惠把這個重責大任交給俞季玟。

「爲什麼要我去？」

「第一，因爲是妳提議的。」林琦惠豎起一根指頭。

「第二，因爲妳外表是帥T，陳詣安應該會比較信任妳。」我豎起兩根指頭。

「這有什麼關係！」俞季玟捏了我一把，「妳再說我是帥T一次試試看！」

「哎唷，好凶喔，好可怕，但是好帥喔！」我雙手握拳放在下巴處，一邊扭動身體，能有多欠揍就多欠揍。

然後事實證明，俞季玟一開口，陳詣安就答應了，而且俞季玟還明說是要去九份吃東西，沒有騙他是要一起討論功課。

所以說，有帥T的外表還眞不錯！

我拿出手機，點開和酒窩學長的聊天視窗，要是我約他去九份，不知道他會不會答應？

❖

到了禮拜六早上，方譽元傳了訊息給我。

「堯禹，就是今天，不要想逃喔。」

我已讀不回。

「我知道妳家在哪裡，別逼我直接過去找妳。」

還眞的被林琦惠她們猜中了，這個可怕的臭傢伙！

「我知道啦，快到了！」我只好回訊息，順便附上一張生氣的圖。

他回傳給我一個笑臉，哼，我倒是期待等會兒他見到俞季玟她們幾個後，還會不會有這樣的笑容。

果不其然，方譽元一臉莫名其妙的樣子，看起來好滑稽。

「這是？」

「哎呀，多點人一起去玩比較開心。」我露出天眞無邪的神情。

「堯禹……」方譽元欲言又止。

「幹麼？我還是會請你吃芋圓呀。」說完我趕緊跑到林琦惠旁邊，「季玟還沒來？」

「她很早就到了，不過她穿得很怪，所以又回去換衣服。」林琦惠打了個哈欠。

「她穿怎樣？」

「穿了件洋裝啊，配上的她帥T模樣，看起來像是性別錯置。」林琦惠不懷好意地笑。

「她以前還是長頭髮的時候很愛穿洋裝呢，不過現在穿洋裝的確超怪。」說完，我們兩個壞朋友又放聲大笑。

「好在那副怪樣子只有我看到，那時候陳詣安和方譽元都還沒來。」

「那還眞是好險。」

過了大約五分鐘，俞季玟穿著黑色上衣與牛仔褲出現了，我對她豎起拇指，稱讚她帥呆了。

「妳也超、可、愛！」她惡狠狠地回了我一句。

「我怎麼不知道隔壁班的體育股長也會來？」陳詣安問林琦惠。

「這你就要去問季玟了，是她約你的。」聰明的林琦惠把問題全推到俞季玟身上。

陳詣安看了看俞季玟，只嘀咕了一句：「算了。」

好吧，我們這樣的組合是有點奇怪，不過總比我和方譽元單獨去九份好。

一路上，方譽元有點在生悶氣，上了往九份的公車後，他賭氣自己一個人坐在前面的兩人座，本來明明可以大家一起坐在最後一排的。

林琦惠要我去安撫他，我才不想，於是我推推俞季玟跟她說：「男人與男人之間比較好說話。」

俞季玟再次狠瞪我一眼，不過倒是很配合地坐到方譽元旁邊的空位。

過沒多久，他們兩人竟熱絡地聊起天來，見到方譽元興高采烈的側臉，我和林琦惠都鬆了一口氣。

我轉頭看向坐在一旁的陳詣安，他也正注視著方譽元那個方向。

「季玟很厲害吧，居然可以哄得大少爺眉開眼笑。」我說。
陳詣安斜斜瞥了我一眼，完全沒搭話，扭頭看向窗外。
這個沒禮貌的傢伙。
「喂喂，班長，你今天怎麼會答應一起出來？季玟是怎麼約你的？」林琦惠越過我，用手戳了陳詣安一下。
陳詣安聲音有點悶悶的，「就說要去九份。」
「那你就答應嘍？」
「我以爲只有妳們三個。」陳詣安說。
這下換我備感驚訝了，「所以你原本是想當皇帝啊！」
「什麼皇帝？」
我趕緊住嘴，說了句：「沒什麼。」
等陳詣安又把注意力放在窗外的風景後，我才跟林琦惠小聲討論。
「這些男生都想要一群後宮佳麗陪他們出遊。」沒料到連小個子班長都會這樣想。
「看樣子我們女人要團結。」林琦惠有感而發。
沒錯，我們一起點點頭，然後看向前座依然相談甚歡的兩個人，不知不覺昏睡過去。
「喂！起來了！」這個不溫柔的聲音來自方譽元，我揉揉眼睛，只見他站在我前面，「到站了。」
坐在最後一排的三個人居然全都睡著了，我們連忙找出悠遊卡，急匆匆地衝下車。

「受不了妳，睡這麼熟。」方譽元又在叨念我。

「不是只有我睡啊，他們兩個也睡著啦。」

「我沒有睡。」陳詣安睜眼說瞎話。

「反正來得及下車就好，快點！不是要去吃芋圓？」林琦惠抓抓自己蓬鬆的頭髮，她今天在頭髮上別了朵大花髮飾。

方譽元斜眼看了我一下，率先就往九份老街的階梯上走。

我湊到俞季玟身邊，「妳剛才在車上和他聊什麼？居然可以讓芋圓兄這麼開心。」

「沒什麼，他在聊籃球的事。」

「可是妳又不懂籃球。」而且明明俞季玟最喜歡的是少女漫畫。

「對，不過我只是配合他說『對啊』、『真的』、『超酷』，這樣也可以成立對話。」

俞季玟嘆氣。

「看樣子芋圓也很單『蠢』呀。」我忍不住大笑。

我們四個人往上走到了一個交叉口，方譽元就站在那處等著。

「要吃哪一家芋圓？」他開口問我。

「看你呀，我都可以。」而且本來就是他說要吃的。

「我不知道哪家好吃。」

「應該都差不多吧？」我每次來都是跟著家人走，所以也不知道該選哪家。「看你以前都吃哪家。」

方譽元吞吞吐吐地說：「我沒來過。」

「你沒來過九份？」我不可置信地看著他。

「幹麼，沒來過這麼稀奇喔。」他的語氣聽起來有些逞強。

「那你還說要吃九份芋圓。」我失笑，「還是就因爲沒有來過，所以才想吃？」

「妳很煩。」他別過頭，這樣子看起來還眞是孩子氣。「這樣哪知道該吃哪一家啊！」

「不然就隨便逛逛呀，反正你也沒來過九份，去到哪裡都是新的風景，不是嗎？」我好言相勸，方譽元非但不領情，還一臉嫌棄地看著我。

「你瞪我也沒用，我每次來九份也都是跟著家人走。」

「妳怎麼不先做功課！」

我瞪大眼睛，這個大少爺被人服侍慣了是吧，居然還要我做功課！我願意陪他來九份就已經很給面子了！

「你這個……」我氣得想要罵他，但陳詣安忽然插進我們兩個的對話。

「我知道有一家很好吃。」他推了推眼鏡，領頭往前走，「跟我來。」

我們幾個對看一眼，立刻跟上。

走上蜿蜒的階梯，左彎右拐，一路攀爬，我們來到一間視野很好的芋圓店，陳詣安分別問了我們要吃什麼，再要我們先上樓找位子，他在樓下點餐。

「看不出來陳詣安還眞會爲人服務。」我小聲地對俞季玟說。

說完，我率先步上二樓，方譽元和林琦惠跟在我後頭上來，卻不見俞季玟的身影。

「她說要幫忙陳詣安端芋圓上來，還說我們太沒良心。」林琦惠說是這樣說，卻完全沒有想要下去幫忙的意思，逕自拿出手機走到窗邊拍風景照。

而我和方譽元坐在座位上，他一臉那種好像有話要說，卻又悶在心裡的樣子，看了就讓人有氣。我才不管他是不是富二代，對我來說，他就是隔壁班的芋圓體育股長，憑什麼跟我生氣？所以我不打算理他。

「堯禹。」他忽然叫我，我瞥了他一眼，繼續低頭滑手機。「喂，我在跟妳講話。」

「我不想跟沒禮貌的人說話。」我打開臉書，發了一則「被白痴氣到！」的動態，發送前還不忘設定讓點頭之交的方譽元看不到。

方譽元彆扭地抓了抓耳朵，一直盯著我看，我受不了他的視線，猛一抬頭，他卻立刻別開目光，我忍不住問：「幹麼啦？」

「我明明說想吃芋圓！」他悶悶地說。

臭少爺在講什麼東西？我用力拍了下桌子，「所以現在不是來吃芋圓了嗎？」

「但我是……」方譽元張著嘴卻說不出一句完整的話，「好，算了，沒事。」

「怪人。」我哼了聲。

「妳在生什麼氣？我才該要生氣！」他忽然又大喊，別桌的客人還以爲我們兩個是情侶吵架，林琦惠這傢伙依然站在窗邊照相，一副不想蹚渾水的樣子。

「你要生什麼氣啊！不要惡人先告狀。」我真的覺得自己很無辜。

「我……我是要妳請我吃芋圓，妳卻帶了這麼多人！」他瞪圓眼睛，還抬起下巴，像是在虛張聲勢。

我索性站起來，手叉在腰上，俯視著他：「你莫名其妙地約我出來，也不管我答應不答應，我沒放你鴿子就很好了！」

方譽元一臉不明白，「我哪有莫名其妙地約妳？」

「那……」我突然察覺到周遭眾人的目光都落在我和方譽元身上，連林琦惠都不知道什麼時候不見了，所以我趕緊坐下來，以免再引人側目。

「我哪有！妳說啊！」但方譽元這個不會看狀況的傢伙還在大聲嚷嚷。

「小聲點啦。」我瞪他一眼。

方譽元環顧四周，看到其他客人臉上的神情後，頭低了下來，連耳根都泛紅了。

我想起他在體育課跳健康操時，整張臉也是像現在這樣紅得要命，這個人到底臉皮是厚還是薄呀？

我忍不住噗哧一笑，但隨即收斂起笑意，擺出一副冷淡的樣子。

方譽元抬頭，不解地望著我：「妳在笑？」

「我沒有。」我板著臉孔。

「我剛剛聽見妳笑了。」

「我沒有。」

方譽元瞇起眼睛，正要說些什麼的時候，俞季玟和陳詣安已經端著五碗芋圓走過來。

俞季玟問：「琦惠呢？」

「在這裡！」林琦惠不知道是從哪裡冒出來的，「吵完了嗎？」

「吵什麼？」俞季玟將一碗碗芋圓分別放到每個人座位前。

「他們兩個剛剛氣氛很差呢。」林琦惠幸災樂禍地坐到我旁邊。

我涼涼地說：「妳倒跑得挺快呀。」

她嘿嘿笑了兩聲，開始吃起芋圓。

方譽元這個吵著要吃芋圓的傢伙卻遲遲不動，我指著他那碗芋圓，厲聲說：「快吃！」

他這才拿起湯匙，挑了顆芋圓放入口中，嚼了幾下，眼睛猛地睜大，「好好吃。」

「這家是最好吃的。」陳詣安邊吃邊說，他點的是熱的芋圓，鏡片因此蒙上蒸騰的霧氣。

「欸欸，我們來拍張合照吧。」林琦惠拿出手機，要大家聚集在鏡頭前自拍，她迅速按下快門後，又說：「我們這五人組合實在太稀奇了，一定要打卡，有誰不能打卡嗎？」

大家都搖頭表示沒關係，除了低頭猛吃芋圓的方譽元。

林琦惠故意問方譽元：「你呢？會不會怕女朋友看見啊？」

聽到這句話，方譽元差點噎到，而俞季玟湯匙上的芋圓則掉到碗裡，濺起的湯汁噴在她的衣服上，還好衣服是黑色，弄髒也看不太出來。

想不到陳詣安居然從包包裡拿出濕紙巾遞給俞季玟，一個男人隨身攜帶濕紙巾實在很少見，我這麼想並不是性別歧視，而是覺得不可思議。

「我……我才沒有女朋友。」方譽元結結巴巴，神色不安地瞄向我們。

「琦惠，打卡的時候還要寫，方大少爺沒來過九份，我們奪得他的第一次，然後他超級煩。」我建議，而林琦惠同意，但方譽元抗議。

「不要在我有出現的照片旁邊寫這些無聊東西。」陳詣安冷冷地說。

他還眞是冷場王。

「寫些正常的啦。」俞季玟替方譽元說話。她幹麼一直裝乖寶寶？最愛在臉書上亂說話的一向就是她啊。

最後林琦惠發了一則很無聊的動態——

九份芋圓好好吃。

我想起酒窩學長說過的話，一張發到臉書上的照片可能會被幾百個不熟的人看見，而這些照片還有可能會被轉發給其他陌生人，這樣一想，我忽然覺得網路眞有些可怕。

「在想什麼？」方譽元注意到我臉色微變，一邊舀了勺芋圓，一邊問。

關你什麼事！

我原本要這麼回答，想想又覺得算了，不要把氣氛弄僵，雖然方譽元剛才眞的很像任性的小孩子，但他是小孩子，我不是。

「我是在想，這張照片我們五個人在臉書上的朋友都會看見，比如說班長有某個我不認識的朋友因爲看到這張照片，而點進來我的臉書，我臉書的頁面就會被一個陌生人看到，你們不覺得這樣很可怕嗎？」我認眞回答。

可惜我說的話並沒有得到其他四個人的認同，陳詣安選擇不予理會，繼續吃芋圓，而林琦惠則說：「這不是理所當然的嗎？妳現在才發現？」

我覺得她沒有聽出我想表達的意思，我只是認爲臉書讓人變得沒有隱私，例如只要一打卡，別人立刻就會知道你人在哪裡。

「換個角度想，別人會特地點進去妳的臉書，不就表示對方有好奇心，表示妳長得可愛或是怎樣的。」方譽元聳聳肩。

他的話讓俞季玟臉上的表情變得有些微妙，林琦惠則笑得很曖昧，她們兩個的想法八成都和我一樣。

「你在稱讚我可愛？」因此我毫不害羞地問出口。

「不、不是，我是說一般來說都是這樣的吧。」方譽元有些慌張，他今天真的好怪。

「也是，當我沒說，沒事。」我主動結束這個話題。

我想著是不是應該主動LINE酒窩學長，告訴他今天我和朋友討論臉書的事，當作聊天話題。但是這種話題好像很無聊，還是算了，以免尷尬。

從芋圓店家走出來，我正準備把自己和方譽元那兩份的錢交給陳詣安時，陳詣安卻說已經給了。

「給了？」

「方譽元給了妳和他的份。」

這又是怎麼回事？

我追上前方正在某家商店裡挑選陶笛的方譽元，正想叫他，卻見一群男生站在他旁邊，穿著非常時髦，而且個個身材高大，其中一個戴帽子的正盯著我看。

「芋圓！」原本想走過去，但盯著我看的那個男生有點可怕，所以我改變心意，「過來。」

「幹麼？」方譽元拿起一個鴿子造型的陶笛，「這很適合妳耶。」

「哪有適合，而且我也不會吹陶笛。」我有些緊張地抓著衣角，那個帽子男的視線仍舊沒有從我身上挪開。「過來啦，方譽元，我們要走了。」

「老闆，我要買這個。」方譽元迅速結完帳，拿著鴿子造型的陶笛走過來，笑著說：

「這個超像妳，圓滾滾的。」

「像你個頭。」我沒好氣地說，順勢將自己藏在方譽元身後，但我知道那個帽子男依然緊盯著我不放。

「拿去。」方譽元強硬地將陶笛塞到我的手中。

「幹麼啦？我不要這個。」我想把陶笛塞回去給他，他卻縮手不拿，「不要鬧啦！也沒請你吃芋圓，我不要又拿你的東西。」

「這是因爲剛才……」方譽元又開始彆扭，說話吞吞吐吐的，「就是堯禹妳剛才生……」

「堯禹！」那個帽子男突然大喊，打斷方譽元的話。

我和方譽元好奇地看向那個帽子男。

帽子男朝我走來，我下意識往後退一步。帽子男拿下鴨舌帽，他的頭髮染成淡金色，耳朵上還戴著耳環，髮型看起來有點像是視覺系藝人，幸好他的臉上沒有上妝，衣著也很正常。

「沒想到會在這裡遇見妳。」他笑得很開心，我卻滿腹疑惑。這個人是誰啊？

「他是誰啊？」方譽元小聲問我，我還想問他勒。

「妳男朋友？」帽子男又開口。

我看了方譽元一眼，立刻搖頭，但方譽元卻笑嘻嘻的，似乎很高興。

「那個，你是……」我眞的想不出來他是誰啊。

林琦惠他們幾個也走了過來，林琦惠忽然喊道：「你是宋奇軒？」

我定睛看向那個染著金色頭髮的男生，腦中想起那個流著鼻涕的國小男孩……雖然外型相差很多，但五官好像依稀看得出是他。

「你染頭髮了？」我記得他臉書上的照片是黑髮。

「染一陣子了，沒有注意我的臉書動態？」他笑了笑。

「他到底是誰啊？」方譽元又問，俞季玟和陳詣安也滿臉好奇。

「我的國小同學，林琦惠的國中同學，很巧吧。」我簡單介紹幾句，就把場面交給林琦惠，畢竟林琦惠是宋奇軒的國中同學，而我是宋奇軒的國小同學，我跟他已經太久沒聯絡，幾乎算得上是半個陌生人了。

第五章

「沒想到妳們兩個居然同班，這世界也太小了吧！」宋奇軒還是覺得很難以置信。

我們一大群人結伴走在九份的街道上，宋奇軒那群穿著時髦的朋友說話還滿有趣的，而且出乎意外之外，陳詣安竟然和他們很談得來。

我和林琦惠與宋奇軒走在隊伍最前面，聊著彼此的近況。

「我覺得在九份遇到你才誇張吧！世界眞是小小小，小得非常妙妙妙。」我的話引來宋奇軒的笑聲。

「妳好像都沒什麼變，還是跟以前一樣無厘頭。」

「你倒是變了很多，我剛剛嚇了一跳，想說這不良少年是誰，你怎麼把頭髮染成金色？」我說。

「染壞了啦，褪色褪成這樣我也不願意，因爲這個顏色讓我被學校老師約談了好幾次。」宋奇軒壓低帽子，以爲這樣就能藏住那頭顯眼的髮色。

「以前明明是鼻涕蟲兼告狀鬼……」

「喂，那是黑歷史，閉嘴喔！」宋奇軒邊說邊看了林琦惠一眼。

我想起林琦惠說過，她以前喜歡宋奇軒，但我看著宋奇軒時，眼前老是會浮現他國小那時的蠢樣，所以完全不會覺得現在的他有多帥氣。

尤其當我瞥見林琦惠那有些扭捏的害羞模樣時，我更是由衷無法理解了……

「堯禹！」方譽元在後頭叫了我一聲。

「你們慢慢聊。」於是我停住腳步，還不忘對林琦惠眨眨眼，要她把握機會。

雖然她一臉嫌棄我多管閒事，但我看得出來她很開心。

「怎麼這麼巧，會在這裡遇到妳們的同學。」方譽元說。

「世界眞是小小小，小得非常妙妙妙嘍。」我又唱了一遍。

「沒想到妳跟琦惠有共同朋友。」一旁的俞季玟也覺得不可思議。

我看了看前方聊得正開心的宋奇軒和林琦惠，不禁暗暗竊笑，「誰知道重逢後比較開心的是誰呢？」

俞季玟了然於胸地點點頭。

「什麼意思？」方譽元問。

我才不會告訴他呢，這種小祕密只有女孩子才會懂。

等我回到家後，才發現在一陣混亂下，我竟然把方譽元的鴿子陶笛帶回來了，眞是麻煩，明天得帶去學校還他才行。

仔細一看，圓形陶笛上的鴿子臉頰紅通通的，還眞有幾分可愛。忽然又想到方譽元提過，在臉書上會因爲女生的照片可愛，而想要點進去看。嘖，方譽元果然有點輕浮。

不過，看在他今天最後表現還算不錯的份上，所以我刪掉臉書上那則罵他的動態，也順便將他從點頭之交改成朋友。

接著我點開酒窩學長在LINE上的個人頁面，發現他換了張新照片，照片裡微笑的他，酒窩明顯。我好像很久沒看到他了，眞希望他能再多搗亂幾次，這樣也許我就有機會可以在校園裡再次撞見教官追著他跑。

❖

上學的時候，我習慣坐在公車最後一排右邊的靠窗座位，公車每天都會行經一座漂亮的公園。

我從來沒進去過那座公園，然而每天搭公車經過時，我都會想著以後有機會一定要去裡面走走。從外觀看來，公園裡草木扶疏、花團錦簇，感覺是個約會的好地方，不知道有沒有種植櫻花或楓樹，如果有的話，那就更適合情侶約會了。

我拿出手機，發現有一則未讀訊息，來自宋奇軒。

「之前還真巧，下次有空再約林琦惠，我們一起吃個飯吧！」

看到這段話，我忍不住暗笑，他是想要透過我來約林琦惠吧。

「你何不自己約她？說不定會有意料之外的答案。」

我如此回應，宋奇軒回傳了一個OK貼圖。

此時公車正好停在公園前面，我貼在窗邊，正想努力看清公園內部的景色，卻意外瞥見站在公車站牌下的酒窩學長。

他似乎有些無精打采，低頭滑著手機。我期待他可以坐上這班公車，可是他只抬頭看了公車一眼，仍舊低頭繼續滑手機。

我有些失望，這輛公車上的乘客並不多，酒窩學長爲什麼不上車呢？

是不是應該要傳訊息告訴他，我在公車上呢？

可是這樣做沒什麼意義，酒窩學長說不定還會覺得我很奇怪。

轉念一想，酒窩學長每天都是這個時間在這裡等公車嗎？明天我要好好注意一下。

一到學校，我馬上將宋奇軒傳訊息給我的事情告訴林琦惠。

「欸，快說，你們國中該不會有過曖昧吧？」我的表情帶有幾分促狹。

「妳不要亂講。」哎唷，這個女人居然臉紅了。

嘖嘖，果然，看樣子有希望喔。

「不過那個男的看起來有點像不良少年，不太好吧。」俞季玟手裡翻著運動雜誌。

「妳在看什麼啊？」我湊過去看。

「籃球雜誌，琦惠借我的。」俞季玟的聲音淡淡的。

「我跟我哥借的。」林琦惠解釋。

「妳為什麼要看籃球雜誌？妳不是只看少女漫畫嗎？」我太震驚了，簡直天要下紅雨了。

「我是體育股長，也該懂一點體育常識才對。」俞季玟說得義正詞嚴，但我覺得事情沒那麼單純。

「上課了，堯禹，回座位。」陳詣安在鐘響那一瞬間就站到講台上維持秩序，明明昨天才一起開心吃芋圓，還真是一點情面都不留。

說到芋圓，我想起要把陶笛還給方譽亢，所以傳了訊息給他，方譽亢很快回傳：「那是要給妳的。」

我無語了，等等當面跟他說清楚好了。

下課的時候，我還在整理課本，方譽元就已經站在窗外，微笑地看著我。

「幹麼啦？」我沒好氣地問。

「妳對我說話老是這種語氣。」話雖這麼說，方譽元看起來卻一點也不在意，表情柔和，「那個陶笛本來就是要送給妳的。」

「我不要啦，我不會吹，而且我不能無緣無故收下你的禮物。」我坐在椅子上轉向他。

「陶笛包裝盒裡有說明書教妳怎麼吹，而且這也不算是無緣無故送妳禮物。」方譽元上半身靠在窗台，「因爲我惹妳生氣。」

我挑眉，「你知道我爲什麼生氣嗎？」

他聳聳肩，看他這個樣子我就有氣。

「方譽元，也許其他人會容忍你的少爺脾氣，可是朋友之間是平等的，你不可以用那種態度對我。」

「我……」他看起來又要反駁，我立刻抬起下巴，他才改口：「妳不也常對我很凶？」

「我哪有！」

「妳就是有！」

我們兩個又陷入僵局。我捏著手中的陶笛，吐了一口長氣緩和情緒，「好，我有時候是很凶，但那是因爲你惹我生氣。」

「拜託，我有時候什麼也沒做。」他又說：「反正，陶笛送妳，九份的事情一筆勾銷。」

他朝我伸出手，我狐疑地打量著他，他又晃了下手。

「握手？」

他點頭，「表示成交。」

好吧，我也不想和他吵架。看了眼手中的鴿子陶笛，好歹他用自己的方式向我道歉了，而我有時確實也是眞的對他太凶。

「那就這樣吧。」我握住他的手，卻被他手心溫暖的熱度嚇一跳。

他露出笑容，迅速恢復平時那副痞樣，壓低聲音說：「對了，那天妳和林琦惠的朋友不是帶我們去逛一間都是鬼面具的店嗎？妳知道我在那邊拍照拍到什麼嗎？」

我忽然一陣毛骨悚然，用力搖頭，「我不想知道！」

方譽元哈哈大笑，這時廣播響起，要一年級各班的體育股長到體育室集合，他馬上站直，看向我後方，大喊：「季玟，集合！」

俞季玟放下看到一半的籃球雜誌，一臉酷樣地站起來向他點點頭。

當俞季玟走到方譽元身邊時，我聽見他對她說：「妳也有看那本雜誌啊，我覺得這麼多本籃球雜誌裡……」

他們兩個還眞有話聊。

方譽元這傢伙送我陶笛，該不會是希望我哪天可以吹給他聽吧？

而且他居然沒去過九份，難道是因爲有錢人家的孩子總是孤獨，沒有一個眞正可以交心的朋友？不過我看他每次身邊都圍著一群人啊。

林琦惠忽然朝我跑來，即便撞到好幾張桌子也毫不在意，語氣充滿興奮：「堯禹，怎麼辦？宋奇軒約我們看電影！」

「我們？是約妳吧。」我在心裡偷笑。

她用力搖頭，把手機遞給我，訊息裡的確是寫著「妳們」。

「他總不能劈頭就說要約妳單獨看電影呀，這樣被打槍的機率太高。哎唷，怎麼辦啊，看樣子琦惠快要交男朋友了，可是對方不是我們學校的，好像不太安全耶。」

林琦惠打我一下，「什麼安全不安全，信任才是最重要的。」

換我竊笑：「所以妳這就是承認了？」

她紅著臉，「反正，順其自然啦！」

「是、是。」

「妳的語氣好討厭！」

「會嗎？」我故意笑著調侃她。

「算了，那妳什麼時候有空？我們一起去。」林琦惠的眼睛發亮。

「去看電影之前，別忘了還有期中考。」陳詣安忽然插嘴。

「喔，不需要提醒我們這種事。」我瞪他一眼，然而陳詣安卻更有魄力地瞪回來，我識相地閉上嘴巴。

下課時，我坐在上次和酒窩學長翻牆進學校的那片花圃旁邊吹奏陶笛，依著說明書上的簡譜吹完了一首〈小蜜蜂〉，瞬間覺得自己頗有音樂天賦。

想不到陶笛還滿有趣的，改天可能要謝謝方譽亢了。

正想繼續練習另一首曲子時，池塘裡突然爬出了一隻烏龜，牠趴在石頭上晒太陽，接著又爬出第二隻烏龜，因爲石頭上已經沒有空位，所以第二隻烏龜就爬到第一隻烏龜的殼上疊羅漢。

我拿著陶笛蹲到池塘邊，對著這兩隻烏龜吹奏〈小蜜蜂〉，想像自己是能藉由音樂和動物溝通的白雪公主，越吹越是起勁。

「堯禹，看樣子妳很厲害喔。」

樹叢裡突然傳出一道熟悉的嗓音，我嚇得手一鬆，陶笛掉進池塘，發出撲通一聲。

「哇！」我大叫。

酒窩學長從樹叢後探出頭來，一臉歉意，「啊，陶笛掉進池塘裡了？」

「嗯。」沒想到會在這裡遇見他，我有些驚喜，「沒關係，那是人家送的。」

「那不是更不好意思了？」酒窩學長朝我走來，「我賠妳一個新的吧。」

「沒關係啦！」我趕緊擺擺手。

「一定要賠，是哪種陶笛？」酒窩學長抓著頭，蹲到我身邊。

「呃……是在九份買的，鴿子造型的。」我囁嚅地說：「不過，眞的沒關係，學長，不要緊的。」

「我會賠給妳的。」酒窩學長托著腮，研究起池塘邊的烏龜。

「學長，你從剛剛就在那邊嗎？」

「嗯，很少人知道池塘的樹叢後面有一張長椅，那裡是我的祕密基地，我每次蹺課大多都是躺在那邊睡覺。」酒窩學長似乎有些漫不經心。

「那……那我剛剛不是打擾到你了？」

「有什麼好打擾的，我覺得妳很厲害啊。」酒窩學長笑了下，我眞的好喜歡他嘴角的酒窩。「牠們看起來沒什麼煩惱呢。」

誰看起來沒有煩惱？

順著學長的視線看過去，才知道他說的是烏龜。

「吃飽睡、睡飽吃，偶爾晒晒太陽，也不用擔心未來。」他淡淡地說。

「不一定呀，也許烏龜每次出來晒太陽時，看見天空上飛翔的鳥，就會煩惱自己爲什麼不會飛。」我下意識地這樣回答。

酒窩學長有些訝異地看著我，微微地笑了笑：「堯禹看起來也沒有煩惱呢。」

「咦？眞的嗎？還是有的呀。」

「例如呢？」酒窩學長雙手手肘放在膝蓋上，側過頭來對著我。

「嗯……例如不想跳健康操、期中考快要到了，還有剛剛陶笛掉到池塘裡，不知道怎麼跟方譽元解釋……」一說出最後那句話，我立刻後悔得想要咬掉自己的舌頭。

酒窩學長神色歉疚，「我會賠妳一個新的陶笛，絕對。」

「我不是那個意思啦！」我再次擺擺手。

「不然這樣好了，妳什麼時候有空？我們一起去九份，然後我買個一模一樣的陶笛賠給妳。」

酒窩學長的提議讓我瞬間瞪大眼睛，天啊！這是……不對，學長是要賠償我東西，不是那個意思，這不是約會。

但這也是個機會，讓我可以有多些時間和學長相處。

可是不知怎地，我嗯嗯啊啊的，當下就是無法說出確切的約定時間。

上課鐘聲響起，酒窩學長拍拍褲子起身，「那就等妳確定時間後，再傳LINE告訴我吧。」

「好，我會的！」我跟著站起來，用力點頭。

酒窩學長向我揮手道別，消失在轉角。

我握緊拳頭，想到有機會能傳訊息給酒窩學長，心中便湧上抑制不住的歡喜。

「堯禹，妳陶笛吹得怎麼樣了？」

方譽元問我這個問題的時候，我因爲心虛而回了句：「不關你的事。」

「我送妳的耶！怎麼不關我的事？」他有些不悅。

「你也請我吃了芋圓啊，要不要問它們現在怎麼樣了？」

「誰要問這個！」方譽元氣沖沖地轉身離開。

如何用兩句話惹方譽元生氣？很簡單，只要跟他唱反調就好。

不過下堂是體育課，我還眞是挑錯時間惹他生氣，等一下就要碰面也太尷尬了吧。

體育課依然在練習愚蠢的健康操，方譽元的動作依然不協調得可怕，我拚命忍耐才沒笑出聲，以免他更生氣。

但我覺得自己憋笑憋得快得內傷了。

「方譽元，你這樣下禮拜考試怎麼辦？」金剛芭比此話說得語重心長，聽在我們大家耳裡卻是惡意滿點。

「沒關係啦！」光看方譽元僵直的背影就知道他有多羞惱。

「找個人教你跳好了，那個誰……」金剛芭比朝我的方向看過來，「妳，妳過來。」

「季玟，老師叫妳。」我用手肘頂了頂旁邊的俞季玟。

「不對，她是叫妳。」林琦惠用下巴朝我的方向點了點，「金剛芭比怎麼可能不知道季玟的名字。」

也是，俞季玟可是體育股長。

我認命地走過去，方譽元一看見我，頭立刻撇到另一邊，我也懶得理他。

「妳健康操的動作最確實，由妳來教方譽元。」

「什麼？」我和方譽元異口同聲。

「金剛……不是，老師，她不是我們班的耶！」白痴的方譽元又脫口叫出老師的外號。

「管你們同不同班，兩個班級一起上體育課這麼久了，多少都認識吧。」我懷疑是因爲方譽元又叫老師的外號，所以老師才會表現得這麼沒有商量餘地。

「妳好好教他，教會他的話，健康操成績直接加一分。」

才一分！居然這樣就想要叫我教會這個肢體不協調的笨蛋。

「好的，謝謝老師。」不過我還是這麼恭敬地回答。

等到金剛芭比走了以後，剩下我和方譽元兩人大眼瞪小眼。

「喂，芋圓，你先跳一次給我看。」

「誰要跳給妳看。」他再次撇過頭。

「不然我叫季玟和琦惠過來，我們三個一起教你？」
「妳白痴啊，想要三個人一起笑我，門都沒有。」
「那你就轉過來面對著我好好跳啦！」你以爲我想教喔！
「……妳要先道歉。」方譽元沉默了一會兒才說。
「道歉？」爲什麼？
「我剛問妳陶笛的事，妳卻口出惡言。」
「我哪有啊，我只是比較冷淡一點，還不到口出惡言的程度好嗎？」那種心虛的感覺又來了。
「不管怎樣，妳就是態度很差，妳居然這樣對待送妳禮物的人。」
奇怪了，這種像小孩子的反應是怎樣啦？
又不是我拜託他送我的，明明是他硬塞過來的禮物，還要我保持感恩的心？
不行，我要冷靜，不能跟他一般見識。
而且我還把陶笛弄丟了，實在沒立場跟他吵架。
「好啦，我有在練習陶笛啦。」
聽我這麼說，方譽元的表情明顯柔和下來，終於願意轉頭看我。
「不過，你幹麼送我陶笛？」我伸出食指朝他點了點，「除了惹我生氣這點以外。」
「那只是其中一個原因。」方譽元像個小孩一樣，脾氣來得快也去得快，「主要是因爲我很喜歡陶笛的聲音。」
「那你可以自己買給自己啊，爲什麼要給我？」

「就……也沒爲什麼。」他的眼神飄忽。

我靈光一閃，「該不會是因爲你也沒什麼音樂天分吧？」

「誰說我沒音樂天分了，我唱歌可好聽了。」

「好、好，我知道了。」我忍著笑。

「妳那什麼表情？我是說眞的，我唱歌很好聽，不信下次一起去KTV。」方譽元急切地爲自己辯解。

「好啦，我就說我知道了。我們得把握時間練習健康操，不然你考試就完蛋了。」

方譽元老大不情願地張開手，千交代萬交代要我示範的動作慢一點。

像方譽元這樣手腳不協調的人，一定無法兩手同時做不一樣的動作，所以像是鋼琴、直笛、吉他等樂器他一定都無法駕馭，陶笛應該也是如此吧。

我忽然覺得自己意外掌握到方譽元的弱點，有些得意，不過還是暫時替他保密吧，要是以後他再惹我生氣，我就用這個威脅他。

「好啦，首先就是右手往上，然後左腳往前。」我刻意把動作放慢。

「我知道啦，所有步驟我都記得！」方譽元很氣惱，「但手腳就是無法配合！」

「是喔，那……」我想了想，「不然這樣好了，我數拍子，你跟著做。」

「就說手腳無法……」

「我的意思是說，你看喔，一、二、三、四。」我邊數邊示範動作，「你可以想像手和腳其實是分開的，所以數到二的時候，是右手往前，左腳也往前，聽得懂嗎？」

「聽不懂。」方譽元眼神死。

「就是說，你不要想著『右手和左腳要一起往前』，而是想著，現在是『右手要往前』、『左腳要往前』，這樣的差異你能懂吧？」

「我聽不懂啦！」方譽元又生氣了，眞是個麻煩的小鬼。

「那算了，你現在腳都不要動，我們做手部動作就好。」我先示範了一分鐘後，有些賭氣的方譽元才悻悻然地跟著做，然而他準確無誤地跟上所有的手部動作。

「那我們現在換腳部動作。」同樣的，單做腳部動作，他也可以做得很好。

既然如此，我暗暗下了個決定，下禮拜就要考試了，就算再怎麼逼他學習手腳協調，應該也是徒勞無功。

「芋圓，我覺得下個禮拜考試的時候，你乾脆就只做手部動作就好。」

「蛤？這樣分數不是會很低？」

「但是你手腳嚴重不協調，這樣分數會比較高嗎？」

他張大了嘴，說不出話來。

「或是乾脆所有動作都同手同腳，這樣對你來說會不會比較簡單？」我又提議。

「我沒試過。」他悶悶地說。

「那就現在試試看吧。」我雙手打著拍子。

方譽元嘆了一口大氣：「我希望高中快點畢業，大學就不用跳愚蠢的健康操了。」

「別抱怨了，快點啦。」

他無奈地跟著我的拍子，在同手同腳的情況之下，居然可以跳完一整套健康操，而且動作還標準得很。

「決定了，芋圓，你就這樣做吧。」

「眞的假的？這樣眞的可以？」他不信。

「眞的啦，因爲你平常跳得太爛了，所以就算同手同腳，但只要動作確實又都有跟上節拍，金剛芭比一定會給你高分。」

「喂，堯禹，妳好像說了很沒禮貌的話啊。」方譽元瞇起眼睛。

我呵呵笑了兩聲。

體育課結束後，俞季玟用一種怪異的眼神直盯著我看。

「妳要幹麼啦？」我忍不住推了她一把。

「總覺得妳和方譽元之間的氣氛很好啊。」

我先是一愣，然後馬上大笑：「妳開玩笑的吧？那個幼稚鬼耶！」

「我是說眞的啊，他好像對你也很有好感。」

「別開玩笑了，不好笑。」

「講認眞的，妳對他有意思嗎？」

我不加思索地搖頭，「對了，季玟，我有件事想問妳。」

我告訴她剛才酒窩學長約我去九份的事，俞季玟瞪大眼睛，「哇，眞的假的？」

「當然是眞的，我騙妳幹麼。」我要她小聲點，「怎麼辦，我好緊張。」

俞季玟的表情和緩多了，接著露出怪笑，「妳喜歡那個學長喔？」

「沒有沒有！」我連忙否認。

「這麼急著否認，反而顯得很有問題。」俞季玟逼問我時，臉上明顯帶著幸災樂禍的表情。

「眞的沒有啦！」我側過身體，想迴避她的問題，也想迴避她的視線。

然而俞季玟動作迅速地湊到我眼前，「我們說好了，喜歡上誰都要告訴對方，快點快點，還不老實告訴我！」

「不是我不說，是我自己也不確定啊！雖然覺得很在意學長，可是好像還不到喜歡的程度。」

「是這樣嗎？」她還是不太相信。

「眞的啦，看著我的眼睛。」爲了表示自己絲毫沒有心虛，我睜大眼睛迎向俞季玟的視線，她盯著我、我盯著她，就這樣互瞪到我們兩個眼睛發痠後，俞季玟才往後退了一步。

「好吧，看樣子眞的沒說謊。」

「我就說吧！」

「妳們看起來超像在談戀愛。」方譽元的聲音忽然出現在教室後門，他雙手環胸，滿臉不可思議。「該不會妳們其實是一對吧？」

「對你個頭。」我沒好氣。

方譽元的目光在我和俞季玟臉上來回掃過後，才和他的一票朋友邁開腳步。

「他明明是隔壁班的，我卻覺得每天都會看到他。」我走回自己的座位。

俞季玟跟著走過來，「妳快點回覆那個學長，和他約時間去九份。」

「我會害羞啦！」

「害羞什麼啦。」她搶過我的手機，「他叫什麼？」

「哎唷，妳要做什麼啦！」我想搶回手機，但是俞季玟馬上往後一縮。

「我看一下，這個嗎？」俞季玟還眞的找出了學長的LINE。

「不要亂傳啦！」這下我慌了。

「看妳這麼緊張，一定就是他。」俞季玟露出惡作劇成功的笑容，接著選了張貼圖發過去。

「天啊！」我大喊，趕緊搶回手機。「妳這個笨蛋！」

「要鼓起勇氣喔。」俞季玟竊竊低笑，拍拍我的肩膀，愉快地回座。

一整堂課下來，我三不五時就看一下手機，想知道酒窩學長是否已經讀取訊息，搞得自己精疲力盡。好不容易下課後，我又瞥了手機一眼，赫然發現訊息變成已讀，而且酒窩學長也回傳給我一張貼圖。

我立刻將這個畫面截圖下來，這是我和酒窩學長第一次傳LINE耶！

可是怎麼辦，我接下來要回什麼？

「妳就說妳禮拜六有空就好啦。」聽完我的煩惱，林琦惠輕鬆地說。

「是喔，那妳也回宋奇軒說妳禮拜六有空啊。」我立刻回了一句。

「這⋯⋯這不一樣！」她頓時結結巴巴。

哼，說別人都一派輕鬆，自己做起來卻全然不是如此。

「我覺得不如這樣吧，堯禹幫琦惠傳訊息給那個國中同學，說琦惠禮拜六有空；琦惠幫堯禹傳給學長，說堯禹禮拜六有空。然後妳們兩個禮拜六都去約會，禮拜一再來跟我報告結果，如何？」置身事外的俞季玟翹著腳建議。

我和林琦惠互看一眼，決定採用俞季玟的提議，兩人很有默契地交換手機。

「我幫妳傳給宋奇軒。」

「我幫妳傳給學長。」

然後我們兩個在對方的手機裡輸入同樣的訊息。

「我這禮拜六有空喔。」

接著同時深吸一口氣，按下傳送。

「哪需要那麼緊張啊，拜託。」俞季玟又揶揄道，我和林琦惠對看一眼，都明白了對方眼裡的意思——以後等俞季玟有了在意的對象，我們一定要極盡所能地鬧她，好好報她現在盡說風涼話的一箭之仇。

「宋奇軒讀了！」我看到手機螢幕顯示訊息已讀，趕緊尖叫著把手機還給林琦惠。

林琦惠也緊張兮兮地將我的手機還給我，「妳的學長也已讀了！」

我們兩個同時倒抽一口氣，看向螢幕。

宋奇軒說：「好喔。」

酒窩學長回：「那禮拜六見。」

「所以妳們兩個禮拜六都要約會啊。」俞季玟一臉悠哉。

好的，這下更堅定了我和林琦惠的無言之約。

❖

酒窩學長和我約好碰面的地方，就是在那座美麗的公園前，前往九份的公車也會在這邊停靠。

我與沖沖地提早十五分鐘抵達約定地點，想說可以先進公園逛逛，但沒想到，酒窩學長卻已經在候車亭裡等著了，手裡還拿著一本書在讀。

下了公車，我快步走向酒窩學長。

「學長。」

「咦？堯禹，妳這麼早就到了？」他有些吃驚，將手上的書闔起來，我才發現那是《讀者文摘》。沒想到酒窩學長平時看起來頑皮，卻會看那樣的書。

「學長才到得更早吧。」

「習慣，我總是會比約定時間提早半小時到。」酒窩學長站起來，「既然我們都到了，就直接出發吧。」

我點點頭，暗自觀察起穿著便服的酒窩學長，深黑色上衣搭配軍綠色長褲，看起來很帥氣。上次和方譽亢他們去九份，雖然大家也都穿便服，但我卻沒有特別注意其他人穿些什麼。

這是不是表示酒窩學長對我來說是很特別的人？

天啊，我知道這種感覺，雖然目前只是很在意這個人，可是再這樣下去，我或許就會喜歡上他。

學長已經三年級，再過一年就要畢業，如果喜歡上他，感覺也沒什麼機會能跟他在一起。不如趁還沒眞的喜歡上他之前，趕緊踩煞車。

「啊，公車來了。」酒窩學長舉手攔下，「來吧。」

我跟著上了公車，因爲還沒到發車時間，所以公車暫時停在這個站牌稍作等待。

這時學長的手機突然響起，他接起電話。

「我今天有事情耶，嗯，在外面了。」他說。

而我趁著這個空檔，趕緊傳訊息到我和林琦惠、俞季玟的聊天群組。

「怎麼辦，我覺得這樣下去很不妙！」

林琦惠很快回傳：「我有同感，我現在在捷運上，超級緊張。」

我抿了抿唇，偷瞄學長一眼，才又傳了：「我們現在都還不是真的喜歡對方，對不對？」

「對，我們只是在意他們，但這樣下去很不妙！」

看來林琦惠與我英雄所見略同。

「我跟妳們說，這種在意的心情很容易因為一些小事而煙消雲散，說不定妳們今天約會的時候，就會發現對方有些妳們無法接受的舉動，例如他拿筷子會翹起小指，或是打噴嚏超大聲之類的。」

俞季玟不只愛說風涼話，也很愛潑冷水。

不過她說的也對，有時候眞的會因爲一些超級小事而讓那些喜歡的情緒忽然消散。

我看了看一旁的酒窩學長，他正巧掛上電話，轉頭對我說：「抱歉喔。」

「沒關係啦。」我連忙搖頭。

「妳喜歡坐這個位子嗎？」學長環顧四周，我們現在正坐在我喜歡的老位子上，也就是公車最後一排座位的右邊靠窗。

「對啊，御用喔。」我開玩笑地說。

酒窩學長笑了，「我也很喜歡最後一排的位子呢。」

我真的好喜歡他微笑時嘴角牽動的酒窩，超級可愛，而且又真誠。

「啊，公車發動了。」酒窩學長靠向椅背，「我昨天太晚睡了，需要補眠，不要介意喔。」

「沒關係，學長睡吧，到了我會叫你。」

酒窩學長微微笑了笑，閉上眼睛。

閉著眼睛的學長感覺起來和平時很不一樣，他的睫毛好長，皮膚也好漂亮，我發現他雙眼皮的皺摺很深，好像可以夾住東西一樣。

啊，這樣不行！我今天應該是要努力找出學長身上的小缺點，讓我對他的在意可以煙消雲散，而不是發掘出他更多可愛的地方！

所以我趕緊轉頭看向窗外，卻驀然瞥見有個熟悉的身影站在公園裡的籃球場上。

仔細一看，那不就是俞季玟嗎？她怎麼一個人在這裡打籃球？

第六章

抵達九份時，豔陽高照，時間已經接近正午，沒想到我和酒窩學長會為了一個陶笛，結伴來到這麼遠的地方。

學長打了個哈欠，問我陶笛是在哪間店買的。

這麼快就要去買了嗎？買完就要回家了嗎？

雖然這是我們之所以特地大老遠跑來的目的，但如果只買了陶笛就要回去，還眞有點可惜。

我領著學長來到當時方譽元買下陶笛的店家，他拿起鴿子造型的陶笛握在手中把玩，「這鴿子感覺跟妳很像呢，圓滾滾的。」

沒想到學長居然說出和方譽元同樣的話，不過不同的是，學長一說就讓我覺得心中小鹿亂撞。

「好了，我們今天來這裡最重要的目的完成了。」結完帳後，酒窩學長將陶笛放到我手中，手插在褲子口袋裡東張西望。

「對啊。」我難掩失落的情緒，握緊手中的陶笛。

「要不要去吃芋圓？聽說那家很有名。」學長指了指上次我們一群人吃過的那間店，我立刻用力點頭。

「那走吧。」

我和酒窩學長點完餐後，走到樓上，很巧合地在和上次一樣的位子入座。那次林琦惠有幫大家在這裡打卡，這次我也好想和學長一起打卡。

可是學長沒有臉書，而且我也不敢開這個口。

爲什麼我就不能找些話題和學長聊聊呀？明明和方譽亢在一起的時候就有很多話可以講，連和陳詣安我都能聊上幾句，偏偏最需要聊天的時候卻什麼都說不出來。

學長，你書念得怎麼樣？學長，你是什麼社團？學長，你打算考哪間大學？

喔不！這些話題都超無聊的，而且感覺和學長超不熟。

雖然我和酒窩學長本來就不熟，但是聊這種話題眞的好糗，我是不是應該傳訊息問問林琦惠她都和宋奇軒聊什麼？

不對呀，他們是國中同學，共同話題、共同朋友超多，一定很好聊。

我敗就敗在和酒窩學長太不熟了。

於是我和學長一邊吃著芋圓一邊陷入沉默。

「堯禹，妳是很安靜的女生吧？」酒窩學長忽然開口。

「還好耶。」我平常超級吵，可是在學長面前卻會自動安靜下來，跟林琦惠那天見到宋奇軒時一樣。

「我覺得妳很安靜，我們班的女生嗓門都很大。」他做出一個受不了的表情。

「其實……我也滿三八的啦，我看見好笑的事會笑得很誇張，碰到讓人生氣的事也會跺腳。」我低頭看著芋圓在湯汁裡載浮載沉，再抬起頭時發現酒窩學長正盯著我看，我不自在地摸了摸自己的臉頰，「怎麼了嗎？」

「沒什麼。」學長聳聳肩，塞了顆芋圓到嘴裡，「我覺得會說自己三八的女生，一點都不三八。」

哇！怎麼辦？我覺得有點高興，而且心臟附近似乎熱熱的，彷彿有什麼東西在拉扯。

我的表情一定很不自然，一時不知該如何反應，只能勉強扯了扯嘴角，埋頭繼續吃著已經吃不出滋味的芋圓。

明明是同樣的店家，但是因爲和酒窩學長在一起，便顯得特別不同。

「好啦，芋圓吃完了，既然都特地來到九份，我們就四處逛逛吧。」酒窩學長朝著晴朗的天空伸了個懶腰，「天氣這麼好，這樣就回家實在太浪費了。」

我用力點頭，求之不得。

「不過我不常來這邊，很不熟呢。」看著酒窩學長煩惱地東張西望，就算沒露出酒窩，我也覺得他很可愛。

「不然我們隨便走走？」

「也好，應該跟著人潮走就行了吧。」酒窩學長彈了一下手指，指向前方兩條岔路，「那妳要往上還是往下？」

「咦？我決定嗎？」

酒窩學長點點頭。

上次都是跟著宋奇軒走，我完全沒在記路，「那……上面好了。」

「好，走吧。」見學長毫不猶豫地邁開腳步，我趕緊拉住他。

「可是如果我選錯了怎麼辦？」

「不會啦，反正就隨便繞繞，沒來過的地方，怎麼走看到的都會是新的景色吧。」酒窩學長說得很理所當然，我不由得一愣。見狀，他疑惑地問：「怎麼了嗎？」

「沒事，走吧！」我鬆開手，酒窩學長便率先向前走去。

我只是嚇了一跳，沒想到酒窩學長會說出和我一樣的話。

這點小小的共通之處，竟讓我開心得合不攏嘴。

我們沿著樓梯往上，轉了個彎，來到一條似曾相似的小巷子。

「啊！」我驚呼一聲。

「怎麼了？」

「這裡我上次也有來過。」就是宋奇軒帶我們來的那間鬼面具店。

「喔？是什麼樣的店？」酒窩學長站在店門口張望。

「店長說，那些面具都是他親眼目睹過的鬼怪，他把那些鬼怪的臉作成面具。」說著說著，我的手臂上悄悄起了一層雞皮疙瘩。

學長也打了個冷顫，「那不要進去了，我們跳過這間店。」

「學長會害怕嗎？」我感到意外，那天宋奇軒帶我們來到這間店時，除了我以外，其他所有人都躍躍欲試地想要進去。

「男生怕鬼能看嗎？」方譽元還大聲地這麼說，讓原本興趣缺缺的陳詣安也不能說不。

我本來以為俞季玟會跟我站在同一陣線，沒想到她不知道在逞強什麼，居然也跟著進去了，只剩我一個人待在外面還更可怕，所以我只能也硬著頭皮踏進店裡。但最後反而是俞季玟始終緊緊牽著我的手，而我則一直拿著手機拍照。

看著酒窩學長的背影，我並不覺得男生有害怕的東西有什麼不好，相反的，酒窩學長能夠坦率說出自己不想做這件事，我覺得這樣的他很厲害。

於是我跟著繼續往上走，前方有間店前面聚集了一群人，酒窩學長停下腳步，問我要不要進去。

「這間店在賣什麼？」只見有輛古早三輪車停放在店門口，店家的外觀古意盎然，磚紅色的拱門下站著好幾個女生。

「不知道，可能是賣一些復古的東西吧。」酒窩學長露出微笑，「我還滿喜歡舊東西，進去看看吧。」

「學長都說喜歡了，我們就進去吧。」

「如果妳不想進去也沒關係呀。」酒窩學長一臉認真。

我搖頭，怎麼可能會不想。

靠近店門口的整面牆上擺放著許多舊CD以及古早玩具，但再往裡面走才發現，那些復古的小東西只是裝飾品，店裡眞正販售的商品是衣服。

老闆蒐羅了許多古早年代的衣服，有旗袍、中山裝等，甚至連清朝服裝都有，有列衣架還掛著幾十件各間高中院校的制服，牆角還陳設有舊皮箱、舊沙發、留聲機等深具年代感的裝飾道具。

不少人都興致勃勃地試穿衣服並拍照，一個應該是店員的大叔走過來，告訴我們所有衣服都可以拿起來試穿、拍照，費用也很便宜。

雖然我很心動，可是cosplay這種事還是要和熟悉的朋友一起會比較自在，第一次與酒窩學長出來就玩這個，會不會太刺激？

不對啦，我在亂想什麼！

上次參觀完鬼面具那間店後，我們就沿著原路走回去，所以沒能發現這間店，也許下次我應該找俞季玟和林琦惠她們一起過來……

「堯禹，妳看起來很有興趣喔。」酒窩學長掩嘴低笑。

「沒有啦！我只是……」再次看了看四周那些正興高采烈地試穿衣服的女生，我最後還是不爭氣地點點頭，「學長，你想穿嗎？」

他連忙猛搖雙手，「饒了我吧，不過我可以幫妳拍照。」

於是我隨便拿了件知名女中的制服襯衫套在身上，站在復古的化妝台前，有些緊張地朝著學長比YA。

「不行啦，背景這麼復古，妳卻穿得這麼現代。」酒窩學長走到一排衣服前，取下其中幾件衣服拿到我身前比了比，然後又搖頭放回去。

來來回回幾次後，他挑了件紅色旗袍送到我面前，「就這件吧，堯禹妳這麼瘦，穿起來一定很好看。」

我覺得有些害羞，低應了聲，接過學長手中的紅色旗袍。因爲店裡沒有更衣室，只能直接將旗袍套上，但我還是覺得很害羞。

也許酒窩學長發現我了猶豫的原因，所以他轉身走向其他展示架，我連忙把握時機套上旗袍，但鎖骨前方卻有一顆扣子怎樣也扣不上，酒窩學長都繞一圈回來了，我還在跟那顆扣子奮戰。

「扣不上嗎？」

「不知道爲什麼……」我越是焦急就越是弄不好。

此時酒窩學長突地緩緩伸出手，停在我前方。「我幫妳扣方便嗎？」

我迅速轉身面向化妝台，感覺到自己的臉隱隱發燙，「我……我自己來就好。」

酒窩學長雙手往後一縮，「抱歉。」

我在化妝台的鏡子裡瞥見站在我身後的酒窩學長，從他臉上的表情看不出情緒，似乎幫我扣扣子這件事就像綁他自己的鞋帶一樣自然。

他如此淡然，我卻這麼緊張兮兮，對比之下，我覺得自己好丟臉。

我應該當個大方的女生才對，反正我又還沒喜歡上酒窩學長，只是對他懷有好感。

這麼一想，我便轉過身，大大方方地對酒窩學長說：「還是請學長幫我扣吧。」

酒窩學長將手伸向我的鎖骨處，他的動作輕柔，盡量注意不碰觸到我，但明明隔著一層布料，我卻仍然能夠感受到學長手指傳來的溫度。

酒窩學長專注地盯著扣子，而我看著他掛著酒窩的臉龐，陽光從窗外灑落在他頰上，黑色的頭髮彷彿在閃閃發光。

「好了。」學長鬆開手，露出可愛的笑容，「來吧，我幫妳照相。」

「喔！好。」我趕緊從包包裡找出手機給他，剛剛竟然看他看呆了。

沒想到女生也會有看著一個男生看到失神的時候，應該說，我從沒想過這件事會發生在自己身上。

我扯著僵硬的嘴角勉力一笑，酒窩學長按下快門。

這個瞬間，他在鏡頭後方的笑臉像照片一樣烙印在我的腦中，貼附在心底。

離開那間店後，酒窩學長邊滑手機邊說：「前面似乎有個很著名的景點。」

「什麼？」我的心臟還在緊張地急速跳動。

「好像有一座茶樓，《神隱少女》裡的湯屋就是以它爲雛形繪製而成的，妳有看過那部動畫嗎？」

「當然，我很喜歡。」我用力點頭，「學長也看過嗎？」

「當然看過，我很喜歡那個結局。」酒窩學長指向前方的彎道，我們並肩走去。

「可是我覺得結局被懸在那邊呢，爲什麼不清楚說明他們之後在人類世界也會見面呢？像是千尋回到學校後，發現白龍是轉學生之類的。」

酒窩學長笑了兩聲：「千尋跟白龍是一人一神，他們之間本來就不太可能有什麼發展。」

換我皺起眉頭，「反正那部電影本身就很超現實，人跟神也不見得不能在一起吧。」

「這麼說也是。」

「不管怎樣，我還是希望能夠有個好結局，結局太過夢幻也沒關係，就是要Happy Ending。」我重重地踩著腳步。

「妳覺得怎樣算是好結局？」酒窩學長好奇地側過頭。

「就是男女主角會在一起，像所有童話一樣，王子與公主永遠過著幸福快樂的生活。」

我兩手一攤，「這種想法很不現實，我知道，但我就是希望看見這樣的結局。」

酒窩學長若有所思地點點頭，朝下走去，我追上他，「學長呢？對你來說，什麼算是好結局？」

「嗯，我覺得曾經擁有過快樂的回憶，就是好結局了。」

「可是如果可以一直在一起，那爲什麼不呢？」

「因爲人生不總是能事事如意啊。」酒窩學長明明是在微笑，嘴角的弧度看起來卻像是在逞強，「千尋和白龍幫助對方找回最重要的東西，在各自最脆弱的時候成爲彼此的支柱，而且白龍也說了，他會去找千尋的，那就是最好的結局。」

「但有點遺憾啊……」電影最後，千尋在車內回頭看著漸漸遠離的隧道，就好像在那裡經歷過的一切都只是場夢。雖然千尋離開了湯屋，但我卻覺得自己好像被留在了湯屋一樣。

酒窩學長略略彎下腰，視線與我齊平，盯著我的臉：「堯禹，妳現在年紀還小，也許再過一兩年，妳的想法就不一樣了。」

我被酒窩學長這麼突如其來的貼近嚇了一跳，一時無法出聲。

「有時候遺憾也是一種美呀。」酒窩學長站直身體，雙手交疊在後腦杓上，邁開腳步向前。

是我的錯覺嗎？總覺得酒窩學長的話有弦外之音。

就在我們快要抵達學長所說的那座茶樓時，學長的手機忽然響起，鈴聲的曲調跟剛才在公車上響起的那段音樂不一樣，他一愣，迅速從口袋掏出手機接起。

「喂？」他看起來好像有些緊張，「我……我在外面。」

我狐疑地看著酒窩學長，他有些抱歉地對我輕輕頷首，往旁邊的空地走去。我站在階梯上等待學長講完電話，時不時看向學長的背影。

講電話時，學長站得筆直，聲音有時會忽然拔高，有時還會發出幾聲略帶尷尬的笑。當他略略側過身的時候，我看見了他臉上的笑容。

即使和他不甚熟悉，我也知道他那帶著微笑的表情是因爲什麼。

他，喜歡電話那頭的那個人。

「堯禹，抱歉，我有事情所以必須先走了。」結束通話後，他一臉歉意，但在歉意之下更多的是藏不住的喜悅。

「咦？」我看了看學長，又看向前方的階梯，再轉個彎就到那座茶樓了，學長這麼著急嗎？不能看完再走嗎？

雖然我滿腹疑問，卻只是晃了晃手中裝著鴿子陶笛的提袋對學長說：「沒關係啦，我才不好意思，讓學長陪我跑一趟。」

「應該的啦，不好意思的人是我才對。」他看了下階梯，「那我們回去吧。」

我搖搖頭，「我還想自己再逛逛，畢竟難得來九份一趟。」

「妳確定？那妳等一下怎麼回去？」

「別小看我，我可以獨自完成很多事，更何況只是搭公車回家。」我故意叉腰，「倒是學長，你還不快點去等車？說不定車子就要來了。」

他看了一下手機螢幕上顯示的時間，有些猶豫地看著我，「可是妳一個人很危險。」

「放心啦，哪有什麼危險。」我連聲催促，「學長快回去啦！」

「……那妳到家傳個訊息讓我知道。」

我點點頭，酒窩學長笑了笑，嘴角的酒窩依舊可愛迷人。

「那禮拜一學校見了，到時候記得讓我聽妳吹奏陶笛。」說完，他就朝階梯走去，在轉角處向我揮手道別。

看著酒窩學長離去的背影，我察覺到自己的嘴角浮現一絲苦澀的笑意。

現在還來得及。

我知道，自己對酒窩學長的好感正逐漸轉變成另一種情感。

剛開始在意一個人時，在意的情緒就像是堆在腳邊的泡泡，要踩破並不困難。

現在還來得及，只要狠下心，就能踩破那些泡泡。

只要不再和酒窩學長聯絡、不再追尋酒窩學長的身影，很容易就可以掐斷這段尚未萌芽的感情。

學長已經三年級了，再過一年就要畢業，不管我喜不喜歡他，這個時機都不理想。

更何況，酒窩學長還有喜歡的人。

可是……我還想再多看幾眼學長微笑時嘴角的酒窩，也還想吹奏陶笛給學長聽。

反正，只是一點小泡泡，不礙事的。

我咬著下唇，毅然決然地轉身往九份老街走去，打算再去吃一碗芋圓。

至於那座茶樓，等下次有機會再去吧。

隔天一到學校，林琦惠便神祕兮兮地走到我桌邊，小聲問我和酒窩學長的約會怎麼樣。

「那不是約會。」我有些無奈，「我才想問妳，妳的約會怎麼樣了？」

從林琦惠堆滿笑容的模樣看來，應該是很順利。

「不過講眞的，宋奇軒那傢伙沒問題嗎？那天在九份看見他的打扮很誇張耶，會不會走歪了？」

林琦惠嘖了一聲：「堯禹，不可以用外表評判一個人啦，他的外型的確很誇張沒錯，可是實際和他相處過後，會發現他還是跟以前一樣。」

「我看是情人眼裡出西施吧。」才剛走進教室的俞季玟耳朵很尖。

「他們還不是情人啦……欸？妳怎麼了？」我瞥了俞季玟一眼，發現她臉上的表情有異，忍不住問：「幹麼啊，生理期喔？」

俞季玟搖頭，打開書包取出一個白色信封。

「這什麼東西？」我接過信封，收件人寫著俞季玟，字體娟秀，還貼了貼紙，「女生給妳的？」

俞季玟點點頭，表情和眼神都是已死狀態，我好奇地把信拆開，看完以後，我和林琦惠瞬間笑慘。

因爲這居然是一封告白信！

「哈哈哈哈哈哈哈！」

我知道嘲笑別人的感情很不道德，可是，是俞季玟耶！

她是假T，不是眞T，雖然外表看起來超級帥氣，但內在可是貨眞價實的少女心，興趣是看少女漫畫，怎麼剪個短髮就搖身變成女孩的夢中情人啦！

「一年二班，郭霈庭。」我念出信紙最後的署名，「很受歡迎耶，季玟。」

俞季玟眼神凶惡，只差沒伸手猛掐我的脖子，「是誰害的？一天到晚叫我帥T帥T，妳看現在誤會大了！」

「哎唷，才不是我的問題，會喜歡上妳的人就是會喜歡呀，怎麼能說是我害的。」我把信還給俞季玟，「記得回信給霈庭喔！」

「妳……」俞季玟已經快氣瘋了。

一直在旁邊笑個不停的林琦惠好不容易止住笑，表情認真地看著俞季玟，「好好回覆，別糟蹋人家一片心意。」

「妳也是！」俞季玟吼了林琦惠一句，垂頭喪氣地回到座位上繼續煩惱。

雖然我知道俞季玟很苦惱，可是，這眞的有一點好笑。

「堯禹。」窗邊傳來一個男生的聲音。

「你很喜歡突然出現耶。」看都不用看，我就知道是方譽元。

「這禮拜……季玟怎麼了？」連他都察覺出俞季玟的低氣壓。

「一點小煩惱啦。」林琦惠還在幸災樂禍。

不過我也一樣。

「什麼煩惱？」方譽元不解。

「她喔……」我和林琦惠互看一眼，偷偷地笑著說：「收到人家的告白信了。」

「哇，誰啊？」

「二班的女生。」反正沒說出名字，應該沒關係。

「桃花運眞好，才開學沒多久耶。」方譽元聽起來好像很羨慕。

「因為人家比你帥啊。」我說，「而且還比你成熟。」

「這倒是眞的。」看樣子林琦惠昨天約會眞的很開心，現在才會一直為我幫腔。

「我不跟妳們爭。」方譽元用鼻子哼氣。

「你找我們幹麼？」我問。

「我找妳而已啦。」

「是、是，那我這顆電燈泡就先閃啦。」林琦惠擺擺手離開。

「少無聊了。」我翻了個白眼，看向笑臉迎人的方譽元，「所以要幹麼？」

「這禮拜就要考健康操了，妳要不要再看我跳一次？」

我斜眼打量他，方譽元承受不住這種目光，站直身體怪叫：「幹麼那種表情？」

「我只是覺得很奇怪，你居然會主動提議要練習。」他不是很不想讓別人看見自己肢體不協調的樣子嗎？

「我已經大致抓到訣竅了，所以想試試手腳同時進行動作，妳幫我看一下。」他東張西望一陣，壓低聲音，「但妳絕不能笑。」

「我很難保證。」

他瞪我一眼，「對了，妳練習陶笛了沒？」

我一驚，連忙答：「有啊，我會練習的。」

方譽元滿意地點點頭，露出開心的笑容。

我一定會練習的，因為酒窩學長說了他想聽我吹奏陶笛。

我和方譽元趁著中午休息時間來到體育館後方的空地，這裡平常不會有人過來，所以他可笑的動作不用擔心會被別人看到。

跟之前一樣，手腳動作分開做他都辦得到，但配合起來就是不行，於是我們用超級慢的速度一個動作一個動作進行。

「總之，你把重點放在手部動作上，腳的擺動幅度可以小一點，如果覺得手的動作快要被腳給打亂，就停止腳的動作，這樣如何？」

方譽元聳聳肩，不表示意見，這就代表他同意了。

後來的練習果然非常順利，我想金剛芭比一定會超級訝異，連我自己都沒料到竟然能在這麼短的時間內教會方譽元。

在方譽元自己練習健康操的時候，我聽見運球的聲音從體育館後門的門縫裡傳出。出於好奇，我走到門縫邊往裡頭看去，有個穿著制服的男生正在運球，接著跳起來作勢要灌籃，但籃球卻打到籃框邊，球頓時往後一彈。

我正想掉頭走開，卻聽見另一個聲音響起。

「阿晏，搞什麼啊，這樣都投不進。」

我微微一愣，是酒窩學長！

「拜託，我肩膀很酸欸！」那個叫做阿晏的學長用左手按壓著右邊肩膀。

「沒想到你真的那麼認真。」輪到酒窩學長運球。

「一開始確實是不爽被提名啦，但練習過幾次以後，我發現划船還滿有趣的，你不覺得嗎？」阿晏學長說。

「是因爲可以釋放壓力吧。」酒窩學長笑了兩聲，接著抛出籃球，準確空心入框。

我在心裡尖叫一聲，但還是輕輕把門掩上。

「堯禹，妳在幹什麼？」方譽元坐在一旁的石階上仰頭喝水。

「沒什麼，你跳得不錯了，成績一定會突飛猛進。」我走到他旁邊。

「那當然，我可是方譽元。」方譽元露出喜孜孜的表情，像個孩子一樣得意洋洋。

雖然方譽元有時候像個小孩一樣很欠揍，可是有時候也像個小孩一樣可愛。

我沒認識過什麼富二代，但像方譽元這樣直率表達自己情緒的傢伙雖然麻煩，我卻也不討厭。

總比需要猜測對方的心思好，例如酒窩學長那天在九份的一舉一動，就讓我在意得不得了。

「再練習一次我們就回去吧。」我對方譽元說。

抬頭望著體育館，想到自己和酒窩學長只隔著一面牆壁，我就沒來由地覺得很開心。

第七章

當我看見俞季玟居然利用下課時間去打籃球時，倍感詫異之餘，才想起我上次也曾看到她獨自在公園練習投籃。穿著運動服的俞季玟和一群男生在籃球場上揮汗奔馳的模樣十分陌生，我記憶中的俞季玟才不是那種熱愛運動的人。

我站在走廊上遠眺籃球場，球場四周站了一群男女學生，有幾個女生在俞季玟投籃成功的時候，會發出細微的尖叫聲。

「該不會是她的粉絲吧？」我乾笑兩聲，又覺得實在不可能。

「就是她的粉絲啊。」方譽元的聲音忽然在我背後響起。

「你能不能不要這麼神出鬼沒啊。」我忍不住埋怨。

他聳聳肩，咬著從合作社買來的冰棒站在我旁邊，一同看向籃球場。

「那些真的是季玟的粉絲？」

「是啊，不知道是從什麼時候開始的，反正當我察覺到的時候，季玟已經有一群固定的粉絲班底了。」吃完冰棒以後，方譽元將木棍塞回冰棒的包裝袋裡，「可能是妳之前說的那個向季玟告白的女生帶頭的吧。」

「也許吧。」俞季玟還沒解決這件事嗎？念頭一轉，我又問：「對了，你的健康操成績怎樣？」

雖然我們兩班一起上體育課，但健康操的考試是分開考，可惜金剛芭比沒有親眼見證方譽元的進步。

「妳幾分？」

「九十九，不小心跳錯一個動作，不過加上爲你特訓得到的那一分，就是一百啦。」我得意不已。

「很厲害啊。」方譽元說完，雙手比出兩個八。

「八十八？」我問。

他點點頭。

「不錯啊！」我拍拍他的背。

「是啊，這還是我跳健康操第一次拿到這麼高的成績，爲了答謝妳……」他說到這裡停了下來，伸手搓搓鼻子，我發現他的臉被太陽曬得有些發紅。

「該不會又要請我吃芋圓吧。」

「我叫譽元，並不表示就眞的那麼愛芋圓好嗎？」他沒好氣地說。

我忍不住笑了起來，抬起下巴，「所以你要怎樣答謝我？」

「嗯，下次妳有什麼東西不會，我無條件教妳怎麼樣？」

「我不覺得自己有什麼不會的東西需要你教喔。」

「好大的口氣，不然第一次期中考來比成績啊。」方譽元作勢要捲起袖子。

對於成績，我還是有點自信的，「好啊，你要比總成績還是比單科？」

「妳怎麼這麼有自信？」看樣子方譽元原本以爲我會退縮是吧。

「不比也可以啊。」

「誰說不比？」方譽元下巴抬得比我還高，「那就比總成績吧！」

「可以。」

「輸的怎麼辦？」懲罰規則一定要先講好，以免到時候有人賴皮。

方譽元摸著下巴，想了老半天才說：「拍一張很醜的照片放上臉書，然後寫『我是笨蛋』如何？」

這賭注實在太大了！

「你確定？」

「妳怕啦？」見我猶豫，方譽元自信大增。

「好，那就這樣決定了。」我伸出手指，示意方譽元勾上我的小指。「打勾勾。」

「都幾歲了還打勾。」雖然嘴裡這麼說，方譽元倒是笑得挺開心的。

等我回到教室以後才想到，不是他要答謝我嗎？怎麼變成我和他比賽成績了啊？

當俞季玟滿身是汗的回到座位上時，上課鐘早就已經打完了，她拿起水瓶大口灌著。老師還沒來，於是我走到俞季玟旁邊，問她最近怎麼會那麼勤於打籃球。

「喔，就忽然喜歡上了。」她答得含糊不清。

「不可能，妳會忽然喜歡上擦身而過的男生，但絕對不會忽然喜歡上運動，到底怎麼回事？」我仔細檢視她的臉，「而且妳還變黑了！」

她緊張地摸上臉頰兩側，「有嗎？」

坐在俞季玟後面的林琦惠探頭看了一眼，肯定地說：「有。」

「以後要擦防曬了。」俞季玟拿出手帕擦汗。

「防曬？妳應該要說『以後不打籃球了』，這才符合妳的個性！話說我之前也看過妳獨自在公園練習籃球，到底發生什麼事了？這眞的很不像妳。」我還是覺得很不可思議。

「妳好煩喔，我就不能突然對運動有興趣嗎？」俞季玟雖然語帶不耐，可是卻又好像很高興，是我的錯覺嗎？

「堯禹，已經上課了，快回座位坐好。」站在講台上的陳詣安沉著臉說。

雖然還想繼續追問下去，但礙於陳詣安這個認眞魔人正虎視眈眈，我只好乖乖回座。

課堂上，我還看到俞季玟居然帶著笑容偷偷在桌底下翻閱運動雜誌，她眞的是瘋了。

「請問季玟在嗎？」下課時間，有個綁馬尾的女生站在窗外問我。

坐在窗邊的麻煩處就是別班同學來找人時，都會先跟我搭話。我打量了一下這個女孩，她眼睛貼著假睫毛，臉上塗有淡淡腮紅。俞季玟的朋友我應該都認得，可這位是誰啊？

「季玟——」雖然覺得古怪，但我還是喊了正在和林琦惠聊天的俞季玟。

俞季玟抬頭看了過來，窗外那女孩立刻眉開眼笑。奇怪，剛才她的腮紅有這麼紅嗎？

我彷彿看見俞季玟嘆了口氣，她緩緩走到我旁邊，對著窗外那女生說：「什麼事？」

怪了，平常有人找俞季玟，她一定都會走出去，她說這樣才有禮貌，可是她現在卻站在這裡，和對方講話時，中間不但隔了一個我，還隔著窗戶。

「那個，我只是想問妳，最近什麼時候會再去打球？」那個女生扭扭捏捏的。

「禮拜六吧。」俞季玟皺眉，「妳要來？」

「可以嗎？」

「我說不行妳也會來吧。」俞季玟好像很困擾，再次嘆了口氣。

「謝謝！我一定會去的！」那個女生開心地說完後，迅速跑開。

俞季玟一臉無奈地準備回座，我立刻拉住她的手，「那是誰啊？」

「二班的郭霈庭。」

「這名字怎麼這麼耳熟……」下一秒我瞬間瞪大眼睛，俞季玟臉上漠然的神情證實了我的想法，「就是跟妳告白那個啊！」

「不准笑，不然我掐死妳。」

噢，好在她有先提醒我。

「欸，不對呀，妳還沒拒絕她喔？」

俞季玟有些爲難地低下頭，「現在不是拒絕的好時機。」

「啥啊，拒絕還要看時機？」是我聽錯了嗎？

「反正，暫時先這樣。」俞季玟不解釋清楚就回到座位。

天啊，現在是怎樣？帥T叫久了，莫非她現在眞的要變成T了嗎？

難道一直去打籃球也是爲了這個原因？爲了讓自己更有男子氣概一點？

不可能，這不是我認識的俞季玟啊！

我立刻跑到她的座位旁邊，拉過一張椅子坐下，認眞端詳著俞季玟的臉。

「堯禹妳在幹麼？」林琦惠完全搞不清楚狀況。

「季玟，妳聽過我說的有關喜歡一個人的理論吧？最一開始，那些在意的心情都是腳邊的小泡泡，只要狠下心把它們踩破，就不會演變成喜歡。」

俞季玟點頭。

「什麼什麼?」林琦惠插話，但我不理她。

「所以說，如果覺得不對勁，妳就要把泡泡踩破，不要放任它們滋長呀!」我搖晃著俞季玟的肩膀。

「妳喜歡酒窩學長嗎?」俞季玟突然問。

我全身一僵，不自然地笑答:「沒、沒有，還不到。」

「那妳也可以踩破那些泡泡嗎?」俞季玟認眞地問我，我的腦海中卻浮現那天學長在九份幫我拍照時的模樣。

「我可以，但是我暫時不想，因爲我和酒窩學長有個約定。」我要吹奏陶笛給他聽，等我完成這項約定後，就可以放下這份在意了。

「那我也是一樣，暫時不想踩破那些泡泡。」俞季玟輕輕地握住我放在她肩膀上的手，「所以，先別問我，時候到了我自然會告訴妳。」

「什麼啊?妳們到底在說什麼?」林琦惠聽不懂。

我看著俞季玟堅定的神情，明白再追問下去也沒有用。

我從沒想過，一直以來都想交男朋友的俞季玟，居然會開始在意一個向她告白的女生。

❖

我坐在花圃旁邊練習吹奏陶笛，終於可以不用看譜就能順利吹完〈小蜜蜂〉，連〈蝴蝶〉都吹得得心應手，雖然只是幾首簡單的兒歌，但是我這樣無師自通，也算是很厲害了吧。

所以我興高采烈地拿出手機，傳了LINE給學長。

「什麼時候有空賞臉來我的陶笛演奏會？」

我緊張地盯著手機螢幕，看到訊息變成已讀，接著學長傳來一張笑臉貼圖。

「我已經聽到了。」

我大驚，抬頭看向池塘旁的樹叢，一隻手從樹叢後方伸出來對我揮了揮。

「酒窩學長！」我大喊。

學長探頭露出微笑，「堯禹，吹得很好呀。」

「學長，你怎麼會在這裡？」

「我不是說過了，這裡是我的祕密基地。」酒窩學長從樹叢後方走出來，打著哈欠，睡眼惺忪地走近我旁邊的另一張長椅，又躺了下去，還閉上眼睛。

「再一次吧。」

「啊？」

「陶笛呀。」他依然閉著眼睛。

我深吸一口氣，覺得很緊張，慶幸自己剛剛沒有自言自語亂說什麼奇怪的話。

我接連吹了〈小蜜蜂〉與〈蝴蝶〉兩首曲子，陶笛的聲音飽滿渾厚，音色有些類似直笛，卻又更柔軟些。

映照著陽光的池塘閃閃發亮，頭頂樹葉沙沙作響，微風輕拂，陽光透過樹葉灑落在我和學長身上。學長的嘴角彷彿噙著淺淺笑意，靜靜聽著我吹奏簡單的曲調。

吹奏完畢之後，我大大吐了一口氣，覺得很有成就感。

「堯禹。」學長的聲音變得低沉，我內心一緊，又覺得有點慌亂，那些泡泡彷彿在這一刻又增生不少。

不，今天就是最後了。

我告訴過俞季玟了，吹奏完陶笛，我就會踩破泡泡，然後祝福酒窩學長和他喜歡的人能夠有好結果。

所以，我的態度要自然一些，把這次當作是最後。

既然是最後，我決定要看清楚學長的臉。

「學長，我吹得如何？」

「下次吹吹看《神隱少女》裡的那首曲子吧。」他忽然張開眼睛，和我四目相接。

「《神隱少女》？」我瞪大眼睛。

「我是說電影裡的插曲。」酒窩學長以爲我不知道他在說哪一首歌，便哼了起來。

「我知道這首。」那是我最喜歡的一首曲子。

酒窩學長坐起身，看著我的眼睛，「那麼，我很期待下次能聽見。」

不要跟我約定啊，酒窩學長，你又跟我立下新的約定，我踩破泡泡的日子不就得延期了嗎？

「堯禹？」他見我沒有回話，又喊了我一聲。

目前泡泡只堆到膝蓋處，我還可以自由走動，所以，晚些時候再踩破泡泡，應該也沒關係吧？

「嗯，好哇！」所以我露出微笑。

酒窩學長走過來，摸了摸我的頭，「加油，小學妹。」

酒窩學長的身上有一股好聞的香味，輕輕淡淡的，像是嬰兒油的味道，我看著近在咫尺的他，覺得泡泡瞬間又往上冒了一些。

期中考前一週，林琦惠神祕兮兮地拉著我來到教室後方的陽台，小聲說著：「堯禹，妳這禮拜六有沒有空？」

「下禮拜就要考試了，我得在家念書。」況且我還跟方譽元打賭呢。

「我知道，我是說，有沒有空一起念書？」

「可是我是屬於一個人才有辦法念書的類型耶。」只要有任何一點聲音我就會分心。林琦惠咬著唇，我問她是不是有哪裡不懂，我可以先教她。

「不是，我沒有不懂的地方。」她這句話聽起來很囂張嘛。

「那幹麼還要一起念書？」

「因爲……」她不自覺地搓著手指，「宋奇軒約我一起念書……」

我忍不住教訓她，「欸欸，小姐，考試欸！不可以約會啦！」

「什麼約會啊！我沒有要約會，我們又沒有交往。」林琦惠紅著臉的模樣一點說服力都沒有。

「好啦好啦，你們曖昧中，我知道。」我一邊敷衍回應，一邊透過窗戶看出去，瞧見方譽元站在走廊上，對俞季玟招了招手。

方譽元手裡拿著籃球，和她說了幾句話，俞季玟轉身回座拿起水瓶，接著就和方譽元一起往外走。

看樣子那邊也有兩個人不顧下禮拜就要期中考，依然利用下課時間打籃球啊。

方譽元記得他跟我打過賭嗎？還是他超級有自信？

我是不是應該先去打聽看看他的成績如何？

「喂，妳有在聽嗎？」林琦惠拍了我一下。

「喔喔，抱歉，妳說什麼？」

她嘖了聲，「我說，我不知道我們兩個現在算是什麼關係。」

「不就曖昧中嗎？」

「不要說得這麼輕描淡寫！」林琦惠看起來很生氣，「我是眞的很煩惱！」

我只覺得戀愛中的女人很閃耀。

「你們每天聊天嗎？」

她點頭。

「有通電話嗎？」

她再次點頭。

「那都聊多久呢？」

「最長有一個小時，最短也有十五分鐘。」林琦惠說。

「那會互道晚安嗎？」

「會，不管是誰要先睡，都會先向對方說晚安。」

我瞇起眼睛，「那很幸福呀，曖昧得要命。」

「可是他讀的高中是男女合校，爲什麼會……」林琦惠用手指捲著自己的髮絲，「我是說，會不會他對女生就是這樣的態度，或者是他跟班上的女生也很好……」

我雙手用力壓上她的肩膀，「我覺得，妳去問他本人不是比較快嗎？」

「我如果敢問他，還跟妳討論幹麼？」她沒好氣地回，我想也是。

「他約妳一起讀書嗎？」

林琦惠用力點頭。

「可是你們兩個這樣念得下書嗎？曖昧得要命是能念什麼書啊，只會一直在意對方的一舉一動，還是在家念書比較實在。」

林琦惠一臉不以爲然，「那如果是酒窩學長約妳一起念書呢？」

「妳很賊，怎麼可以這樣問我！」換我覺得臉頰有點發燙了。

「所以說，目的不是念書啊，我們只是希望能跟對方有多一點時間相處。」林琦惠說得很頭頭是道。

我彈了一下手指，「那就好了啊，妳就去呀，幹麼還要找我一起？」

「我會緊張。」林琦惠說。

「可是講眞的，妳這樣成績沒問題嗎？而且我們和他用的課本不一樣，進度也不一樣，這樣很難一起念書吧。」我看了下正在黑板上寫聯絡簿交代事項的陳詣安，「如果是爲了成績，與其和宋奇軒一起念書，不如和陳詣安，他感覺很聰明。」

林琦惠看了陳詣安一眼，搖了搖頭，「我覺得班長有點奇怪。」

「他是認眞魔人。」我冷笑。

「不是指那種奇怪，我有時候抬頭會發現他在看我這邊。」林琦惠將我往後拉一點，以免被陳詣安發現我們在偷偷議論他。

「看妳幹麼？」我瞪大眼睛，「不會是對妳有興趣吧？」

「老實說我也是這麼想。」林琦惠顯得有些爲難。

我拍拍林琦惠的肩膀，要她別想太多。

「再觀察看看吧，就我看來，陳詣安應該不太可能會喜歡上任何人。」畢竟他是認眞魔人呀。

週末，林琦惠這個女人親身證實了愛情比課業重要，她赴了宋奇軒的約。

「希望妳會認真念書。」

我傳了這則訊息給她以後，便倒了一杯溫水，坐到書桌前翻開課本。

念書最重要的其實就是牢記重點，平時上課認眞聽講，回家複習，不清楚的再去問老師就好，沒什麼了不起的訣竅，加上我還滿會猜題的，所以考試運一直都不錯。

複習完國文後，我卻遍尋不著歷史筆記，這時才猛然想起我把筆記借給俞季玟，連忙撥她的手機，但她沒接電話，也沒讀訊息。禮拜一要考歷史，我一定得看歷史筆記，最後只好撥了她家電話。

「喂？阿姨妳好，我是堯禹啦，請問季玟在嗎？」

「堯禹啊，好久不見，季玟她不是去妳家念書嗎？」

什麼？現在是什麼狀況？

「喔，是啊，但是因爲她還沒到，我才想說她是不是睡過頭了。」先順著阿姨的話往下說，免得她起疑心。

「奇怪，她已經出去一個小時了，我打個電話給她……」

「不用了啦，阿姨，我猜她大概是去買蛋糕或是點心什麼的，準備一邊念書一邊吃吧。」我趕緊這麼說，掛掉電話後再次撥給俞季玟，可是她依然沒有接。

這傢伙在搞什麼鬼呀，扯謊居然也不先跟我套招，到底人去哪裡了？

算了，反正她應該會保護自己，不用太擔心。

就先跳過歷史吧。我拿出英文課本放在桌子上，但是一個英文單字也看不進去，心中一直掛念著俞季玟。

齁，眞是受不了！

我跟媽媽說要外出一下，打算去街上找人。

附近俞季玟常去的地方我都找過一輪了，租書店和書店都不見她的人影，詢問她常光顧的那間小吃攤老闆，對方也說沒見到她，我甚至還跑去圖書館的自習室，仍然找不到她。

怪了，到底去哪裡了？

不知怎地，我忽然想起二班那個女生，叫什麼郭霈庭的，俞季玟該不會和她在一起吧？

「堯禹，妳怎麼會在這裡？」酒窩學長從一旁的便利商店走出來，見到我顯得很訝異。

「妳怎麼了嗎？」

我看向自己映在商店玻璃門上的臉，這才發現自己的表情看起來很緊張。

「我在找我朋友。」我努力想要維持平靜，「學長呢？怎麼會在這裡？」

「來買東西，我和朋友在開讀書會。」酒窩學長晃了晃手中的提袋，隨即又皺眉，「妳沒事吧？妳的臉色眞的很差。」

「沒什麼。」我擠出一個微笑，「學長高三了，期中考對你們來說很重要吧，加油。」

「我倒是沒有很認眞，老是在蹺課、打籃球。」酒窩學長也笑了笑。

我忽然想到，前一陣子郭霈庭來教室找俞季玟時，有提到打籃球的事。

啊，俞季玟有可能在那個大公園。

「學長，我有事先走了。」

話一說完，我不等學長回答，轉身就要穿越馬路，手上卻突然傳來一陣拉力，我站立不穩，跌進酒窩學長懷中。

「小心，有車子啊！」他的氣息就在我的頭頂，酒窩學長身上的味道瞬間將我包圍。

我感覺呼吸有些困難，那些被代表著好感的泡泡忽然間又湧上許多，在學長溫柔的懷抱裡，我清楚察覺到我對他的感情逐漸變質。

「謝、謝謝……」太危險了，我立刻掙脫學長的懷抱。

酒窩學長表情無奈，「堯禹，很難得看見妳這麼慌張，到底發生什麼事了？也許學長可以幫上忙。」

我看著眼前的酒窩學長。

不行呀，如果讓學長幫忙，那些已經堆積到了胸口的泡泡又要增生了，一旦泡泡多到淹沒了我的全身，我就會完完全全喜歡上學長了。

這樣，注定會是段苦戀。

因爲酒窩學長已經有喜歡的人了。

只是，如今學長就站在我面前，他的雙眼只看著我。

「我同學跟她媽媽說要來我家念書，但其實我們並沒有約好，她失蹤了，所以我正在找她。」

我只想獨占學長幾分鐘。

也許在學長漫長的人生當中，這一刻不過是順手幫助了一個學妹。

但對我來說，卻會是和挺有好感的對象同心協力尋找某個人的美好回憶。

也許……也許等泡泡淹沒肩膀的時候，再來清除就好了。

令我意外的是，酒窩學長眞的和我一起上了公車，前往那座大公園。

「可是學長，你不是要和朋友念書嗎？」坐在公車最後一排的窗邊，我小心翼翼地問。

「沒關係，不礙事。」學長擺擺手，提袋裡有一堆應該是他爲對方而買的點心。

那些全是女孩子愛吃的甜食，學長是和誰一起念書呢？

但這些疑問全化爲嘴角的一抹微笑，我側身轉向窗外，看著學長映在玻璃窗上的側臉。

這時，學長的手機鈴聲響起，跟上次在九份時聽到的曲調一樣，是「她」打來的。

酒窩學長只是看著手機螢幕，動也不動，我轉頭問：「學長，你不接嗎？」

「不了……」他雖這麼說，但還是盯著螢幕，嘆了口氣，按下通話，「喂。」

我假裝不在意地將視線轉向窗外，卻豎起耳朵想聽清楚電話那端的女生說了些什麼。只聽見她很大聲地說話，但我捕捉不到任何可以辨認的字句。

學長幾乎是默默聽著，很少出聲。

「我晚一點會回去。」最後學長說了這麼一句。

短短一句話，卻像尖銳的刺，穿越了無數泡泡，刺傷我的心。

不過泡泡並沒有因此而破裂，依然壓在我的胸口。

我拿起手機，再次試著撥打電話給俞季玟，依然進了語音信箱。

「快到了。」學長邊說邊伸長手，橫過我的面前按了下車鈴。

他的手距離我的鼻尖只有幾公分的距離，雖然僅是短短幾秒，但我卻止不住臉上急速竄升的溫度。

下了公車後，學長的手機鈴聲再次響起，他又嘆了口氣，將手機轉爲靜音，放進口袋，抬頭對我微笑：「走吧。」

不接手機，這樣好嗎？

這句話我沒有問出口，只是跟著學長走進公園。

原來這座公園的名字是花饗公園，大概是因爲裡頭種植著各式各樣的花卉。

我對花卉的認識不多，所以沿路只是走馬看花，況且今天來這裡的主要目的地是籃球場。沒想到平常坐在公車裡就可以看到的籃球場，實際上要從公園大門走過去，路線還有些複雜，不過酒窩學長看起來相當熟門熟路。

路邊有片開著各色花朵的樹林，白、黃兩色的花朵小巧可愛，我不禁多看了幾眼。繞過那片樹林，後方就是籃球場。

「有看見妳朋友嗎？」我們並肩站在籃球場邊，透過鐵絲網朝裡看去。場邊站著一個穿洋裝的女孩，方譽元和俞季玟正在場內角落處打球。

「在那裡。」一股氣憤的情緒湧上我的心頭。

爲什麼明明是來這裡打籃球，卻要向阿姨說謊？爲什麼不先告訴我，就拿我當藉口？而讓我更生氣的是，爲什麼郭霈庭會站在這裡？

俞季玟到底在想什麼？

「堯禹。」就在我氣沖沖地要往場內跑去時，酒窩學長叫住了我，「妳打算對同學說什麼？」

「我要問季玟她爲什麼說謊！」

「妳打算劈頭就這麼說嗎？」

那當然。雖然我沒回答，但酒窩學長看得出我的意思。

他搖搖頭，從提袋拿出一瓶奶茶，「這是最新推出的日本進口飲料，甜而不膩，很好喝。」

「學長，我現在不想喝。」

「就喝一口吧。」酒窩學長的微笑帶著不容拒絕的堅定。

我咬著下唇，看了方譽元和俞季玟一眼，又看向郭霈庭那張寫滿戀慕的臉，輕輕嘖了聲，接過酒窩學長手中的奶茶。

酒窩學長滿意地從提袋中拿出第二瓶奶茶，倚在鐵絲網上。

奶茶口感香醇，我接連喝了好幾口。

「很好喝，對吧？」

「嗯。」我將瓶蓋旋緊，忽然覺得自己沒那麼生氣了。

「好些了嗎？」酒窩學長也喝了口奶茶，歪頭看著我。

「嗯。」難道學長要我喝奶茶，是為了讓我冷靜一點嗎？

「那需要我跟妳一起過去嗎？」他瞥了籃球場角落一眼。

我深吸一口氣，「算了，我們回去吧。」

「不過去了？」

「嗯，知道季玟沒有危險，只是溜出來打籃球，那就好了。」我又看了眼俞季玟，感覺得出來，她很開心。

那個打扮中性、運球上籃的短髮女生，不是我記憶中的俞季玟。

她應該是個小女人、應該每天都想著能和男生談戀愛，沒想到她卻朝我完全沒預料過的方向走去了。

酒窩學長沒說什麼，拍拍我的頭，手插在口袋裡往回走。

我摸摸自己的頭頂，凝視著學長的背影。

唉，我總覺得，學長這種不著痕跡的溫柔，最令我無法招架。

完蛋了，泡泡好像又多了一些。

當我再次走過那片開滿各色花朵的樹叢時，又多看了幾眼，想找找有沒有寫著樹種名稱的標示牌，卻沒有瞧見。

於是我快步跟上走在前方的學長，離開公園前，我再次回頭，卻不明白自己想看的到底是花，還是俞季玟。

在公車站牌等車時，我偷偷瞥了眼學長的側臉，暗自揣測在他總是掛著淺笑的面容下，心裡想著的是什麼？真的都是些快樂的事情嗎？

陽光炙熱，明明有微風在吹拂，我卻覺得呼吸不過來。

為了打破這樣的沉悶，我試圖主動找尋話題。

「抱歉打擾學長念書了。」然而最後還是只能說出這種客套話。

酒窩學長搖頭，對我露出可愛的微笑，「反正怎麼考都差不多那樣，沒關係。」

「不能這樣說，我麻煩學長是事實。」我舉起手中的奶茶，「而且還讓學長請我喝飲料。」

「那也沒什麼。」他扯出一個微笑，我明白這飲料本來也不是為我買的。

此刻，我內心起了一點點小心機。

我故意說：「學長是不是因為陪我來找朋友，所以和女朋友吵架了？」

「為什麼這樣說？」

「因為學長沒接手機，所以我想……」

酒窩學長笑了幾聲，但我聽得出來那笑裡全是無奈：「哪有什麼女朋友。」

雖然學長看起來神情有些黯然，可是我卻有些開心，因為對方還不是他的女朋友，因為如果學長那段戀愛談得辛苦，那我的機會就將更多一些。

第八章

期中考成績揭曉，方譽亢這個在考試前一天還跑去打籃球的傢伙，活該輸給我，於是他放了一張翻白眼、吐舌頭，然後還張大鼻孔的照片到臉書上，寫上「我是笨蛋」。

對於他願賭服輸的精神，我感到敬佩，但還是要說那張照片真的醜到無以復加，因此似乎讓他的人氣稍微下降了一點點，不過依然有將近一千個人替這張照片按讚。

「女生都好膚淺。」方譽亢趴在窗邊，站在走廊上對著坐在座位上的我說。

「至少你家世不錯，可以多加好幾分。」我拍拍他的肩膀，講出他另一個更膚淺的優點。

方譽亢斜眼看我，「可以加幾分？」

「不一定。」我翻開國文課本，皺起眉頭，「你們班的國文老師有出那項很詭異的作業嗎？」

「那如果是妳，會幫我加幾分？」方譽亢答非所問。

「我又不注重那些。」我斜眼看他。如果在意家世的話，那我一定會對方譽亢很溫柔，而且當他送我陶笛的時候，我也會很高興。

說到陶笛就想起酒窩學長要我吹奏《神隱少女》的插曲。我在網路上找到樂譜，練習過幾次，聽起來還真有點像樣。

期中考過後，我幾乎每天都會找時間練習，目標是不必看譜便能吹出流暢的曲調，這樣才能趕緊完成與酒窩學長的約定。

這幾天都沒在學校裡見到酒窩學長，我還以爲那些泡泡會就此逐漸消失，然而泡泡卻還是滿滿的堆積在我的胸口。這樣不行，我必須快點解決那些泡泡。

「堯禹！」方譽元突然在我耳邊大叫。

我嚇了一跳，順手拿起國文課本打他，「耳朵很痛耶！」

「誰叫妳沒專心聽我說話。妳在想什麼？」

「沒什麼啊。」我故作鎮定，繼續翻著國文課本，「你剛剛說什麼？」

他用鼻子哼了聲，「我說，所以妳的條件是什麼？」

「條件？」

「就是男朋友的條件呀。」他邊說邊東張西望。

「蛤？」

「妳那麼大聲幹麼？」方譽元壓低聲音，「小聲一點啦！」

「那是因爲你的問題很奇怪。」我咬著下唇，「問這個幹麼？」

「好奇啊。」他又看了一下四周，神情有些緊張，「妳別誤會，我不是只問妳，還問了季玟和琦惠。」

「喔？她們兩個怎麼說？」這下換我好奇了。

「琦惠說她喜歡染頭髮的男生，最好可以和對方從朋友變成情人。」

「那就是在說宋奇軒啊，之前在九份遇到的那個。」我撇了撇嘴。什麼還在曖昧啊，林琦惠根本就在心裡把對方當男友了。

方譽元聳聳肩，「至於季玟則不表態。」

這還眞不尋常，俞季玟應該會有很多想法才是。

我的腦中浮現在公園籃球場上瞥見的畫面，考慮了一分鐘後，還是決定開口。

「喂，期中考前，我有看到你們在花饗公園的籃球場打球。」

方譽元想了下，「喔，妳說跟季玟喔，我們偶爾會約在花饗打球。」

「那個女的也都會去嗎？」

「哪個女的？」方譽元皺眉，忽然瞪大雙眼，「喔，妳別誤會，她是跟著季玟的。」

「我是要誤會什麼啊？那女的跟著季玟多久了？」

方譽元一臉困窘，「喔，沒有誤會就好。我也不知道耶，有一陣子了吧，反正從某天開始，那個女生就每次都會跟著季玟出現了。」

我回頭看了一眼坐在座位上翻閱運動雜誌的俞季玟，她正巧抬頭與我對上眼，又馬上心虛地垂下頭。

有問題。

俞季玟大有問題！

「她們之間的互動怎麼樣？」我轉頭繼續追問方譽元。

「挺曖昧的，那個女生時不時會幫季玟倒水、遞毛巾。」方譽元聳聳肩，「我想她是季玟的女朋友吧。」

「怎麼可能啊？笨蛋！」我大喊，引來班上同學側目。

「妳那麼激動幹麼？」方譽元略略站直了身體。

我怎麼能不激動？俞季玟明明應該愛帥哥呀！

我站起來，倚向窗邊，示意方譽亢靠近一點，他原先有些猶豫，但還是緩緩靠向我，我附在他耳邊悄聲說：「那個女的之前跟季玟告白耶！」

「不意外，我就說看起來有點什麼。」方譽亢挑眉，好在還知道要壓低聲音。

「可是……」

「妳幹麼這麼在意啊？」方譽亢面露不解，還天外飛來一筆，「難道妳也喜歡季玟？」

「白痴喔！」我白了他一眼，順便打了他一下。

「不是嗎？」

「當然不是！」

「那妳對於男朋友的條件是什麼？」結果繞了一圈，又回到這個話題。

「我喜歡有酒窩的男生啦！」剛剛才在笑林琦惠，現在我自己居然說出類似的話。眞的病得不輕了。

方譽亢微笑起來，我被他莫名其妙的笑容弄得有點毛骨悚然，忍不住問：「你幹麼？」

「我有酒窩嗎？」

「並沒有。」

他似乎有些喪氣，「妳沒有其他條件嗎？」

「你好煩。」這段沒意義的對話就在我說完這句話後結束，因爲方譽亢又惱羞成怒，氣沖沖地掉頭就走。

我轉過頭，眼角餘光瞥見俞季玟的視線又落在我身上。我輕輕嘆了口氣，想要過去問問她，她跟郭霈庭是眞的在一起嗎？

這時，放在桌上的手機螢幕亮了，低頭一看，是酒窩學長傳來訊息。

「陶笛練習得怎麼樣？」

短短一句話，甚至沒有貼圖，卻令我開心無比。

我抬頭，俞季玟又埋首於運動雜誌裡了。

她曾經說過，要我別干涉她。

我摀著自己的心口，在我自己都還沒能消除那些泡泡以前，又有什麼資格要求別人呢？

縱使知道，那些泡泡終有一天會淹沒自己，我們也心甘情願。

❖

國文老師出了一項很詭異的作業，居然要我們作一首詩，而且必須將自己的名字嵌在詩裡。好在我名字裡的堯禹二字都是古代賢人，隨隨便便就能完成一首詩。

堯舜為賢君，

大禹理百川。

好了，三秒完成！

但俞季玟和林琦惠可就頭大了，她們一邊惡狠狠地咒罵我犯規，一邊隨便亂寫一些一看就不像是詩的句子。

「妳可以問妳的宋奇軒。」我故意這麼說。

「妳很討厭！」雖然這麼說，林琦惠還是拿起手機傳了訊息給宋奇軒。

「你們還在曖昧喔？」已經寫完作業的我意興闌珊地拿起墊板搧風。

林琦惠歪著頭，「上次我們去看電影，他牽了我的手，這樣算是曖昧嗎？」

我和俞季玟一聽，差點從椅子上摔下來。

「是戀人。」俞季玟說。

「已超越曖昧。」我也雙手交錯比了個叉。

「是這樣嗎？」林琦惠嘟囔，看起來實在幸福得礙眼。

「找機會問清楚。」俞季玟又說。

「沒錯，宋奇軒不敢講，妳就主動開口。」我附和。

「那好吧，這禮拜我們會見面，我再問他。」林琦惠說得輕描淡寫。

「那堯禹呢？」俞季玟把話題轉到我身上，「妳跟酒窩學長？」

我嘿嘿笑了兩聲，拿出手機讓她們看學長LINE給我的訊息，「他問我陶笛練習得怎樣。」

「陶笛？」兩人滿臉疑惑，俞季玟像是想到什麼似的，問：「妳是說方譽元在九份買給妳的陶笛嗎？」

我點頭，林琦惠接著問：「那怎麼會是酒窩學長問妳這件事？」

我有太多事還沒來得及跟她們說，所以趕緊大致說了些我和學長最近的互動，沒想到她們兩個張大嘴巴：「搞什麼鬼呀！你們根本超曖昧呀！」

「那樣是曖昧嗎？」我也開始緊張了。

「妳幹麼跟琦惠說一樣的話啊？超曖昧好嗎！」俞季玟再次翻了個大白眼。

「我哪有堯禹那麼誇張！她那樣才叫做超曖昧好嗎！」

「欸欸欸，琦惠妳都和宋奇軒牽手了，還跟我講這些有的沒的。」我的臉紅了起來。

「妳們五十步笑百步啦。」俞季玟兩手一攤。

「我們才沒有在曖昧！」我和林琦惠異口同聲。

「是、是。」俞季玟答得超敷衍。

聽她們這麼說，我開始思索起「曖昧」這件事。是不是交情不錯的男女生在別人眼中看起來都會顯得曖昧？

「那妳們覺得我跟方譽元看起來曖昧嗎？」

俞季玟挑起一邊眉毛，「你們在曖昧嗎？」

「我是在問妳們啊！」

「我覺得還好耶，因爲你們又沒有單獨出去。」林琦惠不以爲然。

「但我們還滿常在下課時間聊天，這樣也不曖昧嗎？」方譽元每次經過我們班教室，只要看見我，多半會過來聊幾句。

「那我甚至會跟他去打球，這樣是曖昧嗎？」俞季玟冷笑。

我仔細端詳俞季玟，在心中回答：妳現在正朝著帥T的路線前進，任誰都不會覺得你和方譽元在曖昧。

「幹麼那個臉？」俞季玟咳了聲。

要忍住，不要隨便問起她和郭霈庭的關係，我相信俞季玟在理出一個頭緒之後，就會自己跟我說的。

「沒什麼。」

「哎唷，季玟妳那個不算啦！」林琦惠大笑，「哪有曖昧對象每次見面都在打球的？」

「所以是見面地點的問題？」我又問。

「也不是，怎麼說呢？我覺得是一種感覺吧。」林琦惠手指輕點著下巴，「比方說男女生一起出去看電影，同吃一桶爆米花，這樣我就覺得挺曖昧的。」

「我倒覺得男女生單獨去看電影這件事本身就很曖昧。」俞季玟手撐著頭。

「可是，如果我是和陳詣安單獨出去看電影，就絕對不是曖昧啊。」看著前方正在收作業簿的陳詣安，我隨口說。

陳詣安似乎聽見我說的話，橫過來一眼，我趕緊撇過頭，隱約聽見他說了句：「誰要跟妳去看電影。」

「哈哈哈，任何人和陳詣安去看電影都不會被誤會的！」俞季玟這個神經大條的女人笑得很開心，陳詣安瞬間變了臉色，卻沒跟俞季玟爭辯，只是捧著一疊作業簿走出教室。

「喔，季玟妳完蛋了。」我幸災樂禍。

「陳詣安一定會記仇，妳居然這樣傷害他。」林琦惠也說。

「我的意思是說，像他那麼認真的人，實在無法想像他會搞曖昧那一招，他應該是那種會直接說要交往的人。」俞季玟解釋。

「來不及了，陳詣安已經走了，妳最好傳個訊息向他解釋一下。」

「是啊，不然這樣實在太沒禮貌了，也許他有顆容易受傷的玻璃心。」林琦惠附和，但我覺得這句話才是真的沒禮貌。

被我們兩個這樣左一句右一句，俞季玟似乎有些不安起來，還真的傳訊息向陳詣安解釋。

「他說沒事。」陳詣安很快回覆訊息，俞季玟鬆了口氣後，瞪了我們一眼，「都是妳們亂說話。」

「關我們什麼事。」我才不會承認呢。

「話說，季玟，妳的頭髮怎麼一點都沒有長長，是一直有定期修短嗎？」

經林琦惠這樣一說，我才發現好像眞的是如此，俞季玟摸摸她的短髮，嗯了一聲。

「妳本來不是想留長嗎？」我裝作不經意地問。

「維持原樣也沒什麼不好。」俞季玟嘟噥。

「該不會眞的想當帥T吧？」林琦惠自以爲幽默地調侃。

俞季玟雖然笑著回了一句「怎麼可能」，但我知道她心虛了。

我內心的不安不斷擴大，也許，俞季玟眞的喜歡上了郭霈庭。

天氣逐漸轉涼，轉眼半個學期就快要過去了，我依然時常坐在花圃旁邊練習陶笛，這裡眞是不錯，冬暖夏涼。

有時候我會先繞去樹叢後方酒窩學長的老位子，看看他在不在那裡，但連續撲空幾次後，索性就不去看了，以免每次看見那空蕩蕩的長椅就會湧上一股失落。

我拿出陶笛，開始練習那首《神隱少女》的電影插曲，最近吹奏得越來越得心應手，我有自信在放寒假以前，就可以練成並吹給酒窩學長聽。

唉，我們學校沒有陶笛社實在太可惜了，我好不容易無師自通練會一項樂器哩。

「堯禹，我聽到陶笛聲就知道是妳！」

上天就是如此愛開玩笑，當我刻意找尋學長時，永遠不見他的蹤影；而當我轉身想放棄時，學長卻又突然現身。

我看著從樹叢後方探出頭來的學長，他嘴邊的酒窩就如同石子落入水面而起的小小漣漪，讓我的心始終無法平靜。

「學長。」我微笑，希望他所見到的我永遠都帶著笑臉。

酒窩學長坐到我旁邊的椅子上，我趕緊將陶笛收起來。

「怎麼了？繼續吹呀。」酒窩學長將手放入口袋，側頭對我微笑。

我搖頭，「我還沒練好，等更熟練些再吹給你聽。」

「我覺得剛才那樣就很好啦。」

「不，剛才那樣還不夠好。」我要做到最好才行。

「堯禹，妳很追求完美喔。」學長淺笑，「我還以爲女生都不拘小節呢。」

學長老是會提到「女生」都怎樣怎樣，但我從來沒有在學校看過學長和哪個女生走在一起，所以，學長話裡的那個「女生」不是別人，應該就是每次和他講電話的那個「她」。

學長喜歡的那個「她」。

想到這點，我的情緒不禁有些低落，那些泡泡已經壓得我快喘不過氣來。

明明知道學長已經有喜歡的人了，我卻還是放任泡泡滋長，讓自己繼續在意學長，我知道再這樣下去，總有一天那些在意會變成喜歡。

爲什麼人都是不見棺材不掉淚呢？

俞季玟也是，明明喜歡上女生很難會有什麼好結果，卻明知不可爲而爲之，最後換來的只會是傷心。

「妳看起來好像很沒精神。」酒窩學長露出一個帶著惡作劇意味的笑容，抬起下巴向旁邊的圍牆點了點。

我看看圍牆，又看看學長，不明白他想表達什麼。

「妳下一堂什麼課？」

「嗯……音樂課。」

「我們下一堂是體育，不過一定會被改成自習或是考試，所以也不重要。」

不對啊，那才重要吧！

酒窩學長站起來，把手從口袋裡抽出來伸向我，像是一種邀請，「所以，要不要一起蹺課？」

「蹺、蹺課？」我太過驚訝。

酒窩學長理所當然地點點頭，「堯禹是個乖孩子，像雞蛋花一樣潔白無瑕呢。我從小學就開始蹺課，一路翹課到高三。」

「可是……」在我猶豫不決時，上課鐘聲正巧響起，讓我更是慌張。

酒窩學長噗哧一笑，長腿踩上旁邊的石桌，一隻手輕鬆攀在圍牆邊上，另一隻手依然伸向我，「這可能是妳學生時代僅此一次的蹺課喔，不覺得什麼事情都該要經歷過一次嗎？」

「可是蹺課不好……」

「遲到也不好啊，但如果不是因爲妳遲到，我們又怎麼會認識呢？」酒窩學長溫柔一笑，「好或不好，是由誰來決定的呢？」

我咬著下唇，雖然遲到和蹺課都不好，不過，如果是因爲酒窩學長，那對我而言就是好的。

所以我往前一步，握住了學長伸出的手。

酒窩學長將我拉上石桌，我與他站在小小的石桌上，彼此靠得很近。我聞到學長身上的嬰兒油香味，那股香味彷彿將我纏繞。

酒窩學長先翻過牆頭，安穩地落在牆外等著我跳下去，當我攀爬至圍牆上時，酒窩學長對我張開雙臂，我想也不想便跳下去，落入他的懷中。

雖然只有短短幾秒，但我們的確擁抱過彼此。

我開心極了，那些泡泡又往上竄了些，脖子以下全都淹在泡泡裡了。

平日下午走在街頭，對我們這些本該在學校裡上課的學生來說，是很新鮮的事，路上幾乎都是媽媽帶著小孩，或是提著菜籃的家庭主婦，穿著校服的我們格外顯眼。我忽然想起開學第一天，校長說的那句話。

「穿著鏡湖的制服，你們就代表鏡湖。」

我突然停住腳步，酒窩學長好奇地問：「怎麼了？」

「我們穿著校服，但現在是上課時間……」我覺得路人都在看我們，兩個沒背書包的高中生，一看就知道是蹺課。

酒窩學長明白我的顧慮後，笑了幾聲，「我穿著制服蹺課過好幾次，倒是從來沒想起過校長說的話……啊，就是這樣才會被抓去示範怎麼穿制服吧。」

「學長經驗值比較高，我是初心者呀。」我小聲說著。

「哈哈，所以是妳還在新手村的意思嘍？」我的話逗得學長大笑，「好吧，我有辦法。」

酒窩學長一把拉住我的手腕，大步往前邁進。

「學長，我們要去哪裡啊？」

「反正問題是穿著制服對吧？那很簡單，只要把制服遮起來就好。」他一路拉著我來到一間服飾店門前，我嚇得往後退。

「不用買外套給我啦，穿著制服也沒關係的！」我猛搖頭。

酒窩學長一愣，隨即放聲大笑，「堯禹，跟妳在一起老是可以讓我大笑。」

意思是我很蠢嗎？

可是，我卻覺得這句話聽起來很甜蜜。

「我不是要進去服飾店啦，我要去的是旁邊那間店。」學長用手掩著嘴，指著旁邊的……乾洗店。

「呃……」我的臉瞬間漲紅，這實在是太糗了！

學長繼續看著我笑，「在這邊等我，我去拿乾洗的衣服。」

「好。」我勉強擠出一個微笑，等酒窩學長一進去乾洗店，我立刻伸出雙手扶住牆壁，只差沒拿頭去撞牆了。

天啊！我到底在蠢什麼！

居然白痴地以爲學長要買外套給我穿，根本是電視劇看太多了，實在是糗到需要切腹。

過了一會兒，學長拿著一件咖啡色大衣出來，他身上也多了件深綠色的刷毛外套。

「妳先穿這件吧。」他將大衣交給我，上面有股淡淡的香氣。

穿上大衣後，制服就能藏在底下，猛一看也不會知道我是哪間學校的學生，我安心許多，卻發現酒窩學長依舊在看著我笑。

「噢，學長你別再笑了……」我兩手抓著髮尾拉到鼻子下方，企圖遮住自己通紅的臉。

「我只是覺得堯禹妳很有趣。」學長把手插進口袋裡，他的外套沒扣上，身上的鏡湖制服還是清楚可辨。

他轉過身邁開腳步，忽然問了句：「妳吃甜食嗎？」

「吃，但沒有很喜歡。」我跟上學長，與他並肩走著。

「我還以爲女生都愛吃甜食呢。」

「只有她愛吃吧。」一想到學長又拿我跟「她」比較，我就不自覺脫口而出。

「她？」

「喔，沒什麼啦。」

「是嗎？前面那間店，假日總是人滿爲患，現場排隊一定要等上兩三個小時，訂位也要提前兩個禮拜才行。」

「學長，不能用人滿為患這句成語來形容吧……」

「喔？妳還有心情吐槽我？」他挑眉。

嗚，我是沒有資格啦，畢竟剛才這麼糗。

我們走進酒窩學長說的那間店，店裡以灰色作為主要基調，推開圓拱狀的木門，頓時響起一陣叮叮噹噹的風鈴聲。空氣裡瀰漫著濃郁的咖啡香，牆邊有幾個大型書架，上頭擺滿許多繪本以及翻譯小說。淺咖啡色的桌子頗具懷舊特色，店裡的每張椅子都不一樣，有些是鐵椅，有些則是沙發椅。

服務生領著我們來到窗邊的位子，我從來沒來過這麼時髦的咖啡店。眼前的一切都令我目不暇給，看著菜單上的價格，我更是緊張，因為我的錢包裡只有一百塊……

「可以考慮學生優惠組合，有一杯飲料和一塊蛋糕。」服務生淺笑盈盈。

「我、我們不是學生。」我連忙想要澄清，不過見服務生神色了然，我只能悻悻然低下頭，「那……優惠菜單在哪一頁？」

「哈哈！」學長再次噴笑出聲。

「學長……」我語帶埋怨。

「別理我，哈哈。」學長臉上始終掛著笑意，也罷，看著他的笑臉也很好。

我點了紅茶和起司蛋糕，而學長點了奶茶和鹹派。

「學長，你很喜歡喝奶茶嗎？」上次他去便利商店買的也是奶茶。

酒窩學長看著眼前的熱奶茶，像是陷入沉思一樣，久久未發一語，我忍不住伸手在他眼前晃了晃，喊了聲：「學長？」

「喔。」他回過神來，露出一貫的微笑，「我倒是沒意識到自己很愛點奶茶呢。」

我的心一沉，或許愛喝奶茶的也是她吧。

「話說，堯禹，妳心情好點了嗎？」他雙手交疊放在桌上，「看樣子好像沒有好一點喔。」

「我看起來心情不好嗎？」

「是啊，妳皺著一張臉呢。」他對我做了個鬼臉。

「有嗎？」我笑了兩聲。

「現在沒有了。」學長往椅背一靠，姿態悠閒，「要是有什麼煩惱，可以說給我這個學長聽喔。」

「說給帶我蹺課的學長聽嗎？」我故意這麼說，學長笑而不語。

也許是因爲見我心情不好，所以學長才會帶我出來散心吧，只是，這種「散心」的方式還眞是刺激。

我拿起小匙攪拌紅茶，「學長，你有在念書嗎？」

「好歹我也是高三生，多少有啦。」學長回答得很不正經。

「可是我看學長好像都沒什麼課業壓力，每次看見其他高三的學長姊，都覺得他們好像很疲憊的樣子。」

「像是行屍走肉，對不對？」學長將手枕在腦後，「高中最後一年，我才不想只拿來讀書。」

「學長有想要考哪間大學嗎？」

他明顯不想繼續這個話題，於是話鋒一轉，「別說這個了，你們班開始準備輕艇祭了嗎？」

「輕艇祭？」

「每年都會舉辦啊，在鏡湖上比賽。」他做了個划船的動作。

「啊！你是說獨木舟？」我頓時領悟，學長點點頭。「我們班好像沒在討論這件事。」

學長搖頭，「一年級才會這樣不以爲意，那可是全校最盛大的活動！雖然一開始我也覺得很無聊，不過阿晏倒是熱血沸騰，搞得我也期待起來。」

我想起之前學長和那個叫阿晏的學長在體育館裡的對話，原來是在討論獨木舟啊。

「還是說一年級不用參加？」

「輕艇祭競賽沒有分年級，全校只會有一個冠軍。」學長一臉勢在必得，「高三生的課業壓力都很大，所以這也是釋放壓力的機會。」

「那我要提醒我們班的選手，小心高三生。」

「哈哈哈。」酒窩學長喝了口奶茶，眼睛微微瞇起，「沒有我想像的好喝呢。」

「什麼？」

學長放下杯子，「我幾次經過這裡，每回店外都是滿滿的排隊人潮，我就想著大家願意花幾個小時排隊，味道一定很不錯，對這間店有了很高的期待。可是今天我終於踏進店裡以後，卻發現和想像中的不一樣。」

「學長覺得奶茶不好喝嗎？」

他搖頭，「只是沒有想像中好喝。」

我只喝過早餐店和便利商店賣的奶茶，對於桌上那杯紅茶，我分辨不出好壞。

「我覺得，有時候我們總是抱持了過多的期待，後來才發現其實不是那麼回事。也不是說真實情況很糟，但就是和我們當初的期待有落差。」學長盯著奶茶因攪拌而泛起的漩渦。

「學長說的是人嗎？」我鼓起勇氣開口，「是在說喜歡的對象嗎？」

他只是抬頭對我微笑，並沒有回答。

也許需要蹺課出來讓心情沉澱一下的不是我，而是學長吧。

我默默吃著蛋糕，學長有時視線會落向窗外，但大多時候就只是在發呆。

他希望此刻坐在對面的人，一定是她，而不是我吧。

想到這裡，我忽然覺得胸口一陣絞痛。

在不知不覺間，那堆泡泡已經多到徹底淹沒了我整個人，讓我幾乎要無法呼吸。

對學長的感覺，早就變成了喜歡。

在泡泡還來得及踩破的時候，我卻選擇不這麼做，任由這份好感演變成喜歡。

喜歡一個人的心情，在初萌芽時還可以拔起，但到了現在，已經沒有辦法了。

看著學長，我的眼淚險些掉下來。

怎麼才剛感受到喜歡一個人的心情，痛苦卻隨即而來呢？

「我們……」學長看著窗外，緩緩開口。

「嗯。」我應了聲，讓學長知道我有在聽。

「我們常覺得自己苦苦暗戀著的人是完美的，但事實上，我們暗戀的，會不會只是在心中擅自美化過的形象？就像這間咖啡廳一樣，我一直想來，但來了以後，卻發現不如我的想像。」

我咬著下唇，「我不這麼認爲。」

酒窩學長將視線轉向我。

「就算把對方過分美化了又如何？難道喜歡的那份心情會這麼容易就破滅嗎？」就像酒窩學長，就算他的眞實性格不若我以爲的溫柔，我也不會介意，因爲我已經喜歡上他了。

他凝視著我好久好久，好幾次我幾乎要別開目光。

「堯禹，妳果然像雞蛋花一樣。」學長苦笑，我知道他不同意我的想法。

「剛才你也提過我像雞蛋花，那是什麼樣的花？」

「花饗公園的籃球場前面有一片樹林，妳記得嗎？」

腦海中浮現出開在樹上的白、黃兩色花朵，我點點頭。

「那就是雞蛋花喔，花型很小巧可愛。」

學長的話讓我有些害羞，「爲什麼說我像雞蛋花？」

「因爲它的花語。」酒窩學長的表情變得有些陰沉，「充滿希望。」

我心中一凜，言下之意，是說我很天眞嗎？

「這樣不好嗎？」我的話音帶著抑制不住的顫抖。

他搖搖頭，坐直身體，「這樣很好，繼續保持下去吧。」

我本來想追問學長，爲什麼會突然提起這個話題？是不是遇到什麼事了？

不過看著學長黯然的神情，我決定什麼都不問，畢竟我們並不算很熟，學長應該不會想要向我傾訴煩惱。

「學長，我最近碰到一件很讓人苦惱的事。」所以我轉移了話題。

「什麼事？」學長打起精神。

「我和國中好友約定過，要好好享受高中生活，然後不要喜歡上同一個人。」

學長挑了挑眉毛，對我說的話起了興趣。

我繼續往下說：「可是，我覺得她現在似乎走向了另一條道路。」

「另一條道路？」

我喝了一口紅茶，「前陣子有個女生跟她告白，我以爲她會拒絕，沒想到她卻和那個女生越走越近。以前她明明是喜歡男生的，怎麼會突然喜歡女生呢？」

「是這樣嗎？世界上有一定不變的事情嗎？」沒想到學長卻反問我。

「欸……我也不知道，但至少她一定是……」

「我想到一個很有趣的問題。」酒窩學長打斷我的話，雙手托著下巴，「大家都說愛情不分年齡、信仰、宗教、性別，但也許就是因爲很多人根本做不到，所以才會特別強調。」

「什麼意思？」

「國中的時候，妳朋友也許喜歡男生沒錯，但現在也許她的確喜歡上女生了，那又怎麼樣呢？妳會因爲她喜歡上女生就不再當她是朋友嗎？」

「當然不會！」我立刻反駁。

酒窩學長笑了，「那不就好了嗎？有什麼好反對的。」

「但……我還是覺得有哪裡怪怪的。」

「那麼，假如有天妳喜歡上女孩子，妳會希望朋友怎麼看待這件事？」

「我不會喜歡上女生。」

「只是假設。」學長聳了聳肩，「而且這個世界上沒有絕對。」

「好吧，如果眞的如此，朋友不支持也沒關係，不要落井下石就好。」

學長彈了一下手指，「那就對了，既然如此，妳又何必想這麼多自尋煩惱？到時候反而讓妳和朋友之間鬧僵，得不償失。」

我咬著下唇，回想起每次討論到這個話題，俞季玟表情總會一變，她心裡也許已經夠煩惱了，我又何必非要追根究底？

「我知道了，學長。」

「繼續做妳自己就好。」酒窩學長滿意地點點頭。「我們差不多該回去了，聽說教官最後一節課會來，我得回去做做樣子。」

「啊……」怎麼一個小時過得這麼快？不知道下次還有沒有機會單獨和學長出來。

我們回到學校圍牆邊，學長照例讓我踩在他肩上翻過牆去，我順利地穩穩站在石桌上。

我暗暗要自己鼓起勇氣，深吸一口氣，在學長攀上牆頭時大聲問：「學長，你對於喜歡的對象，有設什麼條件嗎？」

學長一愣，鐘聲恰巧在這時候響起，他輕輕一跳，落在我的身邊。

「妳說什麼？」他臉上掛起笑容，不像是沒聽到我那句問話。

我漲紅了臉，沒有勇氣再說第二次。

見我這樣，學長大發慈悲，不再鬧我。「剛剛我不是說了，這個世界上沒有絕對，所以我不會預設條件，喜歡就是喜歡了，不是嗎？」

「剛剛在咖啡廳，學長明明說過，許多人喜歡上的往往是自己想像中的對象，擅自把對方理想化。」我吐槽他。

「哈哈，我一開始是那樣想沒錯啊，但妳不也說了，喜歡就是喜歡，就算當初過度美化了對方的形象又如何？」

我咬著唇，「我應該是被學長影響了。」

「妳很容易被其他人影響呢。」酒窩學長笑了笑，「堯禹，妳是什麼星座？」

「雙子，AB型。」

「有點像，又不太像呢。」

「那學長是什麼星座？」

「妳猜猜看？」酒窩學長一臉狡黠，似乎認為我一定猜不到。

「射手嗎？」

他瞪大眼睛，「妳怎麼知道？」

「覺得還滿像的。」愛好自由，想到什麼就去做，不按牌理出牌。

「很多人都這樣說，但我一點也不覺得自己像射手座。」他瞥了眼擠滿學生的操場，「那我先走了，堯禹，下次見。」

下次是什麼時候？

「喔，掰掰。」我不能眞的問出口，還是只能揮手道別。

「差點忘了。」忽然，酒窩學長的手朝我伸來，輕輕碰觸到我的臉頰，讓我頓時一呆。

「外套。」

他的手停在我的領口處，微微苦笑，「太習慣了。」

「習慣？」我的聲音顫抖，慢慢解開外套的扣子。

「習慣幫外套的主人脫外套。」學長忽然失笑，「妳幹麼一臉凝重，不是妳想的那樣啦。」

我一點也笑不出來，相反的，還快要哭了。

「堯禹，妳在想什麼？好色喔。」學長嘿嘿笑了兩聲。

「才、才沒有呢！」我別過臉，「我想說，是學長的女朋友之類的……」

「我沒有女朋友，不是說過了？」他的笑容帶著無奈。

我瞬間鬆了一口氣，安心的模樣似乎被學長看在眼裡，他溫柔地摸摸我的頭髮，我的臉再次灼熱一片。

「謝謝學長。」我將外套脫下來還給他，不敢看他的臉。

他的手依然停在我的頭頂，輕柔地撫摸著，讓我覺得很溫馨舒適。

「好啦，我先走了，妳也快點回教室吧。」學長收回了手。

我輕輕嗯了聲，低頭看著自己的皮鞋。直到聽見學長離開的腳步聲，我才抬起頭目送他的背影逐漸走遠。

酒窩學長一離開，方譽元就追著一顆在地上滾動的籃球跑過來，見到我，他顯然有些訝異，「堯禹，妳怎麼在這裡？」

「喔，沒什麼啊，來晃晃。」

方譽元很疑惑，「不對啊，你們班明明還在考試，妳怎麼會在這裡？」

「考試？」我有聽錯嗎？「我們班上節是音樂課啊！」

「季玟說臨時調課。」方譽元撿起地上的籃球，忽然皺起眉頭，「妳蹺課？」然後他立刻轉頭看向酒窩學長朝球場走去的背影。

「跟他？」

我立刻否認，「沒、沒有！」

「少騙人！」方譽元朝我走近，臉色有點難看。

「我的確是蹺課了，但我不是跟學長……」我說了謊。「我只是待在這裡……」

「待在這裡幹麼？」

「呃……陶笛啦，我在吹陶笛！」我從口袋中拿出鴿子造型的陶笛。

方譽元一愣，有些不好意思地說：「妳有在吹呀？」

「嗯，難得收到這種禮物，一定要練習的啊。」況且還是跟酒窩學長一起去買的。

「是嗎？」方譽元嘿嘿笑了兩聲，我發現他雙頰有點紅。

「你的臉好紅，沒事吧？」

「哪有啊。」方譽元用手背抹了一下自己的臉頰，「話說妳待在這裡好嗎？還不快回教室。」

「啊，對！」我趕緊往教室的方向跑去。

方譽元叫住我，「要不要我陪妳？」

「我們又不同班，陪我幹麼？」丟下這句話，我立刻又拔腿飛奔。

當我回到教室門口時，只見班上同學大都坐在位子上聊天，俞季玟一看到我立刻大喊：
「堯禹！」

全班同學都朝我看來，我趕緊示意她小聲點。

俞季玟和林琦惠小跑步過來，俞季玟附在我耳邊悄聲問話，感覺得出來她很不高興：
「妳剛剛去哪裡了？」

「就……我以爲是音樂課……」我很擔心，「剛才是哪個老師的課？」

「妳死定了，是姥姥的課！」俞季玟沒好氣。

我眼前一黑，死定了，居然是姥姥的課！要是被爸媽知道我蹺課該怎麼辦？

「季玟，你不要嚇她啦，妳看她臉色都變了。」林琦惠偷笑。

「咦？騙我的嗎？」我一愣。

「沒騙妳，眞的是姥姥的課，但我們跟姥姥說妳生理痛，去保健室休息。」俞季玟瞇著眼睛，「看妳要怎麼謝我！」

「天啊！太感謝妳了，季玟，我愛妳！」我在俞季玟臉上來回親著。

「放開我啦！噁心！」俞季玟推開我。

「啊……」一聲驚呼突然響起，有個水瓶滾到我的腳邊，我順著水瓶滾過來的方向看去，只見郭霈庭滿臉錯愕地站在門邊。

「那個……抱歉……」她看起來好像快哭出來了，先是往後退了幾步，隨即轉身就往樓梯跑去。

我們三個傻在原地。我剛剛雖然親了俞季玟的臉頰，但那又沒什麼，我們國中還一起泡過溫泉呢。可是對郭霈庭來說，俞季玟是她喜歡的人，所以見到我和俞季玟那麼要好，她是不是吃醋了？

那如果俞季玟是跟男生要好，她會吃醋嗎？

這個問題讓我陷入沉思。

「離我遠一點啦！」俞季玟嫌惡地推開我。

「幹麼這樣。」我心裡很在意剛才郭霈庭的反應，也很在意此刻俞季玟心裡的想法。「妳要去追她嗎？」

「爲什麼要？」俞季玟挑眉，一臉不解。

我暗暗鬆了口氣，「沒什麼。」

俞季玟定定看了我幾秒，什麼話都沒說，逕自回座。

林琦惠拉著我來到走廊上，低聲問：「季玟跟那個女的有在一起嗎？」

「沒有吧，她有跟妳說過什麼嗎？」我大驚。

林琦惠聳聳肩，「我是不怎麼在意啦，不管她是不是跟女生在一起，她都是我們的朋友。」

看樣子無論是酒窩學長還是林琦惠，都比我豁達多了，我一直糾結在俞季玟和郭霈庭之間的關係，顯得我心胸十分狹隘。

也許是因爲我和俞季玟從國中就認識的緣故，聽她說想交男朋友聽了三年，我的心中早就認定她喜歡的對象應該要是男生，所以才會在她性向忽然變得模糊時，感到無法接受。

不過就像酒窩學長和林琦惠說的，不管俞季玟喜歡男生還是女生，她依然是我認識的俞季玟。

這麼想以後，我覺得自己稍稍放寬了心。

「謝謝妳啊。」

「謝什麼啊？」林琦惠笑了笑。

我不知道俞季玟後來有沒有向郭霈庭解釋，但下午郭霈庭就像是什麼事都沒發生過一樣，又開心地跑來找俞季玟聊天。

當我正要去廁所的時候，郭霈庭卻追過來叫住我。

「妳是堯禹，對不對？」她的眼中帶著歉意。

「妳怎麼知道我的名字？」我有些防備。

「對於俞季玟的一切，我都很瞭解，我知道妳是她國中最好的朋友。」她朝我走近了一小步，「所以唯獨妳，我不想交惡。」

交惡？

雖然我不想樹敵，但也不用跟妳太好吧！

不過我沉默不語，這些話被我藏在心中。

郭霈庭深吸一口氣，「我可以偶爾跟妳聊聊季玟國中的事嗎？」

「妳眞的喜歡她？」

「嗯，很奇怪嗎？」

很奇怪。

可是，愛情不該被設限，不是嗎？

我輕輕搖頭，「季玟也是嗎？」

「我不知道，但至少她沒有明確拒絕我。」郭霈庭咬著下唇，努力撐起一個微笑。

看著她倔強的臉，我終於眞切體會到，感情是不該被區分的。

不管我們喜歡上什麼樣的人，那份純粹的心情都是一樣的。

對於這段原本讓我覺得有些彆扭的女女關係，我感到釋懷許多，不過我還是對她說：

「雖然我和季玟從國中就很要好，但是我沒辦法代替她告訴妳任何關於她的事。」

「可是如果不了解季玟，我就沒辦法斬釘截鐵地說自己很喜歡她。」

「爲什麼一定要完全了解對方，才能喜歡對方呢？」

「我沒有要完全了解季玟，但我必須是最了解她的人。」

「沒有一定吧。」像我也不全然了解酒窩學長，可是我依然很喜歡他。

郭霈庭靦腆一笑，「每個人想法不一樣，只是我希望當我喜歡的人陷入沮喪時，我會是那個最知道該如何安慰她的人。」

說完，郭霈庭向我輕輕點了個頭，便轉身離開了，而我突然對這個女生多了許多好感。

她的話讓我思索很久，我依然認爲不需要「完全」了解一個人才能去喜歡他，但是，我想當那個最了解他的人，這樣在對方沮喪、傷心的時候，我才會知道該怎麼陪伴他。

然後我深深地察覺到，我完全不了解酒窩學長。

對此我感到相當羞愧。

第九章

隨著一月將至，大學學測的日子也越來越近，酒窩學長不再蹺課了。

有次我經過酒窩學長的班級，看見他坐在教室裡意興闌珊地翻著書，整條三年級走廊瀰漫著肅殺之氣，能充分感受到高三生面臨考試的壓力。

想到自己未來也要面對學測，以及酒窩學長再過半年就要畢業，我的心情就一直處於愁雲慘霧的狀態。

學測前一晚，我鼓起勇氣傳訊息給學長，要他加油，但雖然訊息顯示已讀，卻沒收到他的回覆。我的腦中冒出了許多負面想法，不過最後還是告訴自己，學長正在努力念書，他正處於水深火熱之中，沒空回覆訊息是很理所當然的。

只是，我卻再也提不起勇氣主動傳訊息給學長，所以整個寒假期間，雖然我每天都會打開酒窩學長的聊天視窗，而且好幾次都已經打好訊息，卻遲遲不敢按下送出，最後只能選擇作罷。

我第一次如此期待開學，這樣就能在學校看到學長了。

我努力練習那首《神隱少女》電影插曲的陶笛吹奏，希望可以給學長一個驚喜。

開學前夕，方譽元提議大家一同出去玩，我問他所謂的「大家」包括了哪些人。

「季玟、季玟女友、琦惠和她男友，還有妳們班的班長。」

方譽元會想要邀陳詣安，我覺得很訝異，方譽元基本上和陳詣安沒什麼交集。

「我覺得班長不會去吧，上次純屬例外。」

「可是我剛問他，他說好耶。」

方譽元回覆的訊息讓我瞪大眼睛，原來他們有保持聯絡啊，男生之間的友情還真是奇妙。

「而且季玟和琦惠都還沒和對方交往，你不要亂配對。」

「遲早的事啦！」方譽元附上一張笑臉貼圖，「所以走吧走吧。」

「可是要去哪裡？大家討論一下吧。」說完，我開了個聊天群組，因爲沒有郭霈庭的帳號，所以並沒有邀請她。

令我意外的是，大家很快就答應了方譽元的提議。

「等一下，現在還沒有敲定時間日期，你們就確定一定會參加？」

我提出這個疑問，然後林琦惠傳了私訊給我。

「傻瓜，這是絕佳機會啊。」林琦惠傳了個叉腰的貼圖。

「妳在說什麼？」我眞心不懂

「大家只是想要有藉口可以和喜歡的人一起出去啦！如果今天妳的酒窩學長會去，那妳也不會問時間和地點，一定隨時隨地都OK！」

我恍然大悟，沒錯啊，我也想要找個藉口見見酒窩學長。

可惜我和他的生活完全沒有交集，連想要找藉口見面都沒辦法。

啊，好羨慕林琦惠，她和宋奇軒就算不同校，也可以在寒假見面。

所以說，林琦惠和宋奇軒會那麼快就答應要去，原因很明顯，而郭霈庭只要聽到俞季玟會去，她也一定會答應，俞季玟應該也抱持著同樣的想法。

這麼說的話，的確解釋得通。

可是陳詣安呢？他又是爲了什麼答應這個邀約？我們和他都不算熟啊。

「可能只是很閒吧。」林琦惠胡亂猜測。

「妳之前不是覺得他喜歡妳？」我突然想起這件事。

「喔，那個是我誤會了，我後來仔細觀察過，其實他應該是在看季玟。」

「季玟？為什麼？」這也太奇怪了吧！

「我也不知道，不過不重要吧。」林琦惠回答得很隨便。

於是，大家決定說走就走，這個週末立刻出發。

我們一直都知道方譽元家裡很有錢，但直到這次出遊才眞切體會到，方譽元眞的是個大少爺。不但有私家車接送我們前往他們家位於山區的別墅，別墅裡還僱用了一對五十幾歲的夫妻，妻子負責料理餐點與打掃環境，丈夫則負責庭院維護兼保全。也因爲如此，家長都放心讓我們前去別墅度假。

這棟兩層樓別墅有四間臥房，照理來說，男女生各睡兩間房剛剛好。

「我一定要自己一個人一間，我不習慣和人睡。」方譽元做出了這種只有大少爺才會說的宣告，但我們也沒有異議，畢竟這是他家的別墅。

見郭霈庭一臉期待，我在心裡盤算著，這可不行，雖然她和俞季玟都是女生，可是兩個人還在曖昧期，絕對不能同睡一間。

所以，我立刻舉手，「我跟季玟一間！」

郭霈庭完全不隱藏自己失望的表情。

意外的，我發現俞季玟竟然像是鬆了一口氣，難道她也怕情侶同住一間會克制不住？

噢，不！我不想想像朋友失去理智的畫面。

「堯禹。」宋奇軒將行李放進房內後，走出來小聲地叫我。

我轉過頭，見林琦惠和郭霈庭已經進去她們的房間，疑惑地問他要幹麼。

「方譽元很有錢啊？」他指了指正在房間裡整理行李的方譽元。

「對啊。」我們可是身處在豪華別墅。「這還不夠明顯嗎？」

「那……他……」宋奇軒抓著他那頭已經染回黑色的頭髮，支支吾吾的。

「說啊，你小時候不是很愛告狀，現在怎麼這麼扭扭捏捏的？」我用手肘頂他一下。

「不是說那是黑歷史勿提了嗎！」宋奇軒瞪我一眼，「好啦，要替我保密喔。」

「憑我們多年交情，我看狀況。」

「要保密啦！」以前我吩咐他保密，這傢伙還是跑去跟老師告狀，現在居然敢跟我談條件？好吧，沒關係，大人有大量，所以我還是答應了。

「方譽元的目標應該不是琦惠吧？」

我的天啊，沒想到他居然會問這樣的問題。

「妳幹麼用那種眼神看我？」宋奇軒的臉微微泛紅。

我欣慰地拍拍他的肩膀。

「幹麼啦！很煩耶。」他甩開我的手。

「放心，雖然我不知道那顆芋圓邀請我們來這裡的用意是什麼，不過他絕對不是對琦惠有意思。」我曖昧地笑著。

「別告訴別人！」宋奇軒被我糗得尷尬不已，扭頭就往房間走去。

看樣子，宋奇軒和林琦惠在一起是遲早的事。

用過晚餐後，那對夫妻便與我們道別，表示明天早上會過來做早餐，也建議我們可以趁著早上去山裡走走，呼吸新鮮空氣。

我們一群人坐在客廳看電視，對於那些有意中人在場的人來說，就算只是大家在一起發呆也很幸福，可是對我來說就很無聊。我原本以爲陳詣安也會一臉無趣，然而他只是專心沉浸在小說的世界裡。

「大家要不要去外面晃晃？」於是我提議。

「試膽遊戲？」方譽元立刻搭腔。

「好……」宋奇軒也反射性地贊同。

「我不要。」林琦惠插嘴。

「喔，對，不要，太危險了。」然後宋奇軒就跟應聲蟲一樣連忙改口。

我對著他們兩個笑得非常曖昧，結果兩個人都漲紅了臉。

「去走走，說不定可以看見星星，」好心的我決定別太逼他們，「方譽元，不要什麼試膽大會啦，你很幼稚。」

「啥？」方譽元瞪大眼睛。

俞季玟一起身，郭霈庭也跟著起來。

「那走吧。」陳詣安倒是很爽快地闔上書本，走到玄關穿鞋。

大家都準備好後，方謍元還自己一個人站在客廳裡生悶氣。

「你不出來？」我問。

「妳爲什麼要反駁我的提議？」他氣呼呼地看著我。

我想起上次去九份時，他也是這樣，很愛生氣，眞是幼稚鬼。

原本想說他幾句，但看在他提供別墅住宿的份上，我壓下不耐。

「第一個反駁你的是琦惠耶。」我提醒他。

「但妳說我幼稚。」

事實上，你是很幼稚沒錯啊。

「好啦，我道歉可以吧？快點出來啦，大家都在等你。」我嘆了口氣。

但這種方式對方謍元好像很有效，他馬上走到我旁邊穿鞋。

山中的夜晚十分寒冷，走著走著，會讓人不禁想要往別人靠近，彷彿這樣可以汲取到一些些溫暖。林琦惠和宋奇軒之間還保持著一點點距離，但看得出來，兩個人都在等待偷偷牽手的時機。

至於郭霈庭，她幾乎整個人都靠向俞季玟了，好幾次手就要勾上她，但過了一會兒，原本走在後面的陳詣安竟上前插進她們兩人中間。

哇，好像發現了什麼不得了的事！我忽然明白陳詣安會來是爲了什麼，也明白他爲什麼會時常看向俞季玟那邊了，嘿嘿。

這就是走在隊伍後面的好處，所有愛恨糾纏一覽無遺。

「笑什麼？」方譽元狐疑地打量我。

「噓，你注意看前面。」我小聲地說。

「喔，大家都在談戀愛呢。」方譽元回我一個曖昧的笑容，「不如給大家一點空間？」

我點點頭，於是我們兩個放慢腳步，距離前面的隊伍約落後一百公尺左右。

「還是說，我們乾脆偷跑？」方譽元的聲音有些乾澀。

我抬頭看了眼高我半顆頭的他。

「爲什麼要偷跑？」

「因爲……這樣能讓他們有更多時間獨處……」他咳了一聲。

「不，那樣太刻意了。」我說。

方譽元看起來有些失望，沒想到他也挺八卦的。既然他愛八卦，那我就分享個小八卦給他，當做是借住他們家別墅的小小回報。

「喂，你知道爲什麼大家會這麼爽快地答應要出來玩嗎？」我將之前和林琦惠討論的結論告訴他。

方譽元微微一笑，「所以大家都一樣。」

「什麼一樣？」

「我是說，大家出來玩的理由都一樣。」他定定地看著我。

「不過我也是剛剛才發現班長的心意，沒想到原來他喜歡郭霈庭。」我嘆了口長氣，喜歡上一個沒辦法回應自己感情的人，這種事實在很悲慘啊。

「反正那都是別人的感情。」方譽元忽然停下腳步，「堯禹。」

「嗯？」我轉過頭，看著他站在路燈下的身影，光線從他的頭頂直直照射下來，令我看不清他的臉。

「也許我的目的也一樣，只是想跟喜歡的人有多點時間相處。」

「不會吧！」我瞪大眼睛，立刻再次轉頭看向前方已經離我們有一段距離的那五個人，難道眞被宋奇軒料到，方譽元喜歡林琦惠嗎？

見到我的舉動，方譽元笑了幾聲，接著拿出手機，不知道在幹麼。

和別人講話講到一半竟逕自玩起手機來，眞沒禮貌。才剛這麼想，我的手機突然發出訊息提示聲響，一想到也許是酒窩學長，我便迫不及待地從口袋拿出手機。

喜為何人心，
同歡本無由，
卻因君不悉，
何如知堯舜，
本無人同禹。

我困惑地抬頭看向傳給我這則訊息的方譽元。

「你幹麼？」

「就……國文老師出的暑假作業。」他的神情有些不自然。

「我們上學期也有耶，不過你怎麼沒在詩裡嵌上自己的名字啊？」我把手機放回口袋。

「妳不再多看一下嗎？」他著急了起來。

「我又沒辦法給你什麼建議，季玟的國文成績比我好，你問她比較合適。」我仰望夜空，今晚的月亮是一彎上弦月，恰巧有兩顆特別明亮的星星點綴在上方，看起來就像是張笑臉。

咦？這不就是絕佳的機會嗎？

我立刻拿出手機朝天空拍了幾張照片，雖然不是很清楚，不過勉強還看得出來上弦月和星星組成的笑臉。這次，我毫不猶豫地把照片傳送給酒窩學長。

「學長，今天的夜空是笑臉喔。」

學長並沒有馬上讀取訊息，不過我已經心滿意足了。

我抬起頭，猛地對上方譽元的目光，他是什麼時候站到我面前的？

「怎麼了？」

是月光的緣故嗎？我怎麼覺得今晚方譽元的眼睛分外散發出一股奇異的光采？

「妳剛才在笑什麼？」他問。

我指著天上的月亮，他抬頭一看，隨即倒退一步。

「是個笑臉。」他淺淺一笑。

「對呀。」我感到有些不自在，剛才的方譽元讓我覺得有些……陌生。

「堯禹，妳有喜歡的人嗎？」方譽元忽然問我。

「幹麼問這個？」我心跳更快了。

「我只是想知道，妳喜歡的人要符合什麼條件？」

「這你之前不是問過了，但喜歡一個人怎麼會需要預設條件？」

「妳之前都避而不答。」方譽元雙手插到口袋裡，「爲什麼要假裝自己並沒有預設條件呢？」

「哼，那我希望他不會很幼稚！」我下巴抬得高高的。

「妳！」他又被我惹毛了。

這時，手機傳來訊息提示聲，我立刻拿起手機，是酒窩學長！

無法隱藏的笑意湧上嘴角，方譽元好奇地靠過來，我連忙將手機往自己胸口一壓，「你要幹麼！」

「誰傳訊息給妳？」

「關你什麼事！」

「說一下會怎樣。」

「我爲什麼要說？」

「堯禹，妳眞的很不可愛！」方譽元的臉色沉了下來。

「我要你覺得我可愛幹麼？」我回嘴。

「因爲……因爲……」方譽元呑呑吐吐了老半天，講不出一個完整的句子。

「你們在幹麼啊？」從前方折回來的俞季玟站在不遠處，「怎麼停在這裡？」

「那顆芋圓很奇怪，我不想理他了。」我趕緊跑到俞季玟旁邊，她狐疑地打量著我，又看了看方譽元。

我趁機看清楚了酒窩學長傳來的訊息。

「月亮跟妳一樣都愛笑。」

我心中小鹿亂撞，甜蜜在胸口蔓延，也許是月色太過迷人，讓我整個人暈陶陶的，居然大著膽子回應：「我覺得像酒窩學長，兩顆星星是學長的酒窩。」

訊息顯示學長已讀，我的心臟簡直要從嘴裡跳出來了，他會回我什麼呢？

「是妳的酒窩學長嗎？」俞季玟這女人居然偷看，還大聲嚷嚷。

「什麼學長？」方譽元再度靠了過來。

「不關你們的事啦！」我連忙把手機收進口袋，然後速速逃開，朝前方的林琦惠與宋奇軒跑去。

好吧，雖然當我走近他們的時候，接收到宋奇軒嫌我礙事的眼神，但當他們的電燈泡總比我自己被別人逼問好，所以我一路纏著林琦惠直至回到別墅。

當天晚上，我洗好澡回到房間時，俞季玟已經在床上躺平。

「妳這麼早睡？」

「累了。」她背對著我。

該跟她說陳詣安好像喜歡郭霈庭嗎？我需要這麼雞婆嗎？

滑開手機，看著學長傳來的訊息，他也回傳給我一張他自己拍的笑臉月亮。

我和學長明明身處在不同地方，可是卻同時看著同一個月亮，這讓我開心不已。

就在我關燈準備入睡的時候，俞季玟忽然從床上坐起身，我以爲她要去廁所，但她卻默不作聲地盯著我看。

「怎麼了？」我被她看得心裡有點毛毛的。

「妳喜歡方譽元嗎？」俞季玟的態度很嚴肅，「我們之前說好了，有喜歡的人要告訴對方。」

「為什麼一直提到方譽元？我不是說我喜歡酒窩學長了嗎？」

「因為方譽元很喜歡接近妳，還會跟妳有肢體接觸。」

「之前他不是也這樣對妳？妳還說妳不喜歡那樣的肢體接觸。」我兩手一攤，「而且他對任何女生都這樣吧。」

「所以我才不喜歡！」俞季玟語氣加重，「那妳能保證以後也不會喜歡上方譽元嗎？」

「季玟，妳怪怪的，我當然不會喜歡上那顆芋圓啊。妳糾結這個問題，搞得好像是喜歡上他一樣，但我覺得妳反而該擔心陳詣安，他對郭霈庭的態度……」說到這裡，我猛地一愣，看著俞季玟泛起紅暈的臉蛋，「等等，妳該不會是……」

「我是喜歡他。」

「什麼！」我幾乎要尖叫出聲，「可是妳不是喜歡郭霈庭？」

「妳真的很誇張，我們認識幾年了？我怎麼會喜歡女生！」俞季玟瞪我。

「可是妳變得喜歡看運動雜誌，又維持短髮造型，然後還跟郭霈庭黏在一起，又開始打籃球，我以為妳正在朝那條路線前進！」

「因為……因為方譽元喜歡打籃球，又愛聊運動話題，我想要跟他有共同話題，所以才……」現在羞紅著臉的俞季玟才像是我認識的她。

「所以妳在方譽元面前一直裝酷，是因為害羞？」

「不然呢？」她的臉超紅。

天啊，我以為那是要朝帥T路線前進的緣故，而且就在我決定要全力支持她的性向時，她居然告訴我一切都是我的誤解！

「可是郭霈庭又怎麼解釋？妳老是把她帶在身邊幹麼？」而且郭霈庭還直接跑來跟我說想要更了解俞季玟。

「這樣方譽元比較不會有戒心。」

「戒心？拜託！方譽元直接跟我說郭霈庭是妳的女朋友耶！」這根本就是本末倒置啊。

「那是誰害的！都是妳一直說我是帥T的緣故！」俞季玟瞪著我的眼神像是想要殺了我。

「哎唷，我是開玩笑的啊，我怎麼知道大家會傻傻相信，而且之後妳的行徑又那麼詭異，連我都開始懷疑……」我覺得自己有些理虧，可是俞季玟似乎也該為這場誤會負起一些責任。

「我以為憑我們之間的交情，妳會明白！」她更加憤恨地瞪著我。

「好啦，對不起啦。」我立刻撲上去給她一個大擁抱，「我以後絕對不會這麼白目了，再也不說妳是帥T，可是妳也該開始留長髮啦。」

「我覺得維持這樣很好。」俞季玟沒有推開我，「妳知道方譽元都會跟那些向他告白的女生保持距離嗎？」

「怎麼說？」事實上我根本不知道方譽元有被誰告白過。

「在期中考的時候，他曾經和我提過……」

「妳騙妳媽說和我一起讀書，其實卻是和他去打籃球的那時候嗎？」我不懷好意地說。

「對，妳怎麼知道？」她瞪大眼睛，「難道妳……」

「放心，我沒有告訴妳媽，雖然我那時候確實感到很生氣，可是多虧了酒窩學長。」我說了那天和酒窩學長一起去公園找她的事，越說越覺得害羞。

「酒窩學長是個好人。」俞季玟笑得很曖昧，「看樣子妳很有眼光。」

「看樣子妳眼光怪怪的。」我也不是省油的燈。

「哼！」

我感到如釋重負，這好像是升上高中以來，第一次和俞季玟打開天窗說亮話，我決定要傳訊息告訴酒窩學長這可笑的誤會。

才一點開LINE，就想起方譽亢稍早傳給我的那首詩，覺得應該可以轉貼給俞季玟看看，讓擅長國文的她可以跟方譽亢多一個聊天話題。

不過再看了眼方譽亢傳給我的那首詩，卻突然覺得好像有哪裡怪怪的。

如果是國文老師出的作業，照理來說，這應該要是首嵌字詩，但句中不見方譽亢的名字。

我仔細再看一遍。

喜何如此心，
同歡本無由，
卻因君不悉，

何如知堯舜，
本無人同禹。

我以為是自己眼花，又看了一遍。
這的確是首嵌字詩，只是嵌的字是斜向。
喜歡君堯禹。
喜歡妳堯禹。
我立刻關掉手機螢幕，心臟跳得飛快。
這是怎麼回事？

第十章

我沒將那首詩轉貼給俞季玟，我告訴自己這應該是場誤會，但又覺得如果這眞是場誤會也太過離奇。因爲那首詩的緣故，後來我見到方譽元都覺得心裡怪怪的，當他一靠近我，我便會立刻閃開，次數一多，方譽元也生氣了，索性也不理會我。

俞季玟以爲是她昨夜對我坦白心意，我才會刻意與方譽元拉開距離，她告訴我不需要做到這種地步，而我只是扯出一抹微笑，不置可否。

日子就這樣來到開學第一天，也不知道這算不算是巧合，我又遲到了。於是我再度來到學校那處圍牆邊，但不管怎麼努力，我的雙手怎麼樣也攀不上牆頭。

「堯禹，學壞嘍。」

朝思暮想的聲音在身後響起，我驚喜地轉過身，「學長！」

「遲到了還這麼開心。」他摸摸我的頭，掛著酒窩的笑容看起來如此閃耀，「老方法吧。」

我看著學長彎下腰的背影，他後頭的頭髮剪短了，頭頂的髮旋好可愛。我輕輕踩上他的背，暗暗慶幸還好這次過年沒吃太多零食，駕輕就熟地翻牆而過，穩穩踩到石桌上。

學長將自己的書包丟過來，接過書包，我立刻跳下石桌站到一旁，他俐落地翻牆而過，我立刻上前把書包遞給他。

「這一次書包安全抵達學長手上。」我做了個敬禮的手勢。

「過了一個寒假，堯禹還是一樣可愛。」學長笑了起來。

我臉一紅，不知道該如何反應。

酒窩學長又輕笑一聲，背上書包，再次伸手摸摸我的頭，力道輕輕柔柔的，像是撫摸小動物一樣，帶著寵愛。

我萬分害羞地看著酒窩學長，他的笑容和以往不同，除了親切，似乎還帶著一種溫暖。

「堯禹。」他連喊我名字的聲音都如此溫柔，「妳真是單純。」

「這是稱讚嗎？」我羞怯地問。

他莞爾，「當然是稱讚，單純是裝不來的，這樣很好。」

學長的語氣帶著一絲哀傷，他在寒假發生什麼事了嗎？

「學長，你考試考得怎麼樣？」我想轉移學長的心思，胡亂起了個新話題。

「哇，這麼現實的問題呀。」他收回放在我頭上的手，頓時讓我覺得有些失落。

「學長不想回答也沒關係。」啊，也許學長的成績不是很好吧。

「要考上我想去的學校應該沒問題。」而他卻這麼說。

「騙人！」我大感訝異。

「雖然我常蹺課，但考試運很不錯。」他勾起調皮的笑容，第一節課的上課鐘聲在此時響起。「該回教室了。」

「對啊。」我點點頭。

雖然這麼說，但我們誰也沒有移動腳步。

「感覺很久沒見面了，我們約一天一起出去晃晃吧。」酒窩學長提議。

「好。」我立刻答應，絲毫沒有猶豫。

「那我再聯繫妳。」酒窩學長笑了笑，再次拍拍我的頭，邁步離開花圃。

我呆愣在原地，摸摸自己的頭頂，似乎能感覺到學長手掌殘留的溫度。

剛才我們的確誰也不想離開吧？這不是我的錯覺吧？

而且，學長的眼神好溫柔，還主動約我出去，這該不會是……

「超級曖昧！」

當我把這些事告訴俞季玟以及林琦惠後，她們不約而同下了這個結論。

「可是，眞的是這樣嗎？」我還是有些不確定。

「拜託，摸頭耶！約出去欸！這不是曖昧是什麼！」林琦惠邊說還邊摸我的頭。

「而且還說感覺跟妳好久不見，這實在是太曖昧了！」俞季玟也搭腔。

「但、但是……」話還沒說完，她們兩個便分別伸長手制止我說下去。

「總之，絕對是曖昧。」林琦惠臉蛋緋紅，「我和宋奇軒之前也是這樣，然後現在……」

這下換我和俞季玟嗅到八卦的味道，眼睛閃閃發亮地看著她：「在一起了？」

林琦惠嬌羞地點頭，我們之中第一個交到男朋友的果然是她。

「所以，妳們兩個請好好加油。」林琦惠握著我們的手，表現得好像是前輩在鼓勵後輩一樣，感覺有些欠揍。

可是說也奇怪，有了她的加持，我的心中竟升起一股戀情會順利的預感。

「還敢說，妳跟堯禹一樣蠢，居然都以爲我喜歡郭霈庭。」俞季玟面露嫌惡。

「但我沒堯禹反應那麼大呀。」林琦惠笑吟吟，「誰會想到妳其實喜歡方譽元。」

聽到方譽元的名字，我的表情瞬間變得極爲不自然。

看到我這樣，俞季玟嘆了口氣，「堯禹，妳眞的不用介意我，和方譽元像以前那樣相處就好。」

「不，我覺得保持距離比較好。」我故意露出壞笑，「不然季玟可是會吃醋的。」

「妳……我才沒那麼小心眼！」俞季玟被我逗得臉都紅了。

「欸，不過說眞的，妳要好好和郭霈庭說清楚，不然讓她以爲自己眞的有機會，實在怪可憐的。」林琦惠向俞季玟提出良心建議。

「這都是我不對，我會好好處理。」俞季玟點點頭。

陳詣安時不時轉頭看向我們這裡，明顯在偷聽我們談話。

於是，我壓低聲音對她們兩個說：「喂，上次我們出去玩，妳們有發現班長怪怪的嗎？」

「基本上他會跟我們一起出去，這點本身就很奇怪。」俞季玟撇了撇嘴。

「不是啦，我覺得他喜歡郭霈庭，因爲那天妳和郭霈庭兩個人走得很近，他還刻意從妳們中間穿過去，所以他一定……痛！」我的頭忽然被書本用力敲了一下，一抬頭就對上陳詣安冷冰冰的眼神。

「別亂點鴛鴦譜。」

俞季玟放聲大笑，陳詣安神情複雜地看著她。

林琦惠眯起眼睛打量陳詣安，「奇怪，班長，你居然會偷聽我們聊天。」

「是這個白痴講得太大聲。」他再次冷冷地看了我一眼。

「很痛欸！你幹麼打我！」爲了報復，我用力捶了陳詣安一下。

「說話前要三思。」陳詣安撂下這句話，便朝後門方向走去，而方譽元也正巧出現在後門，站在那裡對我招手。

「堯禹，過來。」

幹麼啊？我現在超不想和他獨處。

我趕緊隨便拿起俞季玟桌上的課本翻了翻，「妳去跟他說我很忙，沒空。」

「妳又來了，不用顧慮我啦。」俞季玟不滿。

才不是這樣，是因爲方譽元他可能……因爲那首詩……

我咬著下唇，有苦難言，最後還是只能隨著方譽元走到教室外的走廊上。

方譽元沒好氣地看著我，「妳幹麼？我哪裡惹到妳了？」

「沒有啊。」我看著地板。

「那妳幹麼都用這種態度對我！」

「我……我什麼態度？」我的眼神飄向走廊左邊的牆壁。

「這種態度！」方譽元兩手一伸，硬生生把我的臉轉向他，「眼睛都不肯看我！」

我嚇了好大一跳，雙頰被他的手勁弄得又熱又痛。方譽元的臉貼得這麼近，讓我心慌意亂，我立刻想轉頭看看俞季玟的反應，卻被他的雙手箝制住，動也不能動。

「放開我啦！」我抓住他的手腕，用力掙扎。

「除非妳答應我，不再別開視線。」他超級認眞。

「好、好啦！」我大喊，方譽元這才鬆手。

我看也不看他一眼，趕緊跑回教室裡，方譽元皺眉罵道：「說謊！」

「你不要突然靠我這麼近！」我因爲緊張而提高音量，引來其他同學的注意，幸好此時廣播響起，要各班體育股長到體育室開會。

鏡湖高中有另一個傳統，班級幹部的任期不是一個學期，而是一個學年，所以俞季玟立刻站起來向方譽元走去，而且還是不改裝酷的壞習慣，表情淡漠。

方譽元沒辦法，只得和俞季玟一同前往體育室。

我鬆了口氣，走回座位，林琦惠立刻靠過來，「方譽元幹麼啊？」

「我哪知道，他神經病。」我揉著發疼的臉頰。

「眞的怪怪的。」林琦惠說。

「輕艇祭是鏡湖一年一度的重要盛事，每個班級至少要派兩支隊伍參加，不分男女，獲得名次的獎品屬於參賽者，但榮譽屬於全班。所以，有誰要參加？」俞季玟在講台上宣布剛才的開會內容。

我立刻拿出手機偷偷傳訊息給酒窩學長：「在討論輕艇祭了！」

酒窩學長迅速回應：「你們這些乳臭未乾的一年級小鬼，現在才討論根本來不及。」

雖然學長的態度有點囂張，可是我覺得好開心。

媽呀，喜歡一個人眞的會令人變得愚蠢，居然連學長說我乳臭未乾我都這麼開心。

「我知道，學長說過，阿晏學長從上學期就很認眞練習了。」

「沒想到妳還記得阿晏，下次有機會介紹你們認識。」

學長要介紹他的朋友給我認識！

怎麼辦，我好想要大聲尖叫！

「堯禹，由於妳的笑臉蠢得欠揍，所以妳必須參加。」然後就被俞季玟暗算了。

正當我想發出抗議時，酒窩學長傳來的訊息馬上令我改變想法。

「我也會參加，宣洩壓力。」

「是的，我會努力練習！」所以我立刻恭敬地比出敬禮姿勢。

俞季玟搖頭嘆了口氣。

林琦惠每天中午吃便當的時候，都會和宋奇軒視訊聊天，有時候我和俞季玟也會擠在林琦惠身後入鏡，故意鬧鬧他們，看著宋奇軒彆扭的模樣實在很好笑。

不過我心裡還是很羨慕他們能夠兩情相悅的。

「說什麼蠢話，妳和酒窩學長不是要約會嗎？」林琦惠知道我的想法後，用手肘頂了頂我。

「哎唷，不要說我啦！」我的臉微微泛紅，將話題轉到俞季玟身上，「季玟呢？進展得如何？」

「沒什麼特別的。」她倒是很酷。

「我覺得要先解決郭霈庭的事啦。」林琦惠打了俞季玟一下。

「會啦，我會解決的。」俞季玟說歸這麼說，我可沒看見她在解決。

體育課的時候，我坐在椅子上滑著手機上網，想找找哪裡有不錯的景點可以在禮拜六時跟學長一起去。找得正專心時，一抹影子突然落在我頭頂。

「又在偷懶。」方譽元的聲音傳來，我嚇得差點讓手機掉到地上。

「你不是在打籃球？」我驚魂未定。

他在我旁邊坐下，「我看妳一個人在這裡，所以過來找妳。」

我就是看你在打籃球，才會一個人坐在這裡啊！

我看向球場找尋俞季玟的身影，她也朝這裡看來。此時陳詣安喊了她一聲，把球傳給她，俞季玟一愣，只好繼續專心投入比賽之中。

「你幹麼過來？好好的籃球不打……」我嘀咕著。

「妳最近幹麼躲著我？」方譽元開門見山。

「我有嗎？」我故作鎮定。

「有。」他忽然蹲在我面前，狐疑地看著我。「從別墅回來那天就開始了。」

「我……」還不是因爲你傳給我那首詩！

可是我不想繼續這個話題，俞季玟喜歡他，我喜歡酒窩學長，我不希望聽到方譽元說出喜歡我這種會讓情況更混亂的話。

所以和方譽元拉開距離是最好的處理方式，但誰知道他會這麼死纏爛打……

雖然也有可能是我會錯意，可是會錯意總比讓事態朝我不希望的方向發展來得好。不管怎樣，先避開方譽元就對了。

「我才沒有。」我推了推他的肩膀，然後迅速站起身，可是方譽元動作比我更快，他也跟著站了起來。爲了避免和他相撞，我反射地往後仰，跌坐回椅子上。

方謦亓雙手放上椅背，將我困在他的雙臂之間，我幾乎能感受到他呼出的氣息，也能感受到他身體散發出的熱度，我的聲音不由得微微顫抖：「你、你離我遠一點啦！」

「妳先說爲什麼要躲著我。」他表情很認眞，「我做錯了什麼嗎？」

附近已經有同學朝我們這裡看過來，這樣的姿勢實在過於曖昧，大庭廣眾之下，方謦亓居然敢這樣對我！

「你先走開！」我放聲大叫，一定要讓大家知道我們不是在曬恩愛。

「堯禹！」他又喊了我的名字。

「你不走開我就不說！」我閉緊眼睛。

約莫過了一分鐘，我偷偷睁開一隻眼睛，發現方謦亓已經退回到安全距離之外。

我這才鬆了一口氣，「以後不許再靠我那麼近。」

「我可不敢保證。」他聳聳肩，坐到我旁邊。

我下意識往右邊挪了挪，能離他多遠是多遠。

「妳爲什麼避著我？」方謦亓盯著我不放，「是因爲那首詩嗎？」

「啊——」我趕緊大叫，想要蓋過他的聲音，「我只是覺得沒事的話，就不用特別和你說話啊。」

他皺起眉頭，「妳在講什麼？」

「與其來找我，你還不如去和季玟討論運動，還是打籃球也不錯，你們興趣比較相投吧，所以不要來跟我說話啦。」我慌亂地說著，一邊揮著手要趕他走。

「妳幹麼忽然這樣？」方譽元的聲音聽起來已經有了火氣。

「我哪有怎樣？」我故意看向他的眼睛，果然發現他的確很不高興。

「就是這樣的態度，我哪裡惹到妳了？」

「全部都惹到我了。」我站起來，「不要有事沒事就來找我！我不喜歡這樣，你去找季玟聊天就好，我很忙，再見！」

說完這一串話後，我趕緊朝林琦惠跑去，嚷嚷著我也要加入打排球的行列。

我不敢回頭看方譽元的表情，他就像小孩子一樣，只要事情不順他的心意就會鬧脾氣。

體育課結束後，我趁著歸還球具時偷偷看向俞季玟，她正在和方譽元說話。

嗯，很好，這樣很好。

接下來幾天，方譽元的確沒再來找過我，就算有時候當我坐在座位上往窗外看，正巧和行經走廊的他對上視線，他也不會停下腳步跟我打招呼。

面對方譽元這樣的轉變，雖然感到有些不習慣，但是說眞的，我覺得輕鬆多了，事情能夠按照我所希望的方式發展，這樣很好。

很快，時間來到我和酒窩學長約定見面的那個週末，我緊張得無法入睡，俞季玟和林琦惠不斷在群組裡爲我打氣，說什麼只要把握機會閉上眼睛，男生就會知道該怎麼做。

結果睡意就在那些一點建設性都沒有的對話之中緩緩來襲。隔天起床時，眼睛有些浮腫，我趕緊用毛巾沾水敷在眼睛上，一邊盤算著要穿什麼衣服。

這時，手機突然傳來一聲訊息提示音，一定是學長！我趕緊取下毛巾，一把抓起手機，沒想到，居然是方譽元。

「妳今天有空嗎？」

沒空沒空！我決定不打開訊息，維持未讀狀態。

隨意將手機丟在一旁，我開始對著鏡子梳裝打扮，想要以最美麗的模樣與學長碰面。

今天我著實費了一番心思打扮，一身黑底白點吊帶裙，還穿上了新買的低跟娃娃鞋。跟上次去九份一樣，我和學長約在花饗公園前的公車站牌碰面。因為太過興奮，我不僅提早抵達約定地點，而且還很誇張地整整早到了一個小時。

我在站牌處佇足，猶豫著要不要進去花饗公園裡逛逛，卻又擔心會不會碰見方譽元，要是他跟俞季玟剛好在籃球場打球怎麼辦？

考慮了老半天，我還是決定進去公園打發時間，不要繞到籃球場那邊應該就沒事吧。花饗公園裡種植著不下數十種花草樹木，我停在一簇粉色小花前拍了幾張照片，接著又走過一大片橘、白、黃色花朵交錯的繽紛花圃。這裡大多數的花卉我都不認得，唯一記得的只有學長告訴過我的雞蛋花。

學長說我很像雞蛋花。

我忽然湧起想要看看雞蛋花的念頭。

罷了，遇到就遇到吧！我大步邁向籃球場，看見雞蛋花依然盛開在樹上。我小心翼翼地瞄了眼籃球場，沒看到任何熟悉的身影，於是便放心地拿著手機拍起樹上的雞蛋花。

雞蛋花有五片花瓣，乳白色的花瓣色澤宛如蛋白，而從花瓣中心暈染而出的那一抹黃，像是水彩滴落到宣紙上散開一樣，顏色如同蛋黃。

我再仔細一看，明明生長在同一棵樹上，有些花開，有些花卻謝了，還有幾朵尚未綻放就已經爛掉的花苞，不知怎地，我不由得心裡一緊。也許每個人的戀情就像這一朵朵雞蛋花一樣，有人的戀情能順利開花，有人的戀情卻還來不及綻放就已經死去。

我咬著下唇，也許，我扼殺了方譽元對我的感情。

可是，我非得這麼做不可。

我想走到公園別處看看還有沒有雞蛋花，不過卻感覺到腳後跟有些疼痛。

啊，眞是糊塗，明明穿了新鞋出門，怎麼就忘記要帶OK繃呢？

「堯禹！」我循聲看過去，酒窩學長竟站在不遠處對我微笑，頰上的酒窩清晰可見。

「學長！」我綻開笑容，一見到他，腳痛什麼的都忘了，我趕緊小跑步來到他身邊。

「我就知道妳會進來看雞蛋花。」酒窩學長仔細端詳著我，「今天打扮得很可愛。」

「謝謝……」我的雙頰瞬間湧上一陣燥熱，低下頭，不知道怎樣才能掩飾我的開心，笑開的嘴角實在怎樣也無法控制。

算了，讓學長知道我很開心也沒什麼不好。

「今天我們要去哪裡呀，學長？」

「妳連要去哪裡都不知道就跟我出來，這樣好嗎？」酒窩學長故意誇張地擠眉弄眼。

「我相信酒窩學長，從你第一次帶著我翻牆開始，我就相信你了。」

「建立在這種前提下的信任感好像不太好。」酒窩學長苦笑。

我也笑了笑，「那我們要去哪裡？」

「不是說相信我嗎？」他揚起帶著幾分惡作劇意味的微笑。

於是我便不再發問，對我而言，學長帶我去哪裡都是好的。

上公車前，我又收到方譽元傳來的訊息，上面顯示他傳送了一張圖片，但我依然只隨意瞥了手機螢幕一眼就收回口袋，和學長一前一後上了車。

「大概要一個小時吧，妳累的話就先睡一下。」學長記得我的偏好，自動走到最後一排座位並讓我先進去坐下，這種貼心讓我感動得不得了。

和學長在一起的確很累，心臟激烈跳動得很累，可是我捨不得睡覺，只想和學長多聊聊。我問了學長很多鏡湖高中的事情，但學長似乎對這個他待了兩年多的高中很不熟悉，好像我都還懂得比較多。

「反正我只要知道合作社和籃球場在哪裡就可以啦。」酒窩學長撇了撇嘴，「啊，還要知道最佳蹺課地點在哪裡。」

這句話讓我們兩個心照不宣地相視而笑。

「堯禹，妳沒有男朋友嗎？」

酒窩學長這句話讓正在喝水的我差點嗆到，我結結巴巴地說：「沒、沒有！」

「也沒交過？」他掛著微笑。

我用力搖頭。

「眞的嗎？」酒窩學長明顯以觀察我的反應爲樂。

「眞的啦，如果我有男朋友，怎麼會跟學長單獨出來呢？」我咬著下唇，羞得臉上都快燒起來了。

學長突然輕嘆了聲，那抹苦澀的微笑我曾在他的臉上見過好幾次，「所以才說妳很單純呀，有些女生即使斬釘截鐵告訴過你沒有機會，但依然會單獨和你出去；有些女生，明明有了男朋友，卻還是會緊抓著你不放。」

「學長，你……是在說你自己嗎？」我不確定地問。

學長眼神閃爍，沉默了一會兒，最後只是搖搖頭，伸出食指彈了我的額頭一記：「笨堯禹，我怎麼可能是在說自己。」

可是你剛剛的微笑很哀傷呀。

我摀著自己的額頭，嘟起嘴看著學長，他眼睛含笑地看著我。

「好痛喔，學長。」

「不然我也讓妳彈一下？」

我搖頭，才捨不得讓他痛，「我大人有大量，你等等請我吃冰就好。」

「這麼容易放過我呀。」學長笑了幾聲，然後沒再多說什麼，又陷入自己的世界裡。

即便我多麼想忽略，卻還是可以感受到學長時不時傳來的傷悲。

沒事的，反正，現在待在他身邊的是我。

此刻要和他一起出去玩的也是我，如果別人讓他難過，那我就把歡樂帶給他。

微笑，是我唯一能為學長做的事。

我忽然靈機一動，抓著學長的手腕，學長有些驚訝地看著我，我興奮地說：「學長，我已經會吹那首《神隱少女》的插曲了！」

「真的嗎？」他眼睛一亮。

「所以我可以吹給你聽……」我用力點頭，一邊說一邊翻找包包，找著找著，臉色卻忍不住一垮，吶吶地說：「我忘記帶陶笛了。」

學長一愣，接著哈哈大笑，「果然很像堯禹會犯的錯。」

我覺得自己實在笨死了，努力練習了一整個寒假，不就是爲了要表現給學長看嗎？居然忘記帶陶笛出來！

也許是我悶悶不樂的模樣太明顯，所以學長又想伸手摸摸我的頭，可是因爲我們坐著，學長若要摸我的頭，必須先側過上半身，此時正巧公車一個顛簸，我重心不穩，就這樣落入學長的懷裡。

「對、對不——」我嚇了一跳，趕緊推開學長，身子往後一縮，但一不小心用力過猛，後腦杓撞上車窗玻璃，「嗚……」

「別那麼緊張啊，堯禹。」學長的聲音帶著笑意，他的耳朵似乎微微泛紅。

「我、我要休息一下！」說完，我轉頭看向窗外，臉頰已經燙到可以煎蛋了。

「那我也睡一下。」學長說。

我從車窗玻璃反射出的倒影，見到學長的身體略略往下一滑。

學長就坐在我身邊，他的肩膀和我的肩膀輕輕靠在一起，他的呼吸、他的氣味、他的一切都在我身旁。

就在我也開始恍恍惚惚快要進入睡夢中的時候，左肩突然一沉，學長的頭居然靠上了我的肩膀。

天啊！好近！他的臉離我好近！

只要我轉過頭，臉頰就會碰到他的頭髮。不行，冷靜點！堯禹！

爲了不讓學長滑下去，我努力坐直身體，感覺自己的左半邊肩膀逐漸僵硬，心臟急速跳動到快要沒力，這麼幸福可以嗎？

我好想轉頭偷看學長的睡臉，可是我怕自己一動就會吵醒他，最後一路上都保持清醒，僵直著上半身來到目的地。

原來學長要帶我去的地方是遊樂園。

「天氣眞好。」學長一下車便伸了個懶腰，看來他剛剛睡得很舒服，而我則是用拳頭輕輕捶著左邊肩膀。

學長對我賊賊一笑，似乎明白我肩膀僵硬的原因。

我咬著下唇，有些氣惱地看著學長，「壞心眼。」

學長露出如午後陽光般溫暖的笑容，燦爛到讓我幾乎無法直視，「我可沒說過我是好學長。」

他轉身往遊樂園走去，停在門口，對我招了招手。

壞心眼的學長，但我卻還是只能跟著他，還是喜歡著他。

對我來說，學長任何壞心眼的舉動都是甜蜜。

第十一章

我和學長幾乎玩遍了遊樂園裡的各項遊戲設施，在玩樂方面我和學長還挺契合的，對於這點，學長感到十分訝異。

「我以為女生都不太敢玩那種會快速旋轉的遊樂設施。」

「學長，其實你說的『女生』並不是指所有女生，一直以來，你拿來和我比較的都是同一個女生吧？」可能是和學長相處了一整天，因此我比較敢說出一些心裡話了。

他只是聳聳肩，倒也沒否認。

「和妳這樣的女生相處比較輕鬆，我不用顧慮一堆事。」酒窩學長指著前方的自由落體設施，提議：「接下來玩那個？」

「沒問題。」我點頭，但才走沒幾步，我腳後跟處的疼痛突然加劇。

「怎麼了？」走在前面的學長發覺我停下腳步，於是轉頭問我。

「沒什麼啦。」我撐起笑容，再一下下就好，只要坐上自由落體就好。

不過等我們走近，才發現排隊人龍長得很誇張。

此時，我的腳後跟有一種灼燒感，就算站著不動，疼痛還是如影隨形，必須得趕緊找個地方坐下、脫下鞋子才行。可是我知道，脫下鞋子以後雖然可以舒緩疼痛，但再穿回鞋子的瞬間就將陷入地獄。

所以我決定忍住疼痛。

我們排入長長人龍，酒窩學長很興奮，他說自己已經很久沒在遊樂園裡這麼盡情玩過了。見他那麼滿心期待，我更不想掃興，絕對要忍住疼痛。

「你們班的輕艇祭參賽成員已經決定了嗎？」

「決定了，我也是其中一員喔。」

學長露出促狹的笑容，上下打量著我：「妳這麼瘦，想必連槳都握不好。」

「怎麼可以以貌取人！」我佯裝生氣，逗得學長又笑了笑。

「那我們也許會成爲競爭對手喔，到時候我可不會手下留情。」學長彎起手臂，拍拍上臂微微隆起的肌肉。

「沒關係，我不需要酒窩學長手下留情。」因爲反正我輸定了。

學長又笑了幾聲，隊伍開始移動，而我腳上的疼痛越發強烈，幾乎站不直，可以的話我眞想蹲在地上。我將全身重量放在遊樂園用來分隔排隊隊伍的木頭欄杆上，不時轉動腳跟，試圖藉此緩解疼痛。

「堯禹，妳怎麼了嗎？」就在快輪到我們的時候，學長察覺了我的不對勁，「是不是哪裡不舒服？」

我用力搖頭，「沒有啦，只是有點緊張。」

「那要不然別玩了？」

「不，當然要玩，我很期待！」我堅持。

「可是妳的臉色很難看。」

此時，剛好輪到我們入座了，我立刻拔腿率先朝空位跑去，卻一不小心整個人往前撲倒。

「哇！」我失聲尖叫，幸好學長及時抓住我的手腕，拉了我一把。

「沒事吧？」一個工作人員過來探問。

「堯禹，妳沒事吧？」學長也很擔心。

「沒、沒事。」天啊，丟臉死了，我根本不敢抬頭。

「那邊還有空位喔。」工作人員指著左方兩個位子，我立刻想要邁開腳步，但學長抓著我的手忽然用力。

「我們先不搭了，謝謝。」

「咦？學長……」我還來不及發出疑問，學長便已經將我整個人抱起來——是的，就是公主抱。

旁邊排隊的人潮紛紛看了過來，驚呼連連。

「學、學長？」我不知所措，連話都快說不出來了。

「不要動，妳腳在痛吧？」學長低聲說。

「咦？」學長怎麼知道？

學長抱著我離開，沿路自然引來不少路人側目，甚至聽到有些女孩子嘴裡嚷嚷著好浪漫啊。

我抬頭看著學長的側臉，他漆黑的眼瞳裡寫滿焦急與自責，緊皺著眉頭說：「抱歉，我發現得太晚了。」

我輕輕搖頭，怎麼會呢？

「謝謝你。」我覺得胸口盈滿幸福。

學長先是一愣，迎上我的目光後，他淺淺一笑，那模樣好溫暖、好溫柔，短暫的眼神交流，卻讓我感到彼此心意相通。

也許，眞的如同林琦惠和俞季玟所說，我和學長現在這樣，就是曖昧。

學長在遊樂園買了條毛巾，沾濕後小心翼翼地壓在我的腳後跟，他邊搖頭邊嘆氣，看著我那起了水泡又破掉，導致紅腫滲血的腳，無奈地說：「妳怎麼可以忍耐成這樣？」

「我也沒想到會這麼嚴重呀……」我同樣嚇了一跳，枉費這雙鞋子這麼好看，看來美麗要付出的代價還眞大。

「跟我在一起不要忍耐，以後要直接說。」

雖然學長語帶責備，我卻覺得甜蜜極了，於是輕輕點了點頭，這讓我覺得自己被他細心呵護著。

「看樣子妳沒辦法再玩了，而且時間也差不多了，不然我們回去吧？」

「咦？」要回去了嗎？我還不想走。

學長的手機在這時候響起，又是那熟悉又刺耳的專屬鈴聲。

想起上次在九份，學長就是在接到電話後突然決定離開，當時他是那麼的開心，因爲可以去見那個女孩。

所以，此刻再次聽到這個鈴聲，我心下惴惴不安。

「怎麼這種表情？」但這一次，學長卻帶著寵溺的微笑，伸手輕捏了我的臉頰。

「學長……不接電話嗎？」我勉強揚起起一個微笑。

他看著我的臉，又看了看手機螢幕，最後選擇對我露出和煦的笑容，「不用了。」

我有好多話想問，但從胸口滿溢而出的喜悅淹沒了好奇，學長現在和我在這裡，並且選擇留在這裡，這比什麼都還重要。

學長替我把OK繃貼在腳後跟，提議：「我看這樣也沒辦法再穿那雙鞋了，不如我買雙拖鞋給妳穿吧？」

「可是拖鞋……」

「放心，我會盡量挑可愛一點的款式。」

我被他逗樂，點了點頭，學長站起來後再次摸摸我的頭頂，囑咐我：「在這裡等我。」然後便轉身往商店的方向走去。

我看著自己腳上的OK繃還有一旁的毛巾，不禁泛起甜蜜的微笑，這些都是學長特地為了我買的，我一定要好好收著。

雖然不知道學長和那個女生之間發生了什麼事，雖然看見學長傷心我也很難受，可是老實說，學長失戀了，我才有機會。

所以我很高興，儘管這樣真的很卑劣，但我還是無法不感到高興。

不管學長和那個女生有著什麼樣的過去，他現在在我身邊，而現在的每一刻都會決定將來。

學長買回帶有遊樂園吉祥物圖案的拖鞋，還遞給我一瓶飲料，依然是奶茶。

「學長真的很喜歡奶茶呢。」我不禁失笑。

學長卻是一愣，看著奶茶喃喃道：「習慣……」

我意識到，那也許是他對待另一個女生的習慣。

但我立刻對自己搖了搖頭，拍拍旁邊的空位，「學長，你也坐吧，讓我喝個飲料再休息一下，我最喜歡奶茶了。」

學長欣然一笑，坐到我身邊，卻沒有打開他自己手上的那瓶奶茶。

我靜靜喝著奶茶，看著眼前來來往往的人群，有朋友，也有情侶，那麼我和學長呢？在別人眼中，我和學長看起來是什麼關係呢？

「……當所有思緒都一點一點沉澱。」

我側頭看向學長，「你在唱歌嗎？」

學長對我微笑，「腦中忽然浮現這首歌，妳聽過嗎？」

說完，他又繼續哼著：「女孩統統讓到一邊，這歌裡的細微末節就算都體驗，若想真明白，真要好幾年。」

「〈陰天〉（注1）。」我聽過這首歌，「學長怎麼會突然想要唱這首歌？」

「我很喜歡其中幾句歌詞。」學長又輕輕哼起，「男人大可不必百口莫辯，女人實在無須楚楚可憐，總之那幾年，你們兩個沒有緣。」

「聽起來有些哀傷。」我揪緊自己的裙襬，「不過，爲什麼要說那幾年沒有緣呢？只要努力抓在手心，對方就不會消失啦。」

學長饒富興味地看著我，「所以歌詞不是說了，若想眞明白，眞要好幾年？」

「我還是無法理解。」我咬著下唇，雖不想和學長爭辯，可是還是希望讓他知道我的想法。

「有個孩子把手伸進一個價值不斐的花瓶裡，手卻卡在花瓶裡拔不出來，孩子大哭，大人著急，最後只能將花瓶打破。但花瓶一破才發現，因爲孩子緊握著拳頭，才會卡在瓶口，如果他願意鬆開手，就不用打破那花瓶了。」學長看著我，握緊的拳頭在我面緩緩攤開，「有時候，握緊雙手反而什麼也抓不住，放開才能得到一切。」

學長是拐著彎告訴我別緊抓著什麼東西不放嗎？

「那學長自己就沒有什麼想抓緊的東西嗎？」因爲有些生氣，所以我口氣不是很好，「或是想抓緊什麼人嗎？」

「堯禹凶起來很可怕呢。」學長雖然還是笑著，卻沒露出酒窩，目光落向遠處，「就是因爲我緊抓著不放，才什麼都沒有。」

「咦？」

酒窩學長站起來，朝我伸出右手，「所以，我決定放開了。」

我不明所以地看著他朝我攤開的手掌，又疑惑地抬起頭，學長笑彎了雙眼，陽光灑落在他身上，我的內心深處起了一絲騷動。

彷彿一切都那麼理所當然，我也伸出手，輕輕放上他的手心，學長一笑，緊緊握住。

「那我們回去吧。」

我紅著臉，點點頭，和學長手牽著手。

說著放開才能擁有的他，緊握著我的那隻手微微顫抖。

（注1）〈陰天〉：華語流行歌曲，原唱者莫文蔚，作詞者李宗盛。

我不知道自己和酒窩學長的關係是否從此有了什麼改變，除了牽手，其他什麼事都沒發生。

學長甚至沒說他喜歡我，或是我們這樣就算是在交往。

所以我也不敢問，只要手心裡的那隻手不是一場不存在的幻夢就好。

我們回到花饗公園，學長說穿越公園就能回到他家，於是互道再見後，他便朝公園裡走去。

我站在原地目送學長的背影離開，學長一次都沒有回過頭。

明明腳上穿著學長買給我的拖鞋，手心裡也還留有學長手掌的餘溫，明明一切該是那麼幸福，可是我卻感到很難過。

就像最初剛開始有些在意學長時一樣，我清楚知道自己即將喜歡上他；現在的我，也清楚知道學長的心裡有個我進不去的世界，那個世界裡有著另一個她。

手機再次傳來震動，我吸吸鼻子，瞥了一眼，又是方礜元傳來的訊息。

「妳在哪？」

現在我沒有心情回應他，所以才看了第一句話就直接關掉手機螢幕，偏偏我才一轉過身，就看見他站在馬路對面。

他的表情裡藏著深深的怒意，大步朝我走來，「爲什麼不讀我的訊息？」

「我沒注意到……」

「說謊，我看見妳瞥了手機一眼！」方礜元抓住我的肩膀，「妳爲什麼要騙我？」

我掙脫他的手，「我很累，打算回家再回你訊息。」

他低頭看向我腳上的拖鞋，「妳的腳怎麼了？」

「新鞋咬腳。」見公車從遠方駛來，我簡單向他告別，「我要搭的公車來了，拜拜。」

「堯禹。」方譽元的神情是我從未見過的認真，「妳對我是怎麼想的？」

這樣的方譽元讓我感到害怕，但我故作鎮定地迎向他的目光，「朋友，一輩子的好朋友。」

他眼睛微微睜大，搖了搖頭，「我喜歡……」

「我的車來了！」我立刻制止他繼續說下去，向越駛越近的公車招了招手，公車在我面前停下。臨上車前，我扭過頭，卻不敢看他，「還有，你那首詩最好重作，我不喜歡。」

我不知道方譽元會有什麼反應，一直到回家以後，我都沒有打開他的訊息。

❖

輕艇祭在學期中熱鬧登場，而高三學長姊們的學測成績也公布了，酒窩學長果然如自己所預料的，成績還不錯，已經推甄上了一所風評不錯的大學。

我偷偷將那所大學當成我的目標，雖然學長今年就要畢業，但是至少兩年後，我還可以和他去到同一個地方。

參加划船的選手必須先在湖岸集合，而其他加油的群眾則是沿著湖岸席地而坐。因爲輕艇祭結合了園遊會舉辦，並開放外校生參觀，所以有些班級還設有攤位。

鏡湖上那群鴨子被帶往小池塘安置了，牠們都安分地待在池塘裡，看樣子連鴨子也都很習慣於每年一次的輕艇祭。

由於參賽的班級太多，所以採用淘汰制，我們班的表現慘不忍睹，第一輪就被刷下來，目前領先的都是三年級的隊伍。

「堯禹。」酒窩學長不懷好意地從湖岸後頭的白色帳棚裡露出頭，對我招了招手，精疲力盡的我走到他旁邊。

酒窩學長坐在椅子上，背後是被太陽照射得閃閃發亮的鏡湖。他拍拍一旁的空位，示意我坐下，我乖乖照做。

「感受到三年級的可怕了吧？」他側過頭賊賊地笑著。

「是啊，學測考不好的怨念還眞是可怕，我好幾次都差點被船槳打到……」那些學姊簡直就像不要命一樣，將所有怨氣都發洩在比賽上，只要我們的船身稍微超過她們一些，學姊們便會群起發出怒吼詛咒。

「所以說，每年輕艇祭的冠軍多半都是高三生。」學長神色從容。

「學長已經有學校念了，不擔心等一下比賽會失去衝勁？」我故意這麼說。

「當然不擔心。」他指向正朝這裡走來的一個學長，「阿晏沒考上，所以他很有幹勁。」

「喔……」我有點想笑。

說著說著，阿晏學長已經來到我們跟前，他捶了酒窩學長的胸膛一記，「搞什麼鬼，你怎麼還在這？快去練習啊！」

「練習什麼啊，現在是要去哪裡練習？」學長捶回去。

「默契啊！口號啊！我這次一定要奪下冠軍……」這時，阿晏學長才好像終於注意到坐在一旁悶不吭聲的我，「這誰啊？」

「啊，忘了介紹。」學長為我和阿晏學長介紹對方，「這是阿晏，然後這是堯禹。」

阿晏學長臉上浮現曖昧的笑容，「喔，妳就是傳說中的堯禹呀，嗯嗯，不錯嘛！」

酒窩學長打了阿晏學長一下，「別亂鬧。」

「嘿嘿嘿。」阿晏學長邊笑邊繼續打量我，讓我渾身不自在，同時又覺得很不好意思。聽起來，酒窩學長應該曾經在阿晏學長面前提過我，他都說了些什麼呢？我好想知道。

「啊，幫你們拍一張照片怎麼樣？算是個紀念。」阿晏學長邊說邊拿出手機。

我在內心暗暗感謝阿晏學長，我和酒窩學長明明單獨出去過三次，卻從來沒有一起拍過照，因為我很害羞，也始終找不到和學長合照的藉口。

所以現在的我超級開心，只差沒有搶先點頭說好。

「幹麼要拍啦。」酒窩學長說。

我忍不住沮喪，學長不想和我拍照嗎？

「紀念啊，今天是輕艇祭，鏡湖上都是船，很難得耶！」好在阿晏學長不理會酒窩學長，直接自作主張，「堯禹，靠過去一點。」

我的臉上不由得泛起微笑，往酒窩學長靠過去一些。

「不錯喔，郎才女貌！」阿晏學長吹了聲口哨，酒窩學長罵了他一句無聊，但也因為阿晏學長這句無聊的話，讓我和酒窩學長都笑了起來。

很不好意思，可是很開心。

阿晏學長把那張合照傳給酒窩學長，酒窩學長再傳給我，我看著手機裡那張我和酒窩學長的合照，兩人笑得甜蜜、笑得燦爛。

「快要換我們比賽了，先過去啦！」酒窩學長拍拍我的肩膀，和阿晏學長一起往湖岸走去。

他們前腳剛走，方譽元後腳馬上找了過來，他最近實在陰魂不散，爲此我感到相當煩躁。

「上次的訊息妳還沒看，是吧？」他坐到剛才酒窩學長坐的位子上，我連忙站起來。

「堯禹，妳到底有什麼問題？」方譽元的不滿全寫在臉上。

「什麼？」

「妳不會太明顯嗎？這樣避著我？」

如果你也知道我在躲你，那就不要靠近我呀。

「我要去找季玟。」我握緊手機，「對了，你要不要和我一起去找季玟，你等一下也要划船對吧？季玟也許有……」

「是我的錯覺嗎？你現在是在把我和季玟配對？」他嗤之以鼻，「妳瘋了？季玟喜歡女生。」

這句話讓我一愣，「她沒有……」

嗶——

比賽就定位的哨音傳來，有個男生焦急地對方譽元大喊：「你在幹麼啦！比賽要開始了！」

方譽元橫了我一眼，怒氣沖沖地往湖岸走去，我這才鬆了一口氣。

得趕緊去找俞季玟才行，她怎麼到現在都還沒解開這場誤會？最該知道眞相的方譽元竟然誤會她喜歡女生。

不過，酒窩學長的比賽正要開始，我不想錯過，於是便傳了訊息要俞季玟來湖邊找我，隨後趕緊跑到一個絕佳的位置欣賞學長划船的英姿。

即使鏡湖上船隻眾多，我幾乎不費吹灰之力就找到學長，他和阿晏學長勢如破竹，一路領先，湖面上反射的陽光都不如學長閃耀。

就在他們快抵達終點時，忽然有支槳朝他們飛去，擾亂了他們划船的節奏。

酒窩學長和阿晏學長錯愕地轉過頭，我也朝他們後方的那艘船看過去，船上唯一一個手中沒有握槳的選手竟然是方譽元，他臉上的神情擺明是故意把船槳扔過去的，而方譽元的同伴顯然沒料到會發生這麼詭異的狀況，頻頻道歉。

方譽元自始至終都陰鬱地瞪著酒窩學長，酒窩學長對他微微笑了笑，彎身伸出自己的槳，一把撈過那支在湖面上載浮載沉、屬於方譽元的槳。

下一秒，酒窩學長將那支槳往反方向一丟，又回頭看了方譽元一眼，轉身繼續划船，和阿晏學長順利抵達終點。

酒窩學長和方譽元起衝突的畫面讓我心生恐慌，酒窩學長一直都很溫柔，我從未見他發過脾氣。不過剛剛那完全是方譽元的錯，他沒事幹麼去招惹學長？而且爲什麼他一直在意我沒看訊息，他是傳了什麼給我嗎？

想到這裡，我拿出手機點開和方譽元的聊天視窗，他傳來的是張照片，是我和酒窩學長那天在花饗公園的公車站牌，正要搭公車去遊樂園的畫面。

我感到毛骨悚然，方譽元傳這張照片過來是什麼意思？

「堯禹，原來妳在這裡。」俞季玟的聲音出現在身後，我嚇得趕緊關掉手機螢幕。

「妳剛剛去哪了？我都找不到妳和琦惠。」我感覺自己的聲音聽起來很遙遠，心臟跳動的聲音卻近在耳邊。

方譽元傳來的那張照片令我非常不安，他的所有舉動都讓我害怕。

「琦惠？她和男朋友可恩愛得很。」俞季玟指向不遠處，林琦惠和宋奇軒兩人正甜甜蜜蜜地坐在樹蔭下聊天。

「喔，原來在那裡，我沒注意到。」我心不在焉。

「妳幹麼？恍神得很明顯耶。」俞季玟抬起手在我眼前晃動。

「先不說我了，妳解決郭霈庭的事情沒有？」我壓下不安的情緒。

「這個啊……」俞季玟抓著頭，她的頭髮已經稍微留長了些，「剛剛就是在和她講這件事。」

我瞪大眼睛，「所以呢？解決了嗎？」

「算是吧，但我狠狠傷害了她，我想我會有報應的。」俞季玟神情黯然，找了處乾淨的草地席地而坐。

「妳怎麼跟她說？」我也坐在草地上。

「說很抱歉，我利用她來接近自己喜歡的人。」俞季玟苦笑，「我告訴她，對方一直當我是朋友，唯有讓他以爲我另有喜歡的人，他才會讓我留在身邊。」

我都不知道，原來俞季玟這麼傻。

「好了啦，季玟，這也不完全是妳的錯。」我輕拍她的背。

「雖然妳安慰得很爛，不過還是謝謝妳。」俞季玟莞爾，我也無奈一笑。

在高中開學前一晚，我們兩個還抱持著美麗的幻想，以爲喜歡一個人是件很容易的事情，以爲自己的戀情會像電視劇裡的男女主角那樣順利。

我們極力想要避免好朋友之間產生感情紛爭，沒想到，這一切卻還是發生了。

想到這裡，我搭在俞季玟背上的手不由得握緊。方譽元喜歡我這件事絕對要保密，絕對要讓方譽元死心，也絕對不能讓俞季玟知道。

我不想明確地在言語上拒絕方譽元，因爲那就表示我向他承認了我知道他喜歡我，因此我唯一能想到的作法，就是在方譽元面前拚命說酒窩學長的事情，在方譽元面前表現得很差勁，這樣他就不會再繼續喜歡我。

第十二章

我將阿晏學長幫我和酒窩學長拍的那張合照洗出來，放入一個白色相框，擱在床頭櫃上。這個相框的用色有些像雞蛋花，框架是純淨的白色，而內側邊緣處則有淺淺黃色暈染開來，正因爲如此，我當初才會對這個相框一見傾心。

學長說我像雞蛋花，用這樣一個相框來裝我和學長的合照，我覺得再適合不過了。

隨著輕艇祭結束，緊接而來的就是高三學長姊的畢業典禮。

想到學長即將離開，我終日惶惶不安，想到以後再也不能在學校看見他，我的眼淚就快要掉出來。

所以更該要把握現在才是。

「妳和學長都已經牽手了，根本就只差那一句『要不要在一起』。」戀愛前輩林琦惠翻著白眼。

「沒想到酒窩學長也滿奸詐的，牽妳的手卻不提要交往。」俞季玟搖頭。

「我也不知道……你們覺得我要直接去問他嗎？」我猶豫不決。

「當然！女孩當自強！」林琦惠用力拍了我的肩膀。

「這麼說來，該不會妳跟宋奇軒也是妳主動吧？」俞季玟倒是很會轉話題，一下子就繞到林琦惠身上。

「哼，那又沒關係，不然等男生開口要等到什麼時候？」林琦惠紅了臉，「而且明明是妳們要我去問他的！」

就在我們三個女生嘰嘰喳喳、聊得不亦樂乎時，方譽元又出現在教室外的走廊上。他一如往常地對我招手，但表情卻很怪異。

「他在叫妳嗎？」發出疑問的是林琦惠，「他看起來怪怪的。」

「他最近心情好像不是很好。」俞季玟咬著下唇。

「那個……季玟，妳去啦。」我用手肘頂著俞季玟，並且盡量不要和方譽元對上眼。

「他在叫你，我去幹麼？」俞季玟嘴上雖然這麼說，但看得出來她很在意，所以我堅持要她過去，自己低頭看向手機，絲毫不理會方譽元。

俞季玟沒辦法，只好站起來往後門走去。

忽然，方譽元大喊：「堯禹，我是找妳！」

他這一喊，所有人的目光頓時都落在我身上，方譽元臉上帶著明顯的怒意，而俞季玟尷尬地走回來，有些氣惱地對我低語：「快過去。」

林琦惠也推推我的膝蓋，「去吧。」

現在是怎麼回事？

我起身朝教室外走去，走了幾步，又回頭看了看俞季玟，她臉上寫滿了狐疑、猜忌，還有嫉妒以及不安。

我不想讓自己的朋友露出那樣的表情。

我看著方譽元，問他有什麼事，語氣冰冷無比。

「到別處說。」他握緊拳頭。

「就在這裡說吧。」我雙手環胸。

他環顧四周，輕蔑一笑：「如果妳願意讓大家都聽到的話。」

「你想說什麼？」我頓生警戒心。

「也許可以跟妳討論一下那首詩。」他聳聳肩。

「我知道了，去別的地方吧。」

我們兩個一前一後走下樓梯，我不敢想像此時俞季玟臉上會是什麼表情，我回去以後又該怎麼跟她解釋？

會演變成這樣難以收拾的局面，全都是方譽元的錯，所以當我們來到中庭花圃處時，我憤憤地瞪著他：「你到底想說些什麼？」

「那是妳的男朋友嗎？」方譽元劈頭就問。

「誰？」

「那個學長。」

我咬著下唇，握緊雙拳，「不是，但很快就會是。」

「爲什麼妳這麼有自信？學長說過喜歡妳？」

方譽元挑釁的態度讓我很生氣，「雖然沒有，可是我和學長已經非常曖昧了，只差我們誰先開口說要交往。」

「堯禹，妳太單純了。」

方譽元說出和學長一樣的話，可是爲什麼同樣一句話，從他嘴裡說出來卻是那麼刺耳？

「你不要沒事找他麻煩，上次輕艇祭的時候，你竟然無緣無故就朝他扔船槳，眞的幼稚死了。」

「我是爲了妳！」方譽元漲紅臉。

「爲了我？你是爲了你自己吧。」我不假思索地回應。

方譽元一愣，勾起一邊嘴角：「爲什麼是爲了我自己？」

「因爲……因爲你……」我低下頭，不再吭聲。

「好，就算我多少是爲了自己，可是堯禹，那個學長不能信任。」方譽元靠向我，我下意識地往後退。

他因爲我的反應而露出受傷的神情，但我並不後悔。

「妳自己看。」方譽元從口袋拿出手機，找出一張照片，照片裡的學長和另一個女孩並肩走在街上。

我心中狠狠一揪，努力撐起笑容，裝作不在乎：「那有什麼？說不定只是和同學走在街上……」

「妳繼續往下看。」方譽元將手機塞給我，我手指控制不住顫抖地滑著螢幕。

一張張照片顯示出學長與那個女生的互動有多麼親暱，他臉上的笑容是我從未見過的，如果說學長對我的微笑是溫柔體貼，那他對待這個女孩，流露出的便是極盡呵護的全心全意。

女孩穿著學長曾經借我的咖啡色大衣，手上拿著的是學長習慣會買的奶茶。

學長一切的習慣，都是因爲她。

「這、這不過只是角度問題……」我還在嘴硬。

「堯禹，妳知道自己在說什麼嗎？」方譽亢臉上全是不可置信，他搶過手機，滑向下一張，女孩的嘴唇貼在學長的臉頰上，她吻了他。

「妳根本就是他打發時間的對象，妳被玩弄了！」方譽亢抓緊我的肩膀，「聽清楚，堯禹，他對妳根本就不是認眞的。」

你別胡說！

你沒和學長相處過，你不知道學長眼神裡藏著傷心，你不知道學長有多努力想忘記那個女孩，你也不知道學長給我的笑容有多眞誠。

我的眼淚大顆大顆地滑落，這些反駁的話，我一句也說不出口。學長對待我的溫柔體貼裡，到底有幾分眞心？就連我自己都不確定。

「堯禹，我會對妳很好，所以選擇我吧。」方譽亢緊緊抱住我，手臂強而有力。

他的懷抱如此溫暖，而我卻湧起一股罪惡感，腦中浮現出俞季玟的臉。

我猛力推開他，方譽亢差點往後跌。

「不要這樣！」我大聲喝叱。

一抬眼，我全身的血液彷彿瞬間被凍結，目光停滯在站在方譽亢後方的俞季玟身上。

「堯禹……」她滿臉錯愕。

「季玟……」我想要走到她旁邊，解釋這一切都是誤會，可是我腦袋一片空白，偏偏方譽亢又擋在我和俞季玟中間。

「方譽亢！讓開！」我大喊。

「季玟，我都聽郭霈庭說了！」方譽亢冷眼看著俞季玟。

「……她說什麼？」俞季玟全身一僵。

「她說妳留她在身邊，是爲了想要靠近喜歡的人，因爲對方只當妳是朋友。」方譽元語氣冷淡，而我心跳飛快。

方譽元知道俞季玟喜歡他了？

俞季玟低下頭，聲音小而清晰：「我並不否認。」

誰也沒料到，她會是在這種情況下向方譽元告白。

「我不會讓給妳的。」但方譽元接下來的話，卻完全在我們的預期之外，「女生是能給女生什麼未來？堯禹由我來照顧。」

我瞪大眼睛，而抬起頭的俞季玟臉上頓時失去了血色。

方譽元誤會了什麼？

「你眞的喜歡堯禹？」俞季玟看著方譽元，又看了看站在他身後的我。

完了，被她知道了。

「不是——」我想要阻止方譽元說下去，可是他卻再次擋住我。

「妳聽清楚了，季玟，我當妳是好朋友，兄弟之間不該搶奪彼此喜歡的對象，我不管妳和堯禹認識幾年，現在她是我的。」

「她有喜歡的人。」難過的神情在俞季玟臉上暈染開來，但她依然努力裝作若無其事。

「我知道，但那不重要。」方譽元瞪著俞季玟。

這一切全錯了，全部搞錯了！

大家都認爲俞季玟喜歡女生，所以才會導致一連串荒謬的誤會發生。

「方譽元，季玟喜歡的是你！」沒多想，我忍不住脫口而出，誤會從哪邊開始，就從哪邊解開。

「妳瘋了嗎？是俞季玟耶。」然而方譽元卻冷笑一聲，把實話當成了笑話。

他這句話有多傷人，從俞季玟臉上的神情大變完全看得出來。

「哈哈，對，我是俞季玟呢。」她露出一個淒慘的笑容，往後退了兩步，目光在我臉上打轉，眼眶裡含著淚水，「那，堯禹就交給你了。」

「季玟──」我眼前一黑，想要叫住轉身跑開的俞季玟，然而她腳步絲毫未停，而方譽元卻一把拉住我的手。

「不要在被有女朋友的男生玩弄過後，又投向女生的懷抱好嗎？」他怒聲喝叱，「妳大可不必這麼做！」

我已經完全失去了理智，轉過頭去惡狠狠地瞪著他，「大可不必？你有什麼資格對我說這句話？你了解我嗎？你認識我多久？」

「我……」方譽元一愣。

「你了解季玟嗎？你知道你傷害她了嗎？」我的聲音已經帶了哭音。

俞季玟看著我的眼神是那麼失望、那麼受傷，我從來沒有被人用那樣的目光注視過。

「堯禹！」方譽元回過神，「我所做的都是爲妳好！」

「爲我好？因爲你是我朋友，所做的一切就是爲我好嗎？給我我想要的、支持我所做的決定，才是爲我好！就像季玟和琦惠一樣！」

「我跟她們怎麼會一樣？她們是妳的朋友。」

「你也是我的朋友，我說過了，一輩子的朋友！」我尖叫著提醒他，要他別說出不該說的話。

方譽元淒楚地笑著，往後退了幾步，「妳錯了，我不是妳的朋友，我一開始就喜歡妳，也不會一輩子都當妳的朋友。」

我全身劇烈顫抖，他終究還是說出口了。

滿腔怒氣一擁而上，我覺得自己幸福的生活在這一瞬間如同破碎的玻璃般，再也拼湊不回去。

和學長兩情相悅的喜悅彷彿曇花一現，彷彿海市蜃樓，只是一場錯覺。

和俞季玟這幾年來所建立的深厚友情，也將毀於一旦。

「方譽元，都是你害的，我恨死你了！你毀了這一切！我告訴你，我這輩子永遠都不會喜歡上你，你怎麼不消失算了！滾出我的生活！」我崩潰大喊，掉頭往教室的方向跑去。

在當時，我恨透了方譽元的莽撞，恨透了他不懂得看清楚眞正値得他愛的是誰，他破壞了我的生活，所以我重重傷害他，將自己的怒氣全發洩在他身上。

人們在建立情誼時，就像編織圍巾一樣，花費時間漫長。然而，要拆掉圍巾卻很容易，只要找出線頭，輕輕一拉……

情誼的消失如此輕易，脆弱得讓人感到諷刺。

那是我最後一次見到方譽元。

而他的離開，則是一切崩壞的開端。

❖

我一直躲著方譽元，寧願多繞路也不願意經過他們班教室，同樣的，俞季玟也一直避開和我單獨相處的機會。

「妳們兩個怎麼了？」完全不明白原委的林琦惠一頭霧水。

「也……沒有怎樣。」我只能苦笑。

「季玟也說沒什麼，可是太詭異了。」林琦惠狐疑地打量著我，「妳們瞞著我什麼？」

「沒、沒有啊……」

「說謊！」林琦惠哼了聲，不過很快就把注意力轉移到手機上，忙著與宋奇軒聊天。

我鬆了一口氣，愣愣地看著黑板，卻發現陳詣安的視線落在我身上，接著他竟朝我走來，我忍不住皺起眉頭。

陳詣安站到我旁邊：「妳和季玟怎麼了嗎？」

沒想到他也會問我這件事，應該說，他怎麼會察覺到我和俞季玟之間相處有異？再者，他怎麼會對這件事有興趣？

「沒什麼。」我都沒告訴林琦惠了，又怎麼可能會告訴他。

陳詣安鏡片後的目光在我臉上定格很久，擺明不相信我說的話，他輕聲說：「反正一定是妳的錯。」

我想站起來大聲反駁，怎麼可以把錯怪到我頭上？可是我卻不能，一旦開口就什麼都得說出來，到時候我和俞季玟、方譽元之間會變得如何，我不敢想像。

而且高二就要分組了，要是不小心和方譽元分到同一班，那豈不是更尷尬？

忽然間，我的心一痛，從和方譽元鬧僵那天後，我再也沒見過學長。

我沒有勇氣去問學長是不是眞的交女朋友了，而學長也沒有和我聯絡。我不知道該怎麼辦，只能繼續不聞不問，好像這樣就可以解決問題，事實上只是把自己逼進死胡同。

曖昧、玩弄。

我不相信學長是會玩弄別人感情的人，我也覺得我們之間的互動非常曖昧。

但方譽元給我看的那幾張相片又該如何解釋？

學長的確有喜歡的人，那是我進不去的世界，我不早就知道了嗎？

「堯禹，快跟季玟和好，我不想看見她難過的樣子。」陳詣安的聲音將我拉回現實。

這句話有哪裡怪怪的，我懷疑地問：「你該不會……」

陳詣安輕輕勾起嘴角，露出不可一世的笑容：「所以我不是說了，別亂點鴛鴦譜。」

我瞠圓眼睛，不敢相信剛剛聽見的，是我想的那樣嗎？

「原來班長喜歡季玟。」林琦惠突然插話。

「聽起來好像是這樣，對吧？」我望著陳詣安回到座位上的背影，依然覺得不可思議。

「不過如果是這樣，再回去想以前的事就都說得通了，不是嗎？像是爲什麼陳詣安老是會跟著我們出去玩。」林琦惠皺眉，「果然人心都是海底針，我們永遠不知道別人在想些什麼。」

而且還會表錯情、會錯意。

就像方譽元以爲俞季玟喜歡女生。
就像郭霈庭以爲俞季玟喜歡我。
就像我以爲陳詣安喜歡郭霈庭。
就像大家以爲我和酒窩學長在曖昧。
往往我們所以爲的，都不是眞實。
既然如此，方譽元給我看的不過只是幾張照片，我又何必眞的相信？
沒錯，我必須去找學長，親自問明眞相。
我也要去找俞季玟，跟她說清楚事情原委，讓所有被方譽元打亂的一切重新回到正軌。
「琦惠，我要去找酒窩學長。」
「現在？」俞季玟看了下掛在教室後牆的時鐘，「快要上課了耶。」
「下一節體育課，我會晚一點到，幫我掩護一下。」而且我也要趁著下節課和方譽元說清楚。
那天我說的那些話是過分了些，我必須向方譽元向道歉，可是我還是要明白告訴他，不管我和酒窩學長的未來發展如何，他都只會是我的朋友。
於是我往教室外跑去，心臟狂跳，在校園裡四處找尋自己喜歡的那個人，這絕對是我做過最青春的一件事。
我來到學長的教室，卻不見他的身影，也沒見到阿晏學長，於是我再跑到池塘畔，學長也不在他的老位子。轉念一想，又朝後花園跑去，卻再次撲空，最後我沿著鏡湖繞了一圈，依然沒見著學長的人影。

我第一次覺得學校怎麼這麼大，爲什麼怎麼樣就是找不到學長。

就在我快要放棄的時候，手機傳來了震動。

「妳從剛才就一直在學校裡跑來跑去呢。」

是酒窩學長發來的訊息！

我東張西望，還是不見學長。

「在頂樓。」

抬頭一看，太陽光讓我睜不開眼睛，但可以看見有個人站在頂樓對我揮手。

當我氣喘吁吁來到頂樓時，學長倚著欄杆，對我揮手一笑，看起來很愜意，不過就算陽光如此燦爛，我卻覺得此時此刻好像有片濃厚的烏雲籠罩了我頭上的天空。

「學長。」我緩緩走向他。

「在找什麼呢？妳看妳滿頭都是汗。」學長的微笑一如往常，卻好像又有哪裡不一樣。

「我在找你。」我咬著下唇，提起勇氣。

「嗯。」學長沒有表現出訝異，彷彿早就知道我那樣四處奔波是爲了他。

「學長，你……」

你眞的有女朋友了嗎？

難道我們兩個不是互相喜歡嗎？

你眞的只是拿我尋開心嗎？

你知道我喜歡你嗎？

我內心那許多疑問，全都是在方譽亢給我看了那些照片後所萌生的，雖然口口聲聲說著要相信學長，但我依舊動搖了。

學長沒給過我任何承諾，但種種言行舉止讓我覺得應該就是那樣了吧。

我們應該是兩情相悅了吧，應該沒錯吧。

鼓起勇氣呀，堯禹。

問出口吧，堯禹。

「學長，你有女朋友嗎？」

酒窩學長靜靜看著下方波光粼粼的鏡湖，悠悠開口：「我第一次來到這所高中的時候，看見那片湖泊，內心百感交集。」

「咦？」

「大家看著鏡湖，總說那是這所高中的驕傲，映著陽光的鏡湖像是閃耀的青春，帶給大家未來的希望。」酒窩學長神情黯然，他轉頭看向我，「堯禹，對我來說，妳就像雞蛋花一樣。」

我不懂學長話裡的意思，卻本能地感到害怕。

「學長……」

他站直身體，面對著我，「對不起，我有女朋友。」

四周頓時沒了燦爛的光線，氣氛令人窒息，我怎麼樣也看不清楚眼前的學長，因爲我的眼淚，世界模糊成一片。

「陶笛……就不用吹給我聽了。」酒窩學長垂下頭，閃躲我的眼淚，接著快步掠過我身邊。

我立刻轉過頭，忍不住對著學長的背影大喊：「學長！是我表錯情了嗎？一直以來都是我誤會了嗎？」

那歇斯底里的聲音彷彿不是我自己的，我從沒想過自己會如此激動。

酒窩學長停下了腳步，他略略側過頭，然後又別過頭，很輕地應了聲，但我聽得很清楚，他說：「嗯。」

「所以……所以是我誤會了……那些都不是曖昧，只是學長疼愛一個學妹的表現？」我衝過去抓住學長的衣角，「學長，你牽過我的手、摸過我的頭，這些眞的都是我的誤會嗎？」

「堯禹，我很抱歉。」學長的聲音聽起來很困擾，我想要看看他的表情，所以站到他的面前，然而學長卻像是想要躲避我一樣，再次用背影對著我。

「學長，我造成你的困擾了嗎？」

「堯禹，再見了。」酒窩學長沒有回答我的問題，用輕柔卻堅定的力道將我抓著他的手推開。「我很抱歉。」

接著他頭也不回地離開頂樓，留下我一個人失控地放聲哭泣。

爲什麼要說抱歉？

那表示對我眞的只是玩玩？

原來我和方譽元沒兩樣，都希望能擠進那個沒有自己容身之處的世界，卻徒勞無功。

俞季玟和林琦惠都說，我和酒窩學長是在曖昧，說得讓我都相信了。

可是，那些不是曖昧，酒窩學長對我的溫柔並不是曖昧，因爲我喜歡他，才過度解讀了他的舉動。

我努力擦掉不斷湧出的眼淚。

學長的溫柔讓我誤會了，而我是不是也曾經有過什麼舉動讓方譽元誤會了？

就在我腦子裡亂成一團的時候，樓梯間傳來急促的腳步聲，緊接著出現在門後的是滿臉怒容的俞季玟，還有跟在她身後焦急跑來的林琦惠。

「堯禹！」俞季玟衝到我面前，見到我眼角未乾的淚水，她連一句關心的話語都沒有，但我卻被她的滿面淚痕嚇到了。「妳對方譽元說了些什麼？」

我不明白她的意思，剛才酒窩學長說的那些話還迴盪在我的腦中。

「季玟，妳不要這樣。」林琦惠在後頭拉著緊抓住我肩膀的俞季玟。

「堯禹，方譽元轉學了！」俞季玟大吼，淚水從她的頰邊滑落，「爲什麼妳要拒絕他？一定是妳對他說了些什麼，所以他才會離開！」

她說什麼？

我聽到什麼了？

方譽元轉學了？離開了？

淚流滿面的俞季玟好不眞實，眼下的一切也好不眞實，這是眞的嗎？是一場夢嗎？就連剛才離開的酒窩學長也是一場夢吧。

「是眞的，堯禹，剛剛體育課的時候，隔壁班的人說方譽元出國念書了，很突然。」林琦惠咬著下唇，「方譽元喜歡妳？眞的假的？」

「我、我……」我說了什麼？我最後見到方譽元的那一次說了什麼？

「方譽元，都是你害的，我恨死你了！你毀了這一切！我告訴你，我這輩子永遠都不會喜歡上你，你怎麼不消失算了！滾出我的生活！」

林琦惠摀住嘴，而俞季玟倒抽一口氣，瞪著我的目光充滿恨意：「妳爲什麼要那麼狠心？爲什麼不能讓他有些機會？這樣他就不會絕望離開！」

「我們約定好了啊，不能阻礙彼此的戀情……」所以我才會說出那些話，好讓方譽元死心啊！

「但妳趕走了他！這下子，他的心將永遠放在妳身上！妳永遠搶走他了！」俞季玟瘋狂尖叫著，林琦惠在一旁手忙腳亂，而我腦中空白一片。

「季玟……」我伸手想要抓著她，但俞季玟卻用力揮開。

「都是妳！都是妳的錯！要不是妳一開始亂叫我帥T，要不是妳，我怎麼會連告白都沒有辦法！」俞季玟聲音淒厲，手指著我，「一直到最後，方譽元都不知道我是眞的喜歡他！就連當著他的面向他告白，他都覺得是笑話一場！」

「妳瘋了嗎？是俞季玟耶。」

方譽元當時不當一回事的冷笑模樣，成爲俞季玟心中永遠的傷。

「我、我不是故意，我只是……」

「只是開玩笑？」俞季玟接續我要說的話，「堯禹，妳開的玩笑永遠都只有妳自己覺得好笑！」

「妳們兩個不要這樣……我們好好講……」林琦惠趕緊跑到我們中間，想緩和氣氛。

「方譽元離開已經是無法改變的事實。」俞季玟往後一退，她臉上的淚終於止住了，目光冰冷，「從今以後，堯禹，我和妳無話可說。」

彷彿萬箭穿心一般，我的胸口破了一個大洞，呼吸變得異常困難。

俞季玟踩著重重的腳步離開頂樓，林琦惠躊躇了一會兒，對我說：「我放心不下季玟，我去追她，妳也快點下來。」

我緩緩走向欄杆邊，凝視著下方的鏡湖。

鏡湖閃閃發光，曾經它像面鏡子一樣，映照出我們所有人最純眞的情感，而今，卻映照出我的悲戚與痛苦。

青春如同大風吹拂過後的湖面，映出的全是扭曲了的景象。

那畫面太過刺眼，我摀住雙眼，無法直視。

第十三章

升上高二後，某個週末，我獨自一人來到九份。

撇開與家人出遊不算，第一次來九份，是和俞季玟、林琦惠、方譽元以及陳詣安結伴而來，還遇見了宋奇軒。當時方譽元因爲我帶了朋友而鬧脾氣，現在想來，他是想與我單獨外出，而我罵他幼稚，他買了陶笛給我表示歉意。

一個心高氣傲的大少爺對我的一片心意，卻一次次被我踩在腳下，甚至最後我還對他說出那麼殘忍的話。

第二次來九份，是和酒窩學長。他爲了賠償我失手掉進池塘的陶笛，與我一起來到遙遠的九份。

一模一樣的陶笛，先是由喜歡我的人送給了我，又由我喜歡的人賠了另一個給我。

酒窩學長原本說好要與我去看那座茶樓，卻因爲接到那個女孩的電話而中途離開。那個時候，我對酒窩學長的感情還不到喜歡，是我放任自己喜歡上他的。

如今，當我第三次來到九份，曾與我一起來過的人都不在我身邊了。

我沒能和俞季玟和好，曾經跟我說好一起選念文組的她，最終選了理組，並且和陳詣安開始交往。

「我告訴過班長，季玟不是喜歡他，只是她太過傷心、生氣，根本搞不清楚自己在幹麼，但班長說沒關係。」林琦惠一臉難受地告訴我這番話。

無論我們怎麼開玩笑說俞季玟是個帥T，陳詣安始終知道俞季玟喜歡的是男生，當然也知道俞季玟喜歡方譽元。

所以當郭霈庭過於靠近俞季玟的時候，陳詣安會主動介入她們之間，讓俞季玟得以喘口氣。

他從一開始就全心全意地注視著俞季玟，所以才能發現她的本質，才能看見方譽元沒看見的事。

而我又看見了俞季玟些什麼呢？

我甚至連她喜歡方譽元都絲毫沒有察覺，連她爲了愛情而做出的改變都看不明白，還口口聲聲說自己的所作所爲是爲了她好。

我傷害了俞季玟，也傷害了方譽元，更是間接傷害了陳詣安。未來事情會怎麼發展，誰也不知道，也許俞季玟最後會眞心喜歡上陳詣安，可是在這個過程中，陳詣安會是痛苦的。有多愛，就有多痛。

我來到了阿妹茶樓，據說動畫大師宮崎駿就是以這棟建築物爲雛形，建構出《神隱少女》電影裡的經典場景。

我站在茶樓左邊的空地上，將整棟建築盡收眼底。茶樓是一棟日式風格的木造建築，鐵灰色的瓦片搭配大紅色的招牌與燈籠，看起來非常美麗。

我拿出陶笛，輕輕吹奏著那首《神隱少女》的插曲，路人紛紛佇足，以爲我是街頭藝人。

對我來說，這只是在實踐曾經許下的諾言。沒能和酒窩學長一同造訪的茶樓、沒能吹奏給他聽的歌曲，今天在這邊，我一次履約。

當我放下陶笛，周圍響起一陣掌聲，我卻止不住涕泗橫流，只能慌亂地逃離現場，一路狂奔至公車接駁處。

在眾人異樣的眼光之下，我哭得不能自已。

爲了什麼？

爲了很多。

我想，我這一輩子永遠也不會忘記酒窩學長，這也許是別離的一項好處，因爲在我的記憶之中，關於他的一切都是美好的，酒窩學長依舊坐在池塘樹叢後方的長椅上，對我微笑著。

❖

高二文組與理組的班級位於不同棟教學大樓，而林琦惠選的雖然也是文組，但她的班級和我和不同樓層。

林琦惠很擔心我和俞季玟，所以她每天都會分別找我們兩個聊天，她會跟我說俞季玟的事，我好奇她是否也會跟俞季玟說我的事情。

「我完全不知道班長那麼喜歡她，啊，現在應該要叫陳詣安，他已經不是我們班班長了。我有一次去找季玟，看到她趴在桌上睡覺，而陳詣安就坐在她前面的座位，默默地看著她，那眼神眞的是……哇！他不害臊啊！」林琦惠咬著麵包，滿臉不可思議。

我靜靜地聽著，林琦惠說俞季玟頭髮留長了些，看起來和高一的時候很不一樣，女人味多了點。

但那才是她原本的模樣。

「說眞的，妳要不要先主動去跟季玟說話？我想她一定會原諒妳的。」林琦惠建議。

我以爲所謂的好朋友，是無論經歷過什麼事，發生過什麼樣的爭吵，都可以拉下臉向對方道歉，再次和好。

可是，正因爲是好朋友，反而無法容忍一絲絲裂痕。

與其說是俞季玟不原諒我，不如說是我無法原諒自己，我們這麼要好，認識這麼久，我卻是傷害她最深的人。

我無力地笑了笑，告訴林琦惠：「我會的。」

林琦惠搖頭嘆息，聽出了我的無奈。

「不要在意，一定很快就會沒事的……」林琦惠說著連她自己都不相信的空泛安慰。

我也知道不要在意，但心始終在淌血，要我怎麼忽略那眞實的疼痛？我完全無力招架，連笑容都變得虛僞，整天在學校恍恍惚惚的，即便回到家中也無法迴避這樣的疼痛。

只要一想到俞季玟，我就彷彿全身痙攣一般難受。

該怎麼辦？這份傷痛要過多久才會痊癒？

某天，當我在廁所裡正要推門出去時，聽見了一個熟悉的聲音。

「不要再說了。」俞季玟不悅地說，接著是扭開水龍頭的聲音，水聲嘩啦嘩啦。

「可是，季玟……」林琦惠從外頭走進來的腳步聲響起。

「我和堯禹的事不用妳插手。」聽到自己的名字，我的心一緊。「說白點，這根本不關妳的事，所以別讓我認為妳站在堯禹那邊。」

「我沒有站在誰那邊，妳們兩個都是我的朋友，我只是希望妳們可以……」

「夠了，琦惠，難道妳認為是我的錯嗎？」俞季玟提高音量，並關上水龍頭。

「這不是誰的錯……」林琦惠嘆氣。

「如果是妳呢？如果因為堯禹而導致妳無法向宋奇軒告白，而你們兩個本來有機會的，卻就此變成絕無可能，這樣妳也不會責怪堯禹嗎？」俞季玟的話刺痛了我，在她心裡，我真的是如此嗎？

林琦惠嘆了口長氣，「我不站在妳這邊，也不站在堯禹那邊，妳們都是我的朋友。」

「琦惠！」

「我要說的是，我不會因為自己戀情不順利就怪罪別人。」林琦惠語氣堅定，「況且，就算堯禹沒有說過那些話，妳和方譽元就真的有機會嗎？為什麼要把責任都推到堯禹身上？」

「我現在氣的不是堯禹說過的那些話，而是她讓我再也見不到方譽元。」

方譽元離開以後，刪除了臉書以及LINE的帳號，宛如人間蒸發。

學長也是，他在LINE上的帳號消失無蹤。

「難道妳覺得堯禹該對方譽元說一些讓他覺得自己有機會的話，然後妳每天看著方譽元黏在堯禹身邊，這樣會比較好嗎？」

「至少這樣我還能見到他。」俞季玟負氣地說。

「如果眞是如此，妳又會怪罪堯禹用曖昧的態度對待方譽元，不管怎樣，妳都會有話可以說。」林琦惠直言不諱，「妳甚至還利用了陳詣安對妳的感情。」

外面安靜了好一陣子，俞季玟充滿嘲諷意味的笑聲才響起。

「季玟？」林琦惠像是要確認什麼似的喚了俞季玟的名字。

「琦惠，妳說得冠冕堂皇，但要是哪天妳遇到同樣的事，我不信妳還能這麼冷靜。」俞季玟的聲音聽起來冷漠得可怕，「我的心情，怎麼會是妳這種戀情順利的人可以理解的？」

接著是一陣重重的腳步聲，林琦惠追在俞季玟身後逐漸遠去。

她們因爲我的關係，不歡而散。

我背靠著門蹲下來，雙手摀住自己的臉。

我明白自己和俞季玟已經回不去從前，現在唯一還能做的，就是別讓林琦惠爲了我而和俞季玟鬧翻。

所以之後林琦惠來找我時，我都表現出一副開朗的模樣，告訴她我過得很好。

「堯禹，妳不要這樣啦。」林琦惠皺緊眉頭，握住我的雙手，「想哭就哭，想難過就難過呀！」

「哭有什麼用？」我不禁詫異，如果眼淚可以解決問題，我早就解決完所有問題了。

「那至少妳能跟我分享煩惱，別把事情都悶在心裡，這樣會生病的。」林琦惠神情眞摯。

如果妳聽到我的悲傷、又看見俞季玟的痛苦，那妳身上不就得承載雙倍的痛苦了嗎？

「放心啦，我沒事。」所以我搖搖頭，然後用力拍拍她的肩膀，「就要期中考了，好好加油吧！妳也不用每天都過來找我，花點時間跟妳班上的同學培養感情吧。」

「那妳呢？」

「我喔？我在班上也有好朋友呀。」我微笑。

朋友，去哪裡都交得到，只是不會和妳們一樣。

❖

考完期中考的那個下午，我在校門口遇見了宋奇軒。

「嘿，你在等琦惠嗎？」我先走過去和他打招呼，他穿著他們學校的制服，戴著耳機。

「喔，堯禹，好久不見。」他拔下耳機，站直身子，「考得怎樣？」

我聳聳肩，「馬馬虎虎嘍。」

「你們學校的學生程度應該比我們好。」宋奇軒歪著頭，「妳怎麼了嗎？」

「什麼怎麼了？」

「妳看起來精神不太好，念書太累了？」宋奇軒笑著問。

「大概是吧。」我回以微笑，眼角餘光卻瞥見俞季玟和陳詣安正要走出校門，連忙說：

「那個，我先離開了。」

「咦？妳沒有要一起去？不是要一起去吃東西嗎？」

「咦？」宋奇軒的話讓我不明所以。

「啊，我看見他們了。喂！在這邊！」宋奇軒忽然朝我的後方大叫，並大力揮舞雙手。

「我、我要先走了！」我先是一僵，隨即拉緊書包背帶拔腿就跑。

「喂、喂！」搞不清楚狀況的宋奇軒在我背後大喊。

我奮力逃離那個地方，逃離那群人。

不知道俞季玟會是什麼表情？不知道她會怎麼想？

我喘著氣走在回家的路上，剛剛那麼一跑，直接跑過了我平常等車的公車站牌，只能繼續走向下一站。經過花饗公園門口時，我停住腳步。

想了想，決定走進公園，來到雞蛋花樹前。

爲什麼林琦惠沒告訴我她們有約？

我知道自己不可能會赴約，但仍不免覺得林琦惠在我和俞季玟之間，選擇了俞季玟。

明明是我要林琦惠不要來找我的，卻又感到這麼難受，連我自己都搞不清楚自己矛盾的心態了。

學長，你在哪裡呢？

如果是你，一定會給我很好的建議。

就算你有了女朋友，就算你對我從來不是認眞的，我也喜歡你。

開始總是分分鐘都妙不可言　誰都以為熱情它永不會滅

除了激情褪去後的那一點點倦

我想起酒窩學長曾經哼唱過的那首〈陰天〉，不自覺地唱了起來。眼前的雞蛋花在樹枝上燦爛盛開，而我淚眼婆娑，眼前所見都像是被雨水打糊了般朦朦朧朧。

感情不就是你情我願　最好愛恨扯平兩不相欠
感情說穿了　一人掙脫的　一人去撿

我掩住自己的臉，無論是學長、方譽元還是俞季玟，發生在我和他們之間的所有事情，就跟剛開始在意一個人時的心情一樣，當那些泡泡才剛從腳邊冒出，我還有機會可以改變，然而我卻放任泡泡逐漸滋長。

我有機會選擇不喜歡上學長。

我有機會察覺方譽元喜歡上我。

我也有機會看清俞季玟真正在意的人是誰。

所有的一切，我原本都有機會可以阻止，但我卻任由一切發展下去。

對不起、對不起——

「堯禹，我很抱歉。」

學長的臉忽然浮現在眼前，帶著歉意與難受的神情。

我一愣，為什麼直到現在才想起學長當時的表情？他對我一定不只是玩玩，至少，在最後他是眞心覺得抱歉的。

「我很抱歉，學長。」我很抱歉，直到現在才發現學長眞正的心情。

我的人生，一團混亂。

❖

「堯禹，在嗎？」手機螢幕亮起，意外的，竟是宋奇軒。

看來，他是想問我下午的事，但我想林琦惠應該都告訴他了。

「下午很抱歉，我太沒神經了，琦惠都跟我說了。」

訊息再次跳出，我皺眉，原來他直到今天才知道嗎？

「沒想到會發生這些事情，琦惠從沒跟我說過。」

我點開訊息回覆：「琦惠從沒說過？」

「嗯，她不是八卦的人，對吧？」

我苦笑一下：「她很善良，善良到我怕會傷害到她。」

「她最近情緒的確很低落，我都不知道該怎麼辦了。」

「都是我害的……」

「關於這點，妳們還真像，她剛才跟我說起這些事的時候，也說了是她害的。」

「為什麼會是她害的？完全不關她的事。」我不懂。

「她說，要是她當時別把全部的心思都放跟我之間的曖昧上，也許就能提早發現不對勁。」

我心中不禁感到一陣酸楚，林琦惠果然很在意俞季玟說的那句話。

「關注自己的戀情不是什麼過錯。」我這句話不是安慰，而是眞的這麼認爲。

「我也這樣跟她說。」宋奇軒傳了張笑臉貼圖。

我回傳了張貼圖後，打開抽屜拿出那個裝著我和學長唯一一張合照的相框。

我也是啊，如果當初能多花點心思留意俞季玟、方譽元的眞正心意，事情就不會演變成今天這樣。

「琦惠說，妳不再和她分享心事了。」手機螢幕再次亮起，宋奇軒傳來這句話。

「因為，我不小心聽見她因為我的事和季玟吵架，我不希望她當夾心餅乾。」

這句話是實話，但同時也是謊話。

事實是，當看見林琦惠和俞季玟站在一起，而我卻不能靠近的時候，我感覺自己就像是赤裸裸地站在大庭廣眾之下，每個人看過來的視線都彷彿針在扎。

「如果妳願意，可以告訴我。」

我看著宋奇軒這句話，感到有些莫名奇妙，告訴他做什麼呢？

「我不會告訴琦惠。」他又說：「如果妳一直把煩惱悶在心裡，會生病。」

果然是林琦惠的男朋友，兩個人講出一樣的話。

「妳不告訴琦惠，是因為怕她為難。但妳這樣悶著不說，對自己也沒好處，所以不妨告訴我吧，我不會告訴琦惠，同時妳又可以有分享心事的對象，這樣如何？」

「告訴你很奇怪吧，你又不在我們學校，而且說真的，我們沒有很熟。」

我如此回應，以為宋奇軒會知難而退，畢竟我們只是國小同學，這幾年根本沒什麼聯絡，幾乎已經成了陌生人。

要怎麼跟一個陌生人分享心事？

但宋奇軒卻傳了一句話：「這才是重點。」

把心裡的話告訴一個只是認識卻身處不同生活圈的人，這才是重點嗎？

然而宋奇軒畢竟是林琦惠的男朋友，如果哪天他把我的事告訴林琦惠，最後陷入兩難的還是林琦惠。

「好吧，我想想看，謝謝。」

宋奇軒回了個驚嚇的貼圖：「我是想讓妳有個發洩壓力的出口，不是要讓妳更煩惱，這只是個建議，別放在心上。」

我不禁笑了起來，想起他國小的時候，曾經因為被我打哭而跑去向老師告狀，可是後來他反而來安慰因為被老師責罵而哭泣的我。

明明就是他去告狀的，明明就是我先欺負他的，但我卑鄙地掉了眼淚，所以換他不知所措。

「謝謝你，告狀鬼。」

「別再說這個外號了。」

我幾乎可以想像宋奇軒在螢幕那頭微笑的模樣。

躺在床上看著天花板，我覺得有些如釋重負，似乎找到了一個地方可以傾訴。

「堯禹，妳有想好要念哪所大學嗎？」林琦惠拿著期中考成績單，一臉沮喪。

我瞄了眼她的成績，其實並不差。

「成績到哪裡就去哪裡吧。」我不甚在意地說。

「以我的成績要考上奇軒想去的大學還有一段差距，我好擔心。」

聽到這句話，我有些疑惑，「我上次期中考那天在校門口遇到他，他說我們學校的程度比他們好耶。」

「學生平均程度是一回事，個人成績又是一回事。他上次全國模擬考的分數比我高很多。」

我微感詫異，眞看不出來宋奇軒的成績這麼好。

「所以我必須更努力才行。」林琦惠站起來，猶豫了一下才說：「季玟她說想考中南部的大學。」

「是因爲陳詣安嗎？」

「不是，陳詣安想念的學校在東部。他們有些……該怎麼說，貌合神離吧。」

「不太意外。」我苦笑。

林琦惠眼神複雜，彷彿有千言萬語想要訴說，但最後都化爲一聲嘆息。

等她離開後，我攤開自己的成績單，上頭的數字出乎意料。

「堯禹，妳這次考得很好。」同班的李露主動坐到我旁邊。

「嗯，還好啦。」我微微一笑。

「我覺得妳很安靜耶，妳以前不是……常常和方譽元走在一起嗎？」李露的手指輕輕點著下巴。

「我和他有那麼常走在一起嗎？」

「有啊，大家對妳的印象應該都是『方譽元旁邊那個女生』吧，」她吐吐舌頭，「這樣好像很沒禮貌，不過大部分的人都是用羨慕的語氣在說啦，你們不是有一群人走得很近嗎？」

「對，但現在都分散在不同班級了。」我勉力撐起微笑。

「眞的！好討厭，爲什麼不是入學的時候就分好組？現在還得要重新認識朋友。」李露一邊抱怨，一邊用手指梳理著自己中分的長髮。

李露見我微笑不語，瞥了眼我的成績單，又接著說：「是這樣啦，我們班上女生之中就我們兩個成績最接近，所以，妳這週末有沒有空？」

「這兩者的關聯是……」

她賊賊一笑，「我剛剛不小心聽見妳和朋友說念哪所學校都可以，那能不能陪我去一所我很想去的大學看看？反正妳念哪裡都可以，我們成績又差不多，那麼這所大學也會是妳的可能選擇之一，一起去看看應該不錯。」

「可是週末去學校也看不到什麼吧？」

「這所大學這週末舉辦園遊會，所以時機剛剛好。」她拉著我的手，身上散發出一股很香的味道。「走啦，對妳也會有好處的。」

我確實需要出去走走，一直沉浸在悲傷裡顧影自憐，實在很不健康。

「嗯，好吧。」所以我答應了。

「耶！太好了！」李露開心喊著：「那我們約在花饗公園，一起搭車過去，就這麼說定了。」

又是花饗公園呀，我跟那個地方可真有緣。

我微笑點頭。

週末，我和李露搭上前往那所大學的公車，她顯得很興奮。

「我今天這樣像不像大學生？」她戴著黑框眼鏡，穿著牛仔吊帶裙，這副打扮確實很像是精力充沛的大一生。

相較之下，我的穿著實在太過簡單，只是件黑色上衣搭配牛仔短褲。

「哎呀，妳都沒有特別打扮一下，也許會遇到大學生跟我們搭訕喔！」李露笑得狡詐，但是卻很可愛，讓我想起國中時的俞季玟。

見李露親密地抓著我的手，我心中忽然感到有些害怕，所以不動聲色地抽開了手。

「呀！到了！」但她卻更用力抓緊我的手，開心地指著窗外的大學。

拉著我下車後，李露興沖沖地站在大學門口，高舉雙手大喊：「就是這裡！」

眼前是用氣球串起來的拱門，上頭貼著「園遊會歡迎您」的字樣，一旁還有巨型充氣人偶，門口也聚集了許多攤販。

「快啊！堯禹，往這邊！」李露拉著我迫不及待就要往裡頭走。

我忍不住心跳加速，腳下彷彿踩在雲端。

這所學校是酒窩學長就讀的大學。

「堯禹，妳的臉色很不好耶，沒事吧？暈車嗎？」李露語帶關懷，「要不要坐在那邊休息一下？」

不等我回話，李露便拉著我走到一張附有遮陽傘的座椅上坐下，應該是大學裡附設的露天咖啡廳座位。

「這瓶飲料給妳。」李露從旁邊的販賣機買了瓶運動飲料。

「謝謝，麻煩妳了。」我趕緊從錢包取出二十塊。

李露卻豪爽地揮揮手，「三八，我找妳來的，妳身體不舒服我才覺得過意不去呢，不用了不用了！」

「這不好吧……」

「齁，妳再這麼客氣，我就要搔妳癢嘍！」李露威脅地舉起手。

見狀，我不禁笑了出來。

「喔喔！笑了！」她動作誇張地指著我，「終於笑了是吧！」

「我平常也有笑呀。」

她搖搖手指，「不一樣，妳自己也知道不一樣吧。」

我定睛看著眼前看似爽朗不拘小節卻意外心細的李露，在她第一次主動跟我搭話之前，是不是早就一直注意著我了呢？

「我有一個朋友，看起來也總是帶著哀傷的感覺，所以我一看到妳，就覺得好像看到她。」她忽然間說起自己的事，又看向我，「所以呀，我們一定要開開心心的！」

「我……」

「什麼都別說。」李露摀住自己的耳朵，「我可不想聽見妳說什麼我很愛多管閒事之類的。說實話，有時候人就是要多管閒事些，這樣世界才會和平啊！」

聽了她的話，我又笑了起來，頓時覺得心情輕鬆多了。

「嘿嘿！」她也跟著笑，「好多了吧？我們去逛逛吧！」

「那個，我……我在這邊休息一會兒，妳先去走走吧。」我怕遇見酒窩學長，於是提議。

「怎麼了嗎？還是覺得不舒服？」她神情擔憂。

「不是，我只是想在這邊坐一下。」

「不舒服要告訴我，別客氣啊，我也陪妳再坐一下吧。」說完她又坐了下來。

她特地帶我出來，我卻這樣，要是再讓她陪我坐在這裡實在太不好意思。

「我有個不太想遇到的人也念這所大學，所以……」

我這句話讓李露瞪大眼睛，她連忙追問：「誰？欺負過妳的人嗎？」

「不是啦！」我趕緊拉住她，因爲她看起來像是想衝出去打人的樣子。「就是……算是甩了我的人吧。」

「原來如此！」李露恍然大悟，「所以這就是妳看起來一直都很憂鬱的原因嗎？」

我乾笑著，酒窩學長是一個原因，俞季玟也是一個原因。

我並不打算告訴李露太多，而她吐了一口很長的氣，說：「那就好，如果只是失戀的話還好，我還以爲妳被人欺負了。」

「謝謝妳。」我眞心誠意地謝過她。

李露站起來，拉著我的手，「走，我們去逛逛吧！」

「咦，我不是說……」

「怕什麼呀！被甩了就不用見人喔？要讓對方知道即使沒有他，你也能過得很好。」說到這裡，她打量了我一下，「眞是的，妳今天應該穿可愛一點！不然我們互換衣服吧？」

「這……沒關係啦！」我趕緊推辭她的好意。

「眞的啦，我穿怎樣都沒差，但妳要讓對方看到妳以後大感後悔，這比較重要！走吧，我們去換衣服。」說完，她就拉著我往廁所去。

李露實在是不聽人說話。

但也許此刻我需要的就是一個不聽人說話的朋友。

第十四章

費了一番唇舌好說歹說，終於讓李露打消和我互換衣服的念頭。我們去到園遊會裡，一路上我小心翼翼地東張西望，雖然不願承認，但我其實是隱隱期盼可以再次見到酒窩學長的。

「如果妳看到他的話，一定要告訴我，知道嗎！」李露不斷叮嚀。

誰知道她想做什麼啊？所以我絕對不會告訴她。

大學校區的占地面積遠比高中大上許多，要想在無意間碰到學長比想像中困難。沿著園遊會裡的攤位逛下來，我們吃了一輪點心，可愛的李露眞的被不少人當成大一生，還被男生搭訕了好幾次。最後我們找到一處長椅坐下，手上拿著一堆食物以及玩遊戲得到的獎品。

我被這所大學的園遊會氣氛給吸引住，感覺大學將會比高中更加有趣。

「就是這裡了，超棒的，我一定要考上這裡。」李露的眼睛閃閃發光。

「我以爲妳是要視師資或是教學資源之類的來挑選大學……」

「別那麼古板啊，活動多表示學生很有活力，師資和教學資源什麼的，那是可以用其他方式彌補的。」李露對我眨眨眼，「就像鏡湖一樣，美麗的校園環境會讓人心曠神怡。」

「心曠神怡嗎……」我喃喃地說。

李露點頭，「舉例來說，想像一下，過了十年之後，當妳回想起高中生活，妳不會想到哪個老師教得超好，或是學校哪項設備很先進吧？我敢打賭，十個畢業生裡有十個都會說『我們學校有座很美的湖泊』。」

「這麼說好像也對。」

「所以啦！」李露兩手一攤，不小心打翻了手上的飲料，濺溼了一身。

「哎呀！」我趕緊從包包裡找出濕紙巾，李露卻哈哈笑個不停。

「我常會打翻東西，先去洗手間清理一下。」她站起身。

「我跟妳去吧。」我也跟著站起來。

「不用啦，妳在這邊顧包包，我很快就回來。」李露說完便迅速跑開。

我收拾完翻倒的飲料後，打開一盒章魚燒慢慢吃著。

「妳又在生什麼氣？」

我手上的章魚燒頓時掉到膝蓋上，屏住了呼吸。

「我沒有生氣。」一個女生的聲音傳來。

「明明就在生氣。」一個男生說。

我的眼淚瞬間從腮邊滑落，這是酒窩學長的聲音。

「既然你知道我在生氣，那就該知道我在氣什麼。」那個女生又接著說。

我原想轉過頭去，那聲音就在後方不遠處，但我怕看見學長，也怕學長看見我。

我更怕，看見學長和她在一起。

「對不起，好嗎？別生氣了。」酒窩學長的嗓音帶著我從未聽過的低聲下氣，溫柔得令人心碎。

那個女生高傲地哼了聲，接著，腳步踩過草地的聲音如此清晰。我在心中想像著，也許酒窩學長上前牽住了她的手，也許酒窩學長擁抱了她。

一直到他們離開，我都沒有回頭，任憑淚水打濕了整張臉。

「我回來……妳怎麼了？」李露驚慌失措地蹲在我面前，伸手不斷擦去我的眼淚，「發生什麼事了嗎？不舒服？還是遇到色狼？」

我用力搖頭，心好痛好痛。

「哎唷，妳不說我怎麼會知道發生了什麼事啊？」

看著李露關切的神色，我不禁哭得更大聲，伸手緊緊抱住她。

李露身體有些僵硬，但隨即拍撫著我的肩膀，輕聲安慰：「沒事了、沒事了。」

在這個當下，我發現了另一件悲慘的事。

我忽然好想念俞季玟。

親耳聽見酒窩學長和別的女生那麼親密，帶給我的衝擊比想像中還要大。連續好幾天，我都如同行屍走肉，不管上課下課，不管老師或同學，甚至是林琦惠和我說話，我都完全沒有反應。

讓我難過的不僅僅是學長的事，還有俞季玟。

所以，我認為自己該主動去找她了，半年快要過去了，我們要這樣僵持到什麼時候？

於是我來到她的班級門口，緊張得全身顫抖，髮長已經及肩的俞季玟坐在座位上，和陳詣安兩個人看似聊得很開心。

陳詣安先發現了站在門邊的我，他對俞季玟低聲說了幾句，她轉過頭，冷冷瞥了我一眼又轉回去，繼續和陳詣安說話。

「季玟！」我鼓起勇氣喊她的名字。

但俞季玟充耳不聞，我又叫了一聲，她依舊不爲所動。

陳詣安嘆了一口氣，用嘴型對我說：「走吧。」

我的勇氣頓時全部消散，下意識就要轉身逃開，可是，我又想到那天當李露安慰著痛哭失聲的我時，其實我更難過的是當時陪在我身邊的不是俞季玟。

我和她陪伴彼此那麼多年，也經歷過大小爭吵與冷戰，只要好好說清楚，沒有什麼事情是不能解決的。

只要我誠心道歉，她一定可以原諒我。

所以我握緊雙拳，再次鼓起勇氣：「季玟，我有話想跟妳說，可以出來一下嗎？」

俞季玟全身一僵，動也不動，陳詣安把手輕輕放上她的手臂，微微搖晃著，彷彿在說服她。

於是我又喊了一聲，這時他們班上有個女生對她說：「季玟，有人在叫妳。」

「我沒聽到。」說完，俞季玟反握住陳詣安的手。

比冷漠更可怕的，是忽視。

我寧願她對我大吼大叫，也不要她漠視我的存在。

他們班上其他人投來的目光令我無地自容，而陳詣安看著我的眼神彷彿在問：「爲什麼還要來打擾季玟的生活？」

離開之前，我再次看了俞季玟的背影一眼。

忽然覺得那個人好陌生，已經不再是我認識的她。

走回教室途中，我想，也許是該試著和班上同學好好相處的時候了，別再自己縮在殼裡自怨自艾。

宋奇軒也說過，把所有事情悶在心裡會生病。

那天哭得上氣不接下氣的我雖然什麼也沒說，但李露應該也猜到了幾分，一路上她只是安慰著我，什麼也沒有多問。

明明和我還不是很熟，李露卻能如此爲我擔憂，或許我能試著相信她，相信我可以再交到一個像曾經的俞季玟那樣的朋友。

或許也可以找一天，把這些事情告訴李露。

我並不是想要得到安慰或是找到解決方法，只是需要一個出口。

我才一踏進教室，只見李露坐在座位上，身邊圍著一群人，大家都用一種奇怪的眼神看著我。

我不明所以，而李露皺著眉頭，他們的眼神令我不太舒服。

「堯禹，我們都聽說了，一定很不好受吧。」一個女同學開口。

「是啊，親眼看見對方和別人那麼甜蜜，妳一定很難過。」坐在李露左邊的女生也說。

「反正下一個會更好。」另一個女生上前拍拍我的肩膀。

我還沒搞清楚狀況，李露就朝我走過來，兩手搭在我的肩膀上，用堅定的語氣說：「沒事的。」

「失戀也沒關係啦，我想一定是那個學長太沒眼光了，不然就是另一個女生比妳正！」接著，有個男生語帶嘲笑地補上一句。

「你很過分欸，閉嘴！」其他女生群起訓斥那個男生。

我的腦袋嗡嗡作響，李露微笑的面孔彷彿扭曲了起來。

「沒事的，堯禹，我都告訴她們了，全部，大家都能體諒的。」她的聲音像是隔了好幾座山頭傳來般，那麼緩慢，帶著陣陣回音。

妳都說了些什麼？

妳、都、告、訴、他、們、什、麼、了？

❖

洗完澡後，我呆坐在床上，回想起今天發生的事，直到手機螢幕突然亮起，我才瞥過去一眼。

「琦惠有跟妳討論過考大學的事嗎？」是宋奇軒。

我沒有理會，整個人趴到床上，腦海裡都是李露的微笑。

手機接連幾次震動，我只得拿過手機滑開一看。

「她似乎想和我念同一所大學，但我們兩個成績有些落差，況且我覺得她不適合我要去的那所大學。妳如果有機會跟她聊到這個，說服她去更適合的學校吧。」

我回覆宋奇軒：「我很久沒見到琦惠了，她應該都在念書吧。」

「妳不會也在念書吧？」

「你的意思是說我念書很怪？」

「當然不是，只是感覺認真念書不太像妳。」他傳來一張大笑的貼圖。

「我也是會認真準備考試的。」

「但以妳的個性，真要埋首專注在書中的話，除非是遭遇了什麼大事吧。」

我微微蹙眉：「怎麼說得好像很瞭解我一樣？明明我們只在國小同班過。」

「妳沒聽過三歲定一生嗎？那時候就可以看出每個人長大以後的個性了。」

「哪有可能？」

「真的啦！就像我以前跟現在都很帥一樣。」宋奇軒傳了張撥劉海的貼圖。

「應該是一樣愛鬧吧。」我不禁失笑。

「話說，妳知道大猩猩結婚了嗎？」

我想了下大猩猩是誰，忽然瞪大眼睛。

「你是說以前班上那個凶巴巴的高個子女生？」

「對啊，女大十八變。」

「該不會是奉子成婚吧？才十七歲耶！」我驚訝不已。

「應該是真愛，男方大她八歲，雙方父母也都同意，沒啥法律問題。」接著宋奇軒傳來那對新人的照片。

「完全看不出來是她耶！差好多！天啊！」

「遙想當年每次我們兩個吵架，她都會去跟老師告狀。」

「然後害我們被罵。」我忍不住又笑。「別忘了你也是告狀狂。」

「哈哈哈，跟她相比，我是小巫見大巫好嗎？」

我看著手機螢幕格格笑著。

和宋奇軒討論到國小的往事，頓時讓我的心情放鬆許多。

那時候的我們就算和朋友吵架，多半很快就能和好，異性之間的相處也單純許多。

我忽然好想向宋奇軒傾訴所有的事。

「你上次說有事情可以跟你說，真的嗎？」

「是啊。」

「你不會告訴琦惠？」

「不會。」

「怎麼可能？她是你女朋友耶。」

「誰說男女朋友之間就不能有祕密？」

「我沒交過男朋友，所以不知道。可是正常來說，不能保有祕密吧。」

「應該說還是能有自己的交友空間吧，雖然妳是琦惠的朋友，可妳也是我的朋友呀，如果妳有不想讓她知道的事，基於尊重，我不會告訴她的。」

我有些驚訝，「宋奇軒，你還真會說。」

「這是當然的，啊，不過，要是妳說妳喜歡我，那我可就會告訴她嘍，這樣不行喔。」

他傳了張無奈聳肩的圖。

我一連回傳了五張嘔吐的表情：「少在那邊亂說！你真的很敢說耶！」

經他這樣一鬧，我的心情竟不可思議的好多了。

於是我將李露的事情告訴他，連那天我們去大學參觀、遇見學長的事也一併說了。

一吐為快後，那些煩心事似乎真的就暫時被拋在一旁，我終於理解宋奇軒之前說過的那句話，就因為是身處不同生活圈裡的半個陌生人，所以有時反而更能毫無顧忌地暢所欲言。

他不認識李露，也不知道酒窩學長是誰，所以我才能安心說出口。

「她是故意的嗎？」看完後，宋奇軒這麼問。

「我覺得不是。」

當李露帶著微笑告訴我，她把所有的事都告訴班上同學時，我感覺到被背叛了。

但李露真摯的笑容裡卻沒有惡意，所以我不明白。

「啊，堯禹，妳生氣了嗎？」李露秀眉微蹙，壓低聲音問。

「我們可以去外面聊一下嗎？」我壓抑著心裡的憤怒。

「嗯。」

當她隨著我來到池塘邊時，我深吸一口氣，不解地問：「妳為什麼要……」

「對不起，妳真的生氣了？」不等我把話說完，李露雙手合十，立刻向我道歉。

這麼一來，反倒讓我將想說出口的話全吞了回去。

「很抱歉，堯禹，但妳一定要聽我解釋。」李露拉著我的手，漂亮的眼睛眨呀眨地，叫人不忍拒絕。

於是我點頭，她拉著我到長椅邊坐下。

「從大學參觀回來以後，妳的狀況就一直很糟，我或其他人跟妳說話，妳都愛理不理。我知道妳爲什麼會這樣，所以我能理解，也能體諒，可是班上其他同學不清楚。」李露咬著下唇，「我剛剛聽見班上幾個女生在討論妳的事，話說得非常不好聽，我想要幫妳澄清，所以才會告訴大家。」

我恍然大悟之餘，卻又覺得就算是這樣，也沒有必要一股腦全說出來吧。酒窩學長的事屬於我的私事，該不該說，應該由我自己來決定。

「失戀這種事，只要是女孩子都能夠感同身受，所以我想大家一定可以理解，這樣妳就不會被誤會成是個冷漠、自以爲是的女生啦！」李露緊抓著我的手。

看著她誠摯的臉，我明白她說的是眞心話，是眞的在爲我擔心，也是眞的不想要讓我被誤會。

所以我回握她的手，跟她說了聲：「謝謝。」

她不好意思地笑了笑，「這樣大家就能理解妳了，妳也要快點打起精神來！」

我和李露一同走回教室，雖然解開了誤會，可我依然覺得心裡像是卡了一根刺般，就是覺得有哪裡不對勁。

她是爲了我好沒錯……

我回頭望向池塘，多希望此刻酒窩學長可以從樹叢後探出頭來，告訴我該怎麼辦。

「你懂我想表達的嗎？」把這些事都告訴宋奇軒後，我問了他的看法。

「不管她是不是為妳好，妳的隱私要不要告訴大家，應該由妳自己決定吧。」

宋奇軒果然能理解我的想法。

「但我這麼想，是不是很不知足？她明明幫了我。」

「這是兩回事啊，我相信一定有可以不說出妳的私事，又能澄清誤會的方法。」

我微微苦笑：「但是我還是會當她是朋友，她是真心為我好。」

「只是方式有點可怕。」宋奇軒傳了張發抖的貼圖。「可以跟她交心，但別告訴她太多妳不想讓人知道的事，不然哪天她又會以『為妳好』為理由而說了出來。」

「朋友之間不是應該沒有祕密嗎？」

「這就回到剛才妳說的『男女朋友之間沒有祕密』啦，道理是一樣的，每個人都該保有自己的祕密、自己的空間，即便是朋友、情人之間。」

但是如果當時俞季玟一開始就挑明說了她喜歡方譽元，那我和她應該就不至於走到今天這種局面吧。

怎麼交朋友，怎麼處理與朋友之間的關係，我依然學不會。

「或許我不適合交朋友吧。」我有些沮喪。

「這樣說也太誇張了，應該說妳只是還沒抓到方法，或是還沒找到真正適合妳的朋友吧。」

「朋友還有分適合不適合？」

「當然，就跟男女朋友交往一樣啊，總是要從失敗中記取經驗。」

「你怎麼一直說朋友交往跟男女朋友交往一樣啦。」

「不管是朋友還是男女朋友交往，都是人際關係的一種，那不就都一樣？」

「宋奇軒，你變得很會說話耶，到底是交了多少個朋友？」我停頓一下，傳了張賊笑貼圖，再補上一句：「或者說，交了多少個女朋友？」

「噓，琦惠在這方面還滿會吃醋的，最好不要讓她知道比較好。」

我躺在床上大笑，傳了一張OK的圖。

「大概七個。」

我不禁瞪大眼睛：「七個！宋奇軒！七個耶！你現在才十七歲！」

「所以我才懂得怎麼跟人好好相處，哪像妳。」

居然反將我一軍。

於是那個晚上，我和宋奇軒一直聊到入睡之前，他跟我說了句晚安，我也回了他一張睡臉惺忪的貼圖。

不知怎地，我想起了酒窩學長，但他的存在卻突然變得好模糊、好不真實。

我拿出放在抽屜中的照片，拇指輕輕撫過笑容燦爛的他，說了聲：「晚安。」

❖

「快點！快點！」李露拉著我穿過重重人群來到鏡湖畔。「哇，我們班目前領先！」

高二下學期，再次迎來了輕艇祭，我們班參賽隊伍的排名目前挺前面的，然而高三隊伍全都在一旁虎視眈眈，不能掉以輕心，畢竟以往冠亞季軍全都由高三包辦。

「要是眞的拿下冠軍，那一定超光榮！」李露開心地尖叫。

我凝視著湖面，想起去年我和俞季玟也參加過比賽，當時方譽元還和酒窩學長發生了場小衝突。

不過短短一年，卻已人事全非。

「堯禹！」林琦惠從人群裡跑過來，「妳們班好厲害！」

「琦惠！」我看向林琦惠，她依舊是一頭經過精心吹整的可愛髮型，滿臉興奮。

「我先去找其他人。」李露說完後，向林琦惠點了點頭就轉身走開。

林琦惠看著李露的背影，笑咪咪地說：「我看妳最近很常和她在一起，跟她很好吧？」

我點點頭。雖然和她的相處方式，和以前我所認定的好朋友不太一樣，但是和李露在一起眞的很輕鬆。

「太好了。」林琦惠眞心為我感到開心。她現在已經不會在我面前提到俞季玟，也不會再要我們兩個快點和好了。

我和林琦惠走到池塘樹叢後方的長椅坐下，這裡曾經是屬於酒窩學長的祕密基地，如今已成爲我的。

「其實我告訴過奇軒這件事，但他要我別多管閒事。」林琦惠吐吐舌頭，「一開始我很不能理解，但現在覺得順其自然也不錯。」

「我和宋奇軒也有談過這件事。」我說。

林琦惠有些驚訝：「你們談過？」

「嗯，上學期我過得最糟糕的那段期間，妳因爲我的事而心情很不好，當時宋奇軒就有來敲我LINE。」我握住林琦惠的手，「他說妳很自責。」

林琦惠目光閃爍，低下頭：「他幹麼告訴妳這些啦……」

「不管我和季玟之間變得怎樣，妳都沒有錯。」我輕輕扯了扯嘴角。

「我想，未來這麼長，總有一天妳和她會和好的，對不對？」林琦惠神情期盼。

而我能給她的答案還是只有微笑。

林琦惠離開前，不經意地說了句：「奇軒爲什麼沒跟我說他敲妳……」

這句話讓我感覺有些奇怪，宋奇軒在LINE上敲誰有需要特別報備嗎？

況且對象還是我呢，林琦惠爲什麼這麼介意？

「我看到電視新聞報導你們鏡湖的輕艇祭，這個活動真是太酷了。」

最近每天洗完澡出來，手機裡總是會出現宋奇軒傳來的訊息，我們聊天的話題大多是些日常生活瑣事。

「對呀，你應該都聽琦惠說了吧，非常熱鬧。」

回完訊息，我到客廳吹頭髮，和爸媽聊了幾句，才回到房間，又看見他發來的訊息。

「就是聽她說了，加上看到新聞畫面，才覺得很羨慕。」

我拿起手機躺到床上，選了張笑臉貼圖傳過去。

「對了，琦惠最近有跟妳說過什麼嗎？」宋奇軒突然問。

「什麼？」

「像是大學。」

我想起之前他曾和我提過這件事：「是琦惠想跟你念同一所大學，對吧？」

「嗯，但我想念的這所大學是偏理工科的學校。」

「我不知道大學也有分理工科和文科。」

「有啊，我認為不念同一所大學也沒關係，但琦惠覺得分隔兩地沒安全感吧。」

「畢竟你們高中也不同校，她當然會希望大學可以念同一所嘍。」

「但我覺得像現在這樣，相處起來也沒什麼不好。」

「男女朋友不是都會希望每天黏在一起嗎？」我倒是有點驚訝宋奇軒會這麼想。

「只有熱戀期才會吧。」

我忽然想到林琦惠上午說過的那句話，所以就順口跟宋奇軒說了。

「怪了，我敲妳是必須向她報備的事嗎？」

宋奇軒的疑問跟我一樣。

「而且我們根本沒聊什麼奇怪的事。」

宋奇軒又說：「對，這就是重點。她是個醋罈子，國中時完全看不出來。」

「因為沒安全感吧，我剛不是說了，就是因為高中不同校，所以她才會迫切希望能跟你念同一所大學。」

宋奇軒傳了張嘆氣的貼圖：「但我不希望她因此而貿然決定自己要念哪所學校，大學多少會影響到以後的出路，我不希望到時候我們怎麼樣了，她會覺得後悔。」

看到這段話，我頓時瞪大眼睛：「等一下，你剛剛說什麼？你們發生什麼事了嗎？」

「沒有啦，我只是假設。」

我鬆了一口氣，隨即傳了張生氣的貼圖：「沒事假設這種事情幹麼！」

「這是很現實的考量啊，假如今天她為了迎合我，選了毫無興趣的大學，要是有一天分手了，那她不是會後悔嗎？」

「怎麼會沒事想到分手？」我緊張地輸入訊息。

「就說了是假設，但這種事情本來就很可能發生。」

「你們真的沒事？」

「堯禹，妳也是那種無法冷靜討論事情的女人嗎？」

「你跟琦惠討論過這件事？」我大驚。

「討論過啊，但她變得更歇斯底里。」

感覺得出來宋奇軒覺得很無奈。

「嗯，我懂你的意思與擔憂，但如果琦惠正處於沒有安全感的時候，你跟她講這種事只會適得其反。」

「是啊。」

我想像得出來宋奇軒一定十分苦惱，但還是忍不住偷笑。

「有人不是之前才在說，自己很懂『人際關係』嗎？」

他回傳給我一張鬼臉貼圖。

幾天後，當我坐在池塘邊的長椅上發呆時，突然收到林琦惠傳來的訊息，問我在哪裡。

「老地方。」是啊，這裡也變成了屬於我的老地方。

過沒多久，林琦惠便紅著眼睛跑了過來。

「怎麼了？」她泫然欲泣的模樣讓我嚇了一跳。

「怎麼辦？奇軒可能要跟我分手了！」說完，她就哇的一聲大哭起來。

「啊？妳先別哭，乖，擦乾眼淚。」我從口袋拿出手帕遞給她。

林琦惠嚶嚶啜泣，待她冷靜點後，我才拍著她的背說：「沒事吧？你們吵架了嗎？」

「不是。」她用力搖頭，「剛才我們班老師在跟我們說大學選科系的事，我傳訊息問奇軒想選什麼科系，結果他卻要我自己選自己的，別跟他一樣。我下課的時候打電話給他，他說……我們沒必要念同一所大學……以免將來我後悔。他一定是想跟我分手才會這麼說……嗚……」說著說著，她又哭了起來。

天啊，宋奇軒，你講話也不修飾一下，跟女朋友講話怎麼可以和跟我講話一樣直白啊！

「沒事的啦，他可能只是覺得妳還是選自己想念的學校比較好。」

「我就是想和他念同一所大學啊！」林琦惠哭喊著。

我靈機一動，改從另一個方向切入，「妳要想清楚，如果進了偏重理工發展的大學妳眞的可以應付課業嗎？大學又有重修制度，如果一直被當，看妳念得痛苦，宋奇軒也不會開心吧。」

林琦惠的眼裡浮起一絲茫然，「這……我的確不喜歡……但是我想跟他在一起啊。」

「我想他一定也想和妳在一起，可是更不想看到妳痛苦的樣子吧。我覺得不如妳選一間和他離得近的學校，然後你們的租屋處也可以近一點，這樣同樣也能每天見面呀，妳選妳喜歡的，他選他喜歡的，這樣不是很好嗎？」

「……我沒有這樣想過，我只是怕他到了其他大學，要是認識其他女生怎麼辦？」林琦惠擦了擦眼淚。

「放心啦，理工科系幾乎都是男生。」我對她眨眨眼。

聽了這句話，林琦惠破涕爲笑，緊緊抱住我：「謝謝妳，堯禹，還好有找妳商量。」我受寵若驚，沒想到自己也可以安慰朋友，瞬間覺得開心極了。

「不過妳怎麼知道奇軒要選的大學是偏重理工科系發展的？」林琦惠忽然皺眉。

「因爲……」我腦中閃過林琦惠上次說宋奇軒敲我而沒向她報備時的表情，趕緊改口，「他看起來就像是塊念理工的料啊。」

「是嗎？」林琦惠有些懷疑，「那眞的不是他想跟我分手的藉口吧？」

「當然不是，不然妳可以問他。」我摸摸她的頭。

「嘿嘿，這樣感覺好安心喔。」林琦惠閉上眼睛。

而我凝視著自己的手心，竟下意識對林琦惠做出以前酒窩學長常對我做的舉動了。

見林琦惠安心地微笑離開的模樣，我再次回頭看了看酒窩學長的老位子。

「學長，我做得很好吧？」

第十五章

「妳怎麼跟琦惠說的啊？」

當天晚上，宋奇軒驚訝地發訊問我。

「這就是女人跟女人之間的祕密了。」

「欸，快告訴我妳是怎麼跟她溝通的！」

「所以說，說話技巧很重要啊！」

宋奇軒不斷要求我全盤托出究竟是怎麼說服林琦惠的，我拗不過他：「只要讓她知道你很愛她就可以了。」

「騙人。」

結果我說了實話他還是不相信，眞是難搞。

林琦惠最後選了另一間感興趣的大學當作目標，也和宋奇軒約定好了，到時候兩個人租屋處要選在附近。

「至少她沒要求同居，還算挺理性的不是嗎？」

「我原本也以為她會這樣要求。」宋奇軒發了張擦汗的貼圖。

「不過男生不是應該會喜歡這樣嗎？」

「可能我想的比較多吧，假如吵架了，那誰要出去？」

「總不可能叫女生出去吧。」

「對啦，那這下我出去了，她是不是又要擔心我會去找誰？所以啦。」
「宋奇軒，你真的想很多欸。」
「這是未雨綢繆。」
「你是不是處女座的？」
「妳這是對星座的偏見！」
「那是不是啊？」
「我不回答。」
這小子！
我立刻打開臉書連進宋奇軒的個人頁面，生日在九月中，果然是處女座。
這讓我笑得很開心，想起國小的時候，有次放學突然下起午後雷陣雨，全班沒有人帶雨衣，所有人都得留在學校等著讓家長接回家。
「我居然會忘記帶雨衣……」宋奇軒當時受到的打擊不小，顯然處女座的龜毛讓他無法接受自己犯下這種失誤，老師還安慰他臨時下雨是無法提前預知的，沒想到接下來一連好幾天，宋奇軒都帶著雨衣來上學。
「氣象報導說這幾天都是大太陽耶。」我對他說。
「上次氣象報導也沒說會下雨啊！」宋奇軒很堅持。
就這樣又過了幾天，太陽依舊每日高掛天空，宋奇軒也依舊每日帶著雨衣，彷彿在跟太陽比賽看誰先認輸。
終於，在某個午後，天空雷聲大作，課才上到一半，宋奇軒卻從座位上跳起來衝到窗邊，接著轟隆一聲，下起了暴雨。

「耶！耶耶耶！下雨了！」在全班一片哀鴻遍野之中，只有宋奇軒開心得手舞足蹈，他的未雨綢繆終於可以派上用場了。

我對他提起這件往事，宋奇軒得意洋洋。

「哼，機會是留給有準備的人。」

「可是放學的時候雨就停了，你的雨衣還是沒派上用場。」

「我明明記得我有穿上雨衣！」

「對，你是穿上了，但沒下雨，可能是因為你很不甘心吧？」我傳了張嘲笑的貼圖。

「好過分啊，堯禹，別人的糗事妳就記得特別清楚，不過我也記得妳的糗事啊。」

「好啊，你說說看。」

宋奇軒還眞的一一數來，有些事情我根本沒有印象，我懷疑他是胡亂加油添醋。

「是真的啦，妳做的蠢事我都記得。」

「當你開始想起以前的事情，就表示已經老了。」我不甘心地回嘴。

「哈哈哈，半斤八兩好嗎，妳不也一樣。」

「我回想起很多以前的事，覺得很開心。」

「現在不開心嗎？」

「現在好多事情要煩惱。」我有些悵然。

「升學？」

「還有很多。」我回。

「煩惱越多，表示正在成長，我想我們未來一定有更多無聊的事情要煩惱吧。」

「聽你這麼一說，還真不想長大。」

宋奇軒回了張哈哈大笑的圖。

互道晚安之後，我打開抽屜，習慣性地想看看自己和酒窩學長的那張合照，卻又止住了手。也許我該慢慢習慣，酒窩學長已經離我而去的這個事實了。

可是當我來到學校，一景一物，全都有酒窩學長的影子。

當我站在校門口，就會看見他讓我踩著背翻牆而入的模樣。

待在池塘的花圃，就會看見他從池塘後方樹叢探出頭來。

經過花饗公園，就會想起他說我像是純白無瑕的雞蛋花。

走進任何一間咖啡店，我都會想起和他一起去過的那間。

每次喝飲料，我總是會選擇奶茶。

所有的一切，都和酒窩學長有關。

這樣要怎麼忘記他？

「我覺得不用強迫自己忘記啊，繼續想著他不好嗎？」

高二暑假，我和宋奇軒依舊習慣每天在LINE上聊天，課業壓力雖大，但每次和他聊完天後就能感覺稍微放鬆一些。

我可以肆無忌憚地向宋奇軒說出許多事情，例如李露又把我的成績告訴班上其他人，或是林琦惠最近看起來很累，還有俞季玟和陳詣安繼續交往著。

當然也包括了酒窩學長的事。

我以爲我會把酒窩學長的事永遠藏在心裡，不對任何人提起，沒想到起了想要傾訴的念頭後，竟忍不住向宋奇軒說出一切。

「學長都畢業兩年了，我這樣算是還喜歡著他嗎？」

「我也不知道耶，畢竟我不認識他，但如果妳還想他就繼續想啊。」

「但這樣不是不好？」

「哪裡不好？」

「就是……感覺原地踏步。」

「有原地踏步嗎？」

「我是這樣覺得。」

「我倒覺得還好，那個學長不是妳的心靈支柱嗎？」

「心靈支柱？我有這樣說嗎？」

「妳沒說呀，但我覺得是這樣。」

宋奇軒的話出乎我的意料。

「妳看嘛，現在為了準備考試，每天日子過得水深火熱，去到學校就煩，但妳在學校裡卻會想起學長，不就是個上學的動力嗎？」宋奇軒傳了張苦瓜臉貼圖，「哪像我，每天在學校見到的都是一成不變的同學。」

「真是謝謝你的安慰，但你同學被你這麼說還真可憐。」

他回了我一張笑臉。

就這樣，我和宋奇軒的聊天內容多半只是些無關緊要的日常瑣事，可是卻常能讓我心情一鬆。

他是目前知道我最多心事的朋友。

我沒有將這件事告訴林琦惠，我想宋奇軒也沒有，但我並不覺得這樣有什麼不妥。畢竟我和宋奇軒聊天的內容從來無關曖昧，甚至有時候我們還會詢問彼此關於戀愛上的看法，他知道我有多麼難以忘懷酒窩學長，我也知道他很喜歡林琦惠。

所以我並不覺得自己這樣有什麼不對。

高二生沒有放暑假的權利，就算是沒補習的人也要到學校參加輔導課或是加強班。鏡湖高中所有高二生幾乎每天都會來學校報到，終日不斷重複著寫模擬考卷、訂正模擬考卷的無限輪迴。

林琦惠的生日正巧就在這段水深火熱的日子裡。

「我超討厭在暑假生日，根本沒有朋友會記得我的生日，大家都放假去了。沒想到現在更慘，暑假還要上課，而且哪有人生日當天還在考試的啦。」林琦惠抱怨連連，「連約會也不能！」

「還是可以抽空去約會吧，一天而已。」我們兩個坐在池塘邊的長椅上閒聊。

「但是我有空的日子，奇軒要補習。他有空的日子，學校有輔導課。」林琦惠說著說著，又淚眼汪汪了，「超慘！超慘啊！」

見她這樣沮喪，我也覺得不好受，於是決定晚上跟宋奇軒說一下。

「沒關係，琦惠，不然我幫妳過生日吧！」

「眞的嗎？」她立刻眉開眼笑，「那我們約季玟一起吧。」

我的眼神瞬間黯淡了下來。

「都過了一年，她應該釋懷了些吧。」林琦惠握住我的手。

我搖頭，「現在這種時刻，還是不要煩她比較好。而且我也不希望明明是妳生日，卻還要讓妳爲了我們而煩心。」

林琦惠想了想，也同意我的看法。

「對了，我從剛才就聞到一股好香的味道，妳擦香水嗎？」林琦惠靠近我聞了聞。

「沒有，應該是護手霜吧。」我拿出放在口袋的護手霜遞給她。

「眞的好香，我喜歡這個味道。」林琦惠擦在手上後，又抬起手湊近鼻子嗅了嗅，「而且很保溼。」

「不錯吧，我新發現的。」我說。

我們約好在林琦惠生日前一天，要一起去吃下午茶和逛街。

當天晚上，我告訴宋奇軒，林琦惠因爲不能和他共度生日而感到沮喪，但宋奇軒很無奈。

「如果能請假，我一定會陪她，可是就是不行。」

「但總可以見見面吧？就算不是一整天，只要能見一面，我想她一定會很高興的。」

「補習班十點下課，過去她家最快也要將近四十分鐘，見面十分鐘後我就得趕公車回家。」

「這樣也行啊。」

「只有十分鐘也可以？」

「當然，琦惠一定會很高興，只是你會比較辛苦就是了。」

「她生日呀，沒辦法。」

「幹麼說得這麼無奈。」

「因為真的很累。」宋奇軒傳送了張暈倒在地的貼圖。「我還沒想到要送她什麼禮物。」

「你送什麼她都會喜歡吧。」

「如果她跟妳出去那天有看見什麼喜歡的東西，記得幫我留意。」

「好。」

於是，和林琦惠出去那天，我一路留心她對什麼東西特別感興趣。

我們先去吃了網路食記介紹的下午茶餐廳，餐點擺盤精美得讓我們口水直流，覺得這些日子被課業壓力荼毒的心靈都受到撫慰了。

「下次我也要和奇軒來這間餐廳。」一提到宋奇軒，林琦惠露出甜美的笑容，我想這陣子她臉色會這麼差可能不光是因爲念書辛苦，應該也跟無法時常見到宋奇軒有關吧。

「沒錯，好好吃他一頓吧！」我附議。

「對了，我也想要買妳那個護手霜，最近翻書翻到手都乾了。」

我取出放在包包裡的護手霜，擠了一些在林琦惠的手背上，「妳太誇張了吧。不過那家店離這裡有點遠呢。」

「眞可惜，我們下次再去吧。」

接著我們來到一間日式雜貨店，裡面賣的全都是精美可愛的日常生活用品，我買了幾個可以放雜物的籐編籃子，林琦惠則買了幾束乾燥花，說要回家裝飾房間。

路上經過一家名牌首飾店時，林琦惠在玻璃櫥窗前佇足許久，與高采烈地和我討論著哪個戒指很可愛、哪條項鍊很精緻。

「眞想要啊。」林琦惠的目光流連不捨。

不過這種名牌東西我們學生是買不起的，所以不需要告訴宋奇軒。

後來在另一間手工藝品店裡，林琦惠發現了一條漂亮的手鍊，價錢雖然不算便宜，但還在學生負擔得起的範圍內。

「這個好漂亮。」林琦惠拿起那條手鍊試戴，「好看嗎？」

「很適合妳，好好看！」我稱讚。林琦惠的皮膚很白，戴任何飾品都很好看。

她對那條手鍊愛不釋手，最後卻還是放了回去，不無遺憾地說：「這超過我的預算了。」

「是有點貴。」我看著價錢。

「原本想買個禮物犒賞自己念書念得那麼辛苦。」林琦惠聳聳肩。「走吧。」

離開前，趁林琦惠不注意，我拿出手機偷偷拍下那條手鍊的照片，傳訊息告訴宋奇軒，順便給了他店家地址。

「雖然有點貴，但是為了愛，你就買下來送她吧。」

宋奇軒回了張錢財飛走的圖片。

我們解散後各自返家，宋奇軒再度傳來訊息。

「到家了嗎？」

「嗯，剛到，你決定要買那條手鍊了嗎？」

「應該吧，所以我趁現在補習班的休息時間過去買，明天晚上給她。」

「所以你決定明天會去見她？」

「當然，妳都那樣說了，我也覺得還是要見她一面比較好。」

我不禁露出微笑，太好了，林琦惠一定會很開心。

「好，那快去買那條手鍊吧！為愛奔跑的男人最帥氣了！」

「妳好煩。」

雖然宋奇軒這樣說，但一定也很高興。

於是我一邊哼歌一邊來到書桌前坐下，打開參考書，寫著寫著發現筆芯沒了，拉開抽屜要找新筆芯時，卻摸到一樣東西。

躺在手掌心的是鴿子造型的陶笛。

我的心瞬間揪疼了下，再次將陶笛塞回抽屜深處。

那代表著酒窩學長、也代表著方譽元的陶笛，提醒我過去依舊存在，我傷害了俞季玟的事實也還在。

心痛難耐，我擦掉眼淚。

手機螢幕亮起，林琦惠傳來一張照片。

「堯禹！我還是跑回去買了，因為實在太可愛，我一定要擁有它。好看吧！」

照片裡，那條手鍊就戴在林琦惠手上，她笑得一臉燦爛。

我瞪大眼睛，趕緊跳到宋奇軒的聊天頁面，迅速輸入訊息。

「宋奇軒！別買手鍊！琦惠自己買了！」

訊息沒有馬上顯示爲已讀取，該不會他正在結帳吧？

我正準備要打電話給宋奇軒，他回傳了一則只有一個驚嘆號的訊息。

「別買！琦惠剛買了！」我連忙再次強調。

我截取了林琦惠傳來的訊息圖片給他，宋奇軒回傳一張那間店門口的照片。

「我正要進去！」

「不用去了，出來，買別的禮物。」

「但我想不到要買什麼啊！」

「隨便，只要是你挑的她都喜歡吧！」

「不，琦惠意外地挑剔，去年送她洋娃娃，她說：『你以為女生都喜歡娃娃喔』，一直念……」

我想像得出來林琦惠叨念他的模樣，有點想笑，但好像不該笑，雖然他根本不會看見。

於是我仔細回想今天和林琦惠出去時，她還說了些什麼、看中了些什麼。首飾、項鍊都跳過，太貴了買不起；手鍊林琦惠自己買了，雜貨她也自己買了。

忽然，我聞到自己手上的香味，想起林琦惠提過想買護手霜，所以我拍了張護手霜的照片傳給宋奇軒，然後再附上店家地址。

「她說過想要這個，價錢也不貴，可是店家離得有點遠，你要多跑一趟。」

「真的有點遠，不過就這個吧，謝啦！」

「不客氣。」

林琦惠的生日禮物終於定案，雖然無法像手鍊那麼讓她喜出望外，不過我想她收到護手霜一定也會很開心。

想到這裡，我回了林琦惠一張目光閃閃的貼圖，告訴她這條手鍊戴在手上實在美呆了。

果然，隔天晚上，林琦惠在十一點多時傳來了她和護手霜的合照。

「簡直是心有靈犀一點通，奇軒居然知道我想要護手霜，而且他還特地跑來見我，雖然只有十分鐘，可是我好高興，覺得好幸福！」

我看著林琦惠的訊息以及她笑得幸福、眼角微微有些淚光的照片，眞心爲她感到高興。

「好閃唷，我要瞎了！幸福的女人！」我接連發了幾張親吻的貼圖。

接近十二點的時候，宋奇軒也傳來訊息。

「今天謝謝妳了。」

「琦惠看起來很高興。」

「是啊，那就好。但我累壞了，晚安。」

「晚安。」

我不禁羨慕起林琦惠，有個男人爲她奔波、爲她挑選禮物，在考前的關鍵時刻花費了這麼多心思，只爲了讓她有個快樂的生日，我想幸福就是這麼簡單吧。

只是，幸福也如此脆弱，常常只是因爲一道小小的裂縫，就輕易地全面崩塌。

高三開學後的某個夜晚，當我正在熬夜念書時，收到了宋奇軒的訊息。

「好累。」

他從來不曾半夜傳訊息給我過，所以我有些擔心地問：「怎麼了？」

「妳還沒睡？」

「在念書，我想你也是吧。為什麼很累？」

「就是念書念到很累。」

「大家都累呀，你發生什麼事了嗎？」

「妳拿到模擬考成績了嗎？」

「嗯，跟以往的成績一樣，沒進步也沒退步，不知道該高興還是難過。」

「至少是原地不動……我這次退步了很多。」

「怎麼會？你成績不是一直都不錯？」

「原來念書也會遇到瓶頸，有些題目我明明會，但不知道為什麼就是解不出來。」

難得看到宋奇軒這麼沮喪，所以我放下手中的筆，躺到床上專心回覆他的訊息。

「如果那題暫時想不出來，就先跳到下一題呢？」

「不行，我太在意那題，導致後面全部解不出來。我最擅長的自然科成績竟然最低，讓我覺得很累。」

「宋奇軒，我覺得是你太過在乎、給自己太多壓力了。」

「都高三了，怎麼可能不在乎？」

我停下回覆訊息的動作，想著要怎麼跟他說比較好。

「琦惠也發現我不對勁，可是我不好告訴她。」

「為什麼不和她說？」

「當初我口口聲聲要她選自己真正想去的大學，講得好像我自己已經考上了一樣，我又怎麼好跟她說自己現在成績這樣？如果這次的模擬考就是學測，我根本沒有希望。」

我手托著腮，沉思了一會兒，男生還是會希望能夠在女朋友面前表現得從容不迫、很有自信吧，我能理解宋奇軒的想法。

「我覺得你應該放下書本，和琦惠去看個電影、吃個下午茶，或是閱讀一些課外讀物，放鬆一下。」

「都高三了還出去玩！」

「你先聽我說，就像之前你跟我說過的一樣，有事悶在心裡不好，同樣的道理，你一直埋首在書本裡，腦袋也會疲乏，要適度放鬆才能調節狀態啊。」

宋奇軒沒回我，所以我繼續打訊息：「就好像橡皮筋拉久了會彈性疲乏一樣，腦袋也是，這時候就該鬆開手。」

我想起酒窩學長告訴過我的，那個關於花瓶的故事，所以我也將這個故事轉述給宋奇軒，有時候鬆開手才能擁有一切。

宋奇軒已經讀取訊息，卻沒有任何回應。他該不會是生氣了吧？還是覺得我在說風涼話？

我是真的很希望可以鼓勵他振作起來，畢竟他曾經幫了我很多。當我正想再打些什麼的時候，宋奇軒回了一張笑臉貼圖。

「沒想到有一天，我還得被妳鼓勵。」

我鬆了一口氣，傳了張生氣的圖：「說這什麼話啊，好像很瞧不起人。」

「我是在誇獎妳啊。」

「哼。」

他發了張捧腹大笑的貼圖：「我現在就約琦惠明天去晃晃吧，謝啦。」

「不客氣。」

隔天我就在臉書上看見宋奇軒和林琦惠去郊外踏青的照片，雖然下方留言一片罵聲，說著這種時候還出去玩實在太過分、或是放閃照天打雷劈之類的等等，但看著那兩個人的幸福笑臉，我衷心地幫他們按了讚。

❖

一個禮拜後，我卻接到林琦惠的電話。

「哈囉。」我念書念到一半，剛好覺得該休息一下，便開心地接起電話，準備聊天。

「妳現在馬上到花饗公園來。」林琦惠的語氣很不友善，感覺不太尋常。

「怎麼了？」我疑惑地問。

「立刻過來！」她迅速掛斷電話。

該不會是和宋奇軒吵架了吧？

我傳了訊息給宋奇軒：「琦惠要我去花饗公園，聽起來很生氣，你們不會吵架了吧？」

已讀未回。

不管怎樣，還是先過去再說。

我抵達花饗公園時，打了電話問林琦惠人在哪裡，她要我到溜冰場附近。我走近溜冰場，發現那邊也種了一片雞蛋花樹，忍不住又想起了學長。

林琦惠站在溜冰場內，這裡平常沒什麼人，現在看起來就只是一大片水泥空地，而令我意外的是，宋奇軒也站在一旁。

當我朝他們兩個走近時，才發現不太對勁。

林琦惠在哭，表情十分憤怒，目光還惡狠狠地瞪著我。

而宋奇軒緊皺眉頭，看起來有些不知所措，但更多的似乎是無奈。

「琦惠，怎麼了？」我有種不好的預感，問完就直接扭頭看向宋奇軒，他對我輕輕搖頭。

「你們兩個這樣多久了？」她一開口便帶刺。

「什、什麼？」

林琦惠指著我，「妳和奇軒曖昧多久了？」

曖昧？

我瞪大眼睛再次看向宋奇軒，他臉上充滿莫可奈何。

「琦惠，我已經說了很多遍，妳誤會……」

「誤會？」林琦惠笑了聲，把一支手機舉到我面前，手機螢幕顯示的是我和宋奇軒的聊天頁面，原來那是宋奇軒的手機。「那爲什麼你們一直瞞著我偷偷聯絡？」

「我並沒有要瞞妳……」我開口。

「但妳並沒有跟我說！」林琦惠怒吼。

我被她嚇了一跳。

我的確沒跟她說過這件事，可是我也沒特別想要隱瞞，我和宋奇軒的聊天內容根本就沒什麼。況且，我和宋奇軒是國小同學，本來就認識啊！

「堯禹，妳居然會在私底下做出這種事情！我這麼信任妳，妳卻背叛我、和我的男朋友搞曖昧！」林琦惠失控地高聲怒罵。

宋奇軒上前抓住她的手，「琦惠，不要鬧了，根本就沒那回事！」

「對啊，琦惠，妳可以看所有的聊天記錄，我和宋奇軒根本就……」

「我都看過了！」林琦惠尖叫，用力推開宋奇軒的手。

「既然妳看過了就該理解，我們眞的只是……」

「妳能接受另一個女生比自己還了解自己的男朋友嗎？妳能忍受另一個女生比自己更早知道自己的男朋友心情不好嗎？爲什麼他有煩惱不是第一個告訴我，而是得經由另一個女生開導過後，他才肯告訴我？」林琦惠的聲音越拔越高，宋奇軒再次扶住林琦惠的肩膀，卻被她猛力甩開。

「妳以爲他聽從妳的建議來幫我過生日，我會感激妳？他送了妳推薦的禮物，我會很高興？堯禹，妳是不是很沾沾自喜，是不是覺得很有優越感？」林琦惠咄咄逼人。

「我沒有那麼想！我是眞的在爲妳想、我是眞的……」

「妳總是在爲別人想耶！結果呢？結果就是方譽亢離開，俞季玟和妳絕交？」林琦惠臉上滿是淚水。

她的話深深刺痛了我。

「琦惠！」宋奇軒大喊：「妳在說什麼？」

「你現在幫著她就是了？在我面前，你竟然這樣護著她！我這麼相信你！你卻背叛我、背叛我！」林琦惠不斷捶打宋奇軒的胸口，然後又指著我罵，「所以妳才叫我不要跟他念同一所大學，妳在等我們分手！」

我深吸一口氣，告訴自己林琦惠只是誤會了，所以才會口無遮攔。

我要冷靜，不要被她影響，解開誤會才是重點。

「琦惠，妳冷靜聽我說，妳看了訊息內容，就會知道宋奇軒有多喜歡妳，而我還忘不了酒窩學長。琦惠，妳仔細看看訊息啊，那些內容眞的……眞的什麼也沒有……」我不爭氣地掉下眼淚，迅速抬手擦乾。

哭是沒有意義的，我也沒有立場哭。

我知道宋奇軒也很無奈，但現在我們能做的就是盡量安撫林琦惠。

林琦惠卻吼著：「不是聊天內容的問題，而是時間！奇軒告訴我他要念書，沒時間多聊，可是他卻有時間和妳聊天！」

我忍不住皺起眉頭，看向宋奇軒，他輕輕別過頭，沒有否認。

「不是你們沒什麼，是你們還沒發生什麼以前就被我發現了！」林琦惠的尖叫聲拉回我的注意力。「你們怎麼可以這樣對我！我的好朋友、我的男朋友，怎麼可以這樣！」

「宋奇軒，你也覺得我們錯了嗎？」我的話音哽咽。

沉默良久後，他才緩緩吐了口氣：「我很想說我們沒錯，但我們的確做錯了。」

「但是，我們之間並沒有什麼，不是嗎？」我不甘心。

宋奇軒沒有回答，而這短短幾秒的停頓更讓林琦惠認定自己的想法是正確的，「你們之間有著什麼，一定有著什麼，只是藏得很深，深到你們都還沒有感覺到！」

「琦惠，對不起。」宋奇軒說。

而我瞪大眼睛，為什麼要道歉？

一旦道歉，不就好像真的有了什麼、真的做錯了什麼？

「堯禹，和妳聊天我很高興，但也許這種高興的心情，就是一個錯誤。」宋奇軒轉向我，他的目光閃爍，「我的高興，造成琦惠的不高興，也傷害了妳，我對這一切感到抱歉……」

「我們到底做錯什麼了？」我實在無法理解。

當年，我和酒窩學長會聊天、會出遊、會打鬧，我還會吹奏陶笛給他聽，他也曾經輕拍我的頭安慰我，我們曾經那樣接近過。

林琦惠和俞季玟說這是曖昧，但最後證實了那不是曖昧。

而今天，我和宋奇軒只是在LINE上聊聊天，沒單獨見面、沒單獨出遊、甚至沒有通過電話，卻被林琦惠認定這是曖昧。

究竟，曖昧的定義是什麼？

曖昧，是否從來都不是當事人自己能定義的，而是得由旁觀者下定論？

「我沒有背叛妳。」我感覺到心裡有什麼東西逐漸被抽離，看著林琦惠憤怒的模樣，我再次重申，「我沒有背叛妳。」

「對我而言，那就是背叛！」林琦惠的淚水糊了整臉，「我恨死妳了，妳怎麼不去死！」

她轉身跑開，跌跌撞撞的背影逐漸在我眼前模糊。

一年前，我也曾說過很相似的話，這下子我明白當時的方譽元有多麼心痛了。

我不懂，對於這一切的崩壞感到無所適從。

我到底做錯了什麼？

我的生活從是哪裡開始出錯的？是從哪一個環節開始脫勾的？

我明明如此眞心，明明這麼用心。

我喜歡酒窩學長，但他卻牽起別人的手。

我不想阻礙俞季玟的戀情，所以拒絕了方譽元，卻導致他傷心遠去，也讓她無法原諒我。

我需要有個信任的朋友可以傾吐煩惱，而宋奇軒的出現，讓我懷念起國小那時和他之間的單純情誼。所以我可以和宋奇軒天南地北亂聊，彼此互訴煩惱，但我依然想念酒窩學長，我也希望他珍惜林琦惠。

可是爲什麼會落到這樣的局面？

是不是我的存在，本身就是一個錯誤？

「堯禹，對不起……」宋奇軒先是低下頭，接著毅然轉身追上林琦惠。

酒窩學長也曾經向我道過歉，然而，是否我才是最該道歉的那個人？

林琦惠的後續行動完全是在報復我，她打算毀了我的生活。

她封鎖了我的臉書和LINE，她告訴所有人我搶了她的男朋友，整件事在全校傳得沸沸揚揚，謠言難聽得要命。

「堯禹，那是眞的嗎？」李露皺著眉頭問我。

我沒有說，也不願意跟她說。

我知道告訴她的下場是什麼，她會告訴所有人，到時候不管大家怎麼想，都將會再次傷害林琦惠。

所以我什麼也不說。

「堯禹，我沒想到妳是這樣的人。」因爲我什麼也不說，李露便擅自下了這樣的結論。

我的「不回答」變成了「默認」。

所有人都在我的背後竊竊私語，有些人甚至衝著我叫賤貨。

如此傷人的言語，如此輕易被人說出。

我成了大家宣洩壓力的出口。

我被人用各種手段欺負，上廁所被倒水、課本被撕破、書包被藏起來、制服被坐在後面的人亂畫。

這一切，林琦惠都看在眼裡，但卻徹底無視，她認爲我罪有應得。

現在，當她跟俞季玟站在一起的時候，兩人眼中只充滿著對我的憤怒。

看到她們的眼神，我的腳像是生了根，無法移動半步，那存有惡意的目光如此清晰地烙印在我的心裡。

我不記得自己是怎麼逃開的，我幾乎就要逃出學校。

但我還是習慣性地往池塘畔的花圃跑去，最後只有我的回憶不會背叛我。

繞了這麼大的一圈，我以爲已經走出去了，回過神來，才發現自己依舊被困在這小小的池畔花圃之中。這裡有著關於學長的許多回憶，然而學長卻再也不會出現。

「學長！酒窩學長，你在哪裡啊？我不要你走！」我大哭大喊，在這個只存在於曾經的地方。

什麼都離開了，什麼都走了。

酒窩學長、俞季玟、方譽元、林琦惠、宋奇軒、陳詣安、李露，他們全都離開了，只剩下我。

我被所有人遺留下來。

「對不起、對不起，都是我的錯，對不起……」我抱頭痛哭，但即使哭到累了、乏了，也沒有人會來安慰我，我也不配擁有任何人的安慰。

我的眼淚一文不値，我的痛苦也無法讓時光倒轉，造成的傷害已經無法收回，傷痛也不會消失。

一切都是我的錯。

抬起頭，陽光依然燦爛，花朵依然綻放。

我站起身，擦乾眼淚，新的淚水卻依然不斷滑落。

不可以哭、不可以難過。別把心事說出來、別和人深交。這樣才能保護好自己，才能保護好別人。

我只要好好念書、做好自己的事，這樣就行了。

只要撐過這最後一年，只要還活著，這樣就可以了。

剛入學的時候，鏡湖上波光閃閃，讓我以為想像中的高中生活也能如此璀璨。但現在，我竟是躲在這裡，對著小池塘裡的烏龜嚶嚶啜泣。

我曾想過要一走了之，逃到遠遠的地方。

可是，待在這裡，我就會想起學長，好像他還會從池塘樹叢後方探出頭來，叫著我的名字。我也會想起，高一的時候，俞季玟和林琦惠會拉著我的手，一同談天說地，而方譽元則會站在窗邊，問我們聊什麼聊得這麼開心。

我只有靠著這些回憶才能撐過來。

高中三年的記憶，最後留下的大多只有痛苦。

而這一切，都是太過耀眼的青春，所產生的副作用。

第十六章

「堯禹，經理說的那份文件，妳給老闆簽過名了嗎？」

我找出一份文件交給同事，接著繼續對著電腦打字。

「謝了。」同事接過文件，往會議室走去。

我輸入完資料，將另一疊文件放到主管桌上後，拿著馬克杯來到茶水間。

「祕書課的堯禹啊……」

我聽見裡頭的人在議論我，於是我在茶水間外停步。

「她能力很好，表現也無懈可擊，可是個性太冷淡了。」出聲的是業務部的張珈瑩。

「我懂，像人偶一樣，如果再親切一點一定會更好。」接話的是人事部的蕭如筌。

我面無表情地拿著馬克杯走進茶水間，兩個人見到我都是一愣，不知所措地安靜啜飲著手中的咖啡。

我並不在意，閒言閒語對我來說不算什麼。

只要沒有反應、不要回應，就不會有事，謠言會不攻自破。

於是我倒完熱水後，準備走出茶水間。

「堯禹。」張珈瑩忽然叫住我，我停下腳步回頭看她。「我這邊有廠商想約老闆下禮拜吃晚餐，幫我確認老闆何時有空。」

「哪間廠商？有幾個人？要吃什麼？吃飯的目的是？」我機械式地詢問，張珈瑩一一回答，我點點頭，「確認後，我撥內線給妳。」

「堯禹，妳剛剛有聽到我們說的話吧？」蕭如箏開口。

我看著她，等她繼續往下說。

「那妳是不是應該要有一點點反應？或是該對我們發脾氣之類的。」

「爲什麼要？」

蕭如箏愣了愣，「因爲我們在背後說妳……」

「那也不是壞話啊，是實話。」張珈瑩雙手叉在腰上，「堯禹，妳是祕書室的一員，有很多機會見到老闆的朋友，如果一直這麼冷如冰山……」

「面對客戶時，我會微笑。」我淡淡地說：「平時的話就沒有必要了。」

「妳……」張珈瑩還想說什麼，但蕭如箏伸手按住她的肩膀，對她搖搖頭。

我頭也不回地離開茶水間。

這是我認爲最能保護自己和他人的方式，只要這樣，就不會有人接近我。

大學畢業後，我來到這家公司上班，一做就是三個年頭，我成爲資深祕書，薪水不錯，也不需要加班。

剛開始許多同事會找我聚餐，但在我連續拒絕好幾次之後，便沒有人再找過我了。

同樣的，每個新進員工剛開始都會主動與我聊天，希望能好好相處，但一旦領教過我冷漠的態度之後，他們便會接收到其他前輩的叮嚀。

「除了公事以外，別想去和堯禹說話，連問她要不要訂飲料都不需要，只是拿自己的熱臉去貼冷屁股而已。」

這些話我不否認，的確如此。

我穿著標準套裝，白襯衫黑裙子，將頭髮紮成丸子頭，一年四季皆是如此。

我不講八卦、不苟言笑，也不參加任何聚會，獨來獨往。

這樣快樂嗎？

我只能說並不悲傷，而且輕鬆多了。

「老闆下禮拜三晚上六點後有空。」我撥了內線給張珈瑩。

「好，我知道了。對了，晚上我們要聚餐……」張珈瑩話還沒說完，我就聽見從她背後傳來的插話聲。

「是祕書課的堯禹嗎？她不會去啦。」

張珈瑩沒理會對方，又繼續對我說：「堯禹，妳別介意，我們部門有人要離職，所以要舉辦餞別會。」

「我不……」

我正準備拒絕的時候，張珈瑩立刻喊：「等一下！我知道妳要拒絕，可是妳知道離職的是誰嗎？是業務部經理喔！」

林經理？她在公司待很久了，是我少數尊敬的同事之一，怎麼會離職？

「林經理要去美國和女兒一起住，如果我沒記錯的話，妳剛進來公司那陣子，林經理很照顧妳對吧？別問我是怎麼知道的。」張珈瑩壓低聲音，「總之，晚上一起去，我算上妳嘍。」然後不等我回答就掛掉電話。

她讓我想起李露，同樣不好好聽人說話，只是張珈瑩行事更加霸道。

其實我可以不理會張珈瑩，但我想起總是掛著和藹笑容的林經理。身為業務部最高管理者，她卻總是面帶笑容，並且謙遜待人，雖然這樣的個性曾經讓當時剛出社會的我擔心她會不會遭受廠商刁難。

但事實證明我錯了，謙遜待人和好欺負可不能劃上等號，對於正確的事情，她會堅守原則，也會站在公司角度爭取最大利益。

林經理也曾經給我很多建議，要我分清楚態度冷漠與不苟言笑之間的差別，以免造成自己工作上的麻煩。所以雖然我如此難相處，卻不致於被同事刁難，林經理的建言給我的幫助很大。

我從不參加任何聚會，但她的離職聚會，於情於理我都非去不可。

當我出現在集合地點時，所有人都驚訝得下巴像是要掉下來了，只有張珈瑩掛著得意的笑容，好像這都是她的功勞一樣。

「妳別誤會了，我是為了林經理。」我解釋。

「我知道呀，我又沒誤會什麼。」她竊笑著。

「幹麼？怎麼了？」人事部的蕭如筝也來了。

「沒啥。」張珈瑩又笑。

她的笑容令我有些生氣，但也不能怎麼樣。反正等吃完飯，跟林經理說幾句話後，我就會找藉口離開。

不過我想得太天真了，所謂的餞別會居然是去KTV唱歌。

「你們在這裡辦餞別會？」我問張珈瑩。

「是啊，是林經理指定的喔，她最喜歡唱歌了。」張珈瑩領著我們進到包廂。

我訝異地看著五十幾歲的林經理，她手裡正拿著麥克風。

我只在大一迎新時來過一次KTV，打算盡快辦完正事後提早開溜，便率先走到林經理身旁和她寒暄幾句。

「堯禹，今天謝謝妳過來。」林經理握住我的手，她的掌心很溫暖。

「應該的，林經理去到美國也要保重。」

「我感覺得出來妳想走了。」她慧黠的雙眼定定地看著我，「給我個面子，待到最後吧。」

我忍不住皺眉，覺得很困擾。

「我最擔心的就是妳，不過我們都是大人了。」她再次拍拍我的手背。

「知道了，我會留到最後的。」我只得應允，林經理露出微笑。

大家喝酒、唱歌，氣氛熱鬧歡騰，還好在這燈光昏暗、音樂迴盪的密閉空間裡，沒人會特別注意我，即便我面無表情也不至於顯得格格不入。

蕭如等拿了兩個酒杯過來，坐到我旁邊說：「堯禹大小姐，還要人家來跟妳敬酒嗎？」

她的臉頰通紅，看起來喝了不少。

「我不喝酒。」我拒絕。

「少來！」她硬將酒杯塞到我手中，「不管喝或不喝，今天都要去敬林經理一杯！」

必須向林經理敬酒這個理由說服了我，所以我接過酒杯，走到林經理面前，所有人頓時將目光投了過來，原本正在和人聊天的林經理也抬頭看我。

「林經理，堯禹敬妳一杯。」我舉起酒杯，林經理也站起來拿起桌上的啤酒。接著林經理喝了一小口，而我一口乾掉整杯。

「喔！天啊！」蕭如笭嚇得跳了起來。

喉嚨如同被火灼燒一般，這酒的味道烈得可怕，我的鼻腔頓時盈滿酒氣。

「蕭如笭，妳給她喝什麼呀？」拿著麥克風的張珈瑩指著蕭如笭喊。

「純的Vodka啦！我哪知道她會全部乾杯呀！」蕭如笭焦急地扶住幾乎要暈過去的我，將我安置在沙發上。

「齁！眞是的，快請人送熱水過來！」

有同事撥打服務專線，過一會兒，服務人員送來熱水，蕭如笭耐心地餵我喝了幾口。

「妳好好休息一下，如果想吐要跟我說。沒事的啦，酒精一下子就消散了。」她還對我眨眼睛，眞是的。

我閉上眼睛，腦袋昏昏沉沉，覺得自己半夢半醒，耳邊的聲音都混在一起，大家的嘻笑聲、下課鐘響、人群從走廊上奔跑而過的聲音、朋友們的笑臉、淺藍色的制服襯衫、隨風飄揚的百褶裙。

我就站在學校的走廊上。

猛然睜開雙眼，我發現自己好像不知不覺間睡過去了，包廂裡的許多同事似乎都喝了不少，有些人癱倒在座位上睡覺，有些人完全沒了平時在公司裡的斯文端莊，又叫又跳地拿著麥克風大聲嘶吼。

差不多該回家了。正當我想要站起身的時候，卻聽見熟悉的音樂前奏。

我的心一緊，定睛看向螢幕，張珈瑩和蕭如等拿起了麥克風。

陰天　在不開燈的房間　當所有思緒都一點一點沉澱
愛情究竟是精神鴉片　還是世紀末的無聊消遣

眼前視線一片模糊，是酒窩學長曾唱過的那首歌。

香煙　氳成一灘光圈　和他的照片就擺在手邊
傻傻兩個人　笑得多甜

張珈瑩和蕭如等發現我醒了，對我招招手，張珈瑩將手上的麥克風遞給我。

開始總是分分鐘都妙不可言　誰都以為熱情它永不會減
除了激情褪去後的那一點點倦
也許像誰說過的貪得無厭　活該應了誰說過的不知檢點
總之那幾年　感性贏了理性那一面

我用力搖頭，推辭著遞來的麥克風，但她卻強硬地一手勾上我的脖子。

陰天　在不開燈的房間　當所有思緒都一點一點沉澱
愛恨情慾裡的疑點　盲點　呼之欲出　那麼明顯
女孩　統統讓到一邊　這歌裡的細微末節就算都體驗
若想真明白　真要好幾年

沒有任何前兆，我突然掉下眼淚，張珈瑩嚇得慌了手腳。

感情不就是你情我願　最好愛恨扯平兩不相欠
感情說穿了　一人掙脫的　一人去撿
男人大可不必百口莫辯　女人實在無須楚楚可憐
總之那幾年　你們兩個沒有緣

因爲這首歌、因爲喝醉了，我的淚腺瞬間潰堤。

我想起了過去種種，想起了高中那三年，失去了一切的我。

「哇！哇！怎麼了啦！」她們兩個一人一邊，扶住忽然蹲到地上的我。

我的丸子頭鬆開了，披散的頭髮遮住了我哭泣的臉龐，哭得如此聲嘶力竭的我，想必明天會成爲大家議論的話題吧。

隔天上班前，我深吸了好幾口氣，準備接受眾人怪異目光的洗禮。

我面無表情地踏入辦公室，原本站在門口和總機聊天的蕭如筝和張珈瑩忽然變臉，兩個人交換了一個眼神後，齊齊看著我。

頓時好像回到了高三那年，不管走到哪裡總是會有人看著我，帶著惡意、帶著嘲笑、帶著不屑。

不要理會就好，沒關係。

我打算直接掠過她們身邊，她們兩個卻滿臉堆笑地主動朝我走來，蕭如筝突然伸手把我頭上的髮圈拿掉，讓我的滿頭長髮落了下來。

「妳做什麼！」我驚慌地喊。

「我就說嘛，她的頭髮很漂亮。」張珈瑩雙眼閃閃發光，「雖然昨天包廂裡很暗，可是她的頭髮閃閃發光耶！」

「幹麼把這麼漂亮的頭髮藏起來呀？」蕭如筝一邊摸著我的頭髮一邊語帶讚歎。

「妳們幹麼啦！」我搶回她手上的髮圈，將頭髮綁起一束馬尾。

「喔，我們兩個有在研究美髮啦。」張珈瑩邊說邊從口袋裡拿出一張折起來的紙，攤了開來，「妳當我們的模特兒好嗎？」

「當然會付妳一筆費用。」蕭如筝兩手蠢蠢欲動，好像隨時會衝過來撫弄我的頭髮。

我朝張珈瑩手上那張紙瞥了眼，是美髮造型比賽的活動訊息。

「我不要。」我轉過身就想往辦公室走，但她們兩個卻一人一邊勾住我的手，幾乎是架著我往茶水間走去，接著兩人將我逼向角落。

「妳昨天在KTV裡哭得唏哩嘩啦這件事，我們兩個可是幫妳瞞了下來喔。」張珈瑩靠近我的臉。

「大家不是都看到了？」我有些意外，本來都做好心理準備了。

「沒有，現場燈光昏暗，頭髮遮住妳的臉，音樂也蓋過了妳的哭聲，所以我們只跟同事們說妳是因爲喝醉了，所以站不穩而已。有沒有很貼心？」蕭如箏一臉想邀功的樣子。

「所以呢？」我瞇起眼睛。

「就當我們的模特兒啊！交換條件！」張珈瑩笑盈盈地揚了揚那張紙。

「我不要。」我冷冷地拒絕，直接推開兩人，準備回辦公室。

「可惡！我們要告訴其他同事喔！」她們氣得跳腳。

雖然她們這麼威脅，但這件事始終沒有被傳出去。

這讓我倍感訝異，不過她們居然開始每天都照三餐來騷擾我，不斷要我當她們的美髮模特兒。嘖，還眞看不出來她們有這樣的業餘興趣。

我並不討厭她們，但我不想與任何人深交。

所以我依然對她們兩個不理不睬，不過她們似乎不在乎我的態度如何，每逢午餐時刻甚至還會跟在我身邊，就算我不答話，她們兩個也可以自己聊得很開心。

從她們談天的內容裡，我得知她們畢業於同一所高中和大學，如今又在同一家公司上班，是感情很好的朋友。

對此我有些詫異，沒有料到人與人之間的友誼可以持續這麼久。

「難道妳們都沒有吵過架？」我不經意地問。

她們瞪大眼睛，大喜過望：「哇！她第一次參與我們的話題呢！」

「有種孩子長大了的感覺。」蕭如笒開心地說。

「當我沒問。」我低下頭繼續吃飯。

「哈哈，我們當然吵過架啊，爲了染劑要用藍的還是紫的，吵了好久。」張珈瑩揮著手裡的筷子。

「那明明就是妳的問題，眼光太差了！」蕭如笒回應。

「妳才差！」張珈瑩吐了吐舌頭，「可是就算吵架，也還是會和好，這就是孽緣啊。」

我以爲所有的相聚必定都會迎來分離，但張珈瑩和蕭如笒卻能陪伴在彼此身邊這麼長久。

原來，眞的有這樣的緣分存在。

我由衷羨慕著。

❖

某天，我因公出差來到花蓮，工作完成後，突然收到張珈瑩傳來的訊息：「幫我帶麻糬回來！」

「我已經回到火車站了。」我回她。

「妳不是有一整天的公假嗎？不用這麼急著回公司吧。」

「但我想要回去把資料整理一下。」

「齁，妳也太認真了！」蕭如笒接著又傳訊：「我命令妳現在去七星潭去拍幾張風景照，不然我就跟妳絕交！」

沒想到到了二十五歲，還會看見「絕交」這樣的字眼。

我笑了起來，隨即胸口一暖。在她們心中、在我心中，我們已經成了可以說「絕交」的朋友關係嗎？

「我知道了。」

我嘴角掛著自己都沒察覺的淺淺笑意，退掉了火車票，驅車來到七星潭。

藍天碧海，風景美得讓人移不開眼。

我站在礫石沙灘上望著海浪一波波湧來，時刻已經將近黃昏，漫步在沙灘上的遊客不少，我找了顆石頭坐下，靜靜凝視著前方。

現在什麼也不必想，什麼也不必煩惱。

「這邊，前面沒人，妳看得到。」忽然間，一個男人的聲音在喧鬧的人聲與海風之中，清楚傳進我的耳裡。

我的腦袋一懵，這個場景似曾相似。

但這一次我選擇轉過頭，看著站在不遠處的一對男女。女人長髮飄逸，面容清秀，而男人正凝視著她的側臉，他掛著酒窩的臉龐轉了過來，對上我的眼，明顯一愣。

「酒窩學長……」我輕輕地喚著，聲音飄散在風中。

學長的反應出乎我的意料，他對我揮手，朝旁邊的女人說了幾句，接著那個女人看了我一眼，便往另一邊走去。

酒窩學長朝我走來，我握緊了手心。

曾經朝思暮想的人就在眼前，他的笑臉一點也沒變。

「堯禹，好久不見！」

我鼻頭一酸，他還記得我的名字，還記得……

「學長……」

「好久沒有人叫我學長了，現在人家都叫我前輩。」他哈哈笑著，笑聲也一如以往。

「妳來玩嗎？」學長與我並肩而立，面向大海。

「我來出公差，順便過來七星潭走走。」還好我過來了，才能遇見你。

「現在是做什麼工作？」

「祕書。」

「老闆祕書，感覺很厲害呢。」酒窩學長笑了笑，指著前方海面，「就要日落了，今天天氣很好，一定很美。」

「嗯。」我點頭，覺得好想哭。

「妳有男朋友了嗎？還是已經結婚了？」酒窩學長忽然問，而我搖頭。「該不會是妳的眼光很高吧？」

「我……」我轉過頭看著學長的側臉，又讓視線落回前方海面，橘黃色的太陽好耀眼。

「以前，我有個朋友很愛追著我問，喜歡上一個人有沒有什麼條件？」我看著夕陽逐漸沒入海面，整片海閃爍著橘光，如同金色草原一般夢幻唯美。

可是我的心卻很沉重，彷彿被什麼東西壓得喘不過氣。

「當時我總回答他，喜歡一個人不需要預設什麼條件。」我停頓了一下，「但是現在，我覺得還是會需要。」

「什麼條件呢？」學長問。

我抬頭，看向這個我高中三年都一直放在心上的男人。

「我會在意，他現在是不是單身。」我的目光停在酒窩學長無名指上的戒指。

酒窩學長一愣，接著露出微笑。

和高中那時一樣，他依然有著令我著迷的酒窩，可是這個笑容已經變了。

曾幾何時，他的面容已變得如此陌生？

任憑我如何想將記憶中的他深深刻進靈魂，也依舊敵不過時間的殘忍。

時間帶不走回憶沒錯，但卻會殘酷地讓妳知道，那些還在記憶中鮮明的場景，眞的都只存在於回憶了。

我記憶裡的那個酒窩學長，和眼前這個出了社會的酒窩學長，是不同的人。

他們明明該是同一個人，卻已經完全不同了。

回憶裡的人，和現實中的人已經不一樣了。

眼淚從頰邊滑落，爲了這難以言喻的悲傷。

陪伴我度過三年痛苦高中生活的，是十八歲時的酒窩學長，不是眼前的他。

現在就連我哭泣，他的手都不會再輕撫我的頭了。

「過了這麼久，我現在才有勇氣說。」酒窩學長避開我的眼淚，凝視著前方的夕陽，「高中那時，是我這一生中最低潮的時光，那時候遇見妳，對我來說意義重大。」

我訝異地看著他的側臉。

「那時候我什麼都沒說，也什麼都不能做，但我想即使時光倒流，我依然會做出同樣的決定。」他的嘴角扯出了一彎沒有伴隨酒窩的弧度。

「學長，你知道那時候我喜歡你嗎？」十六歲的感情，到了二十五歲才得以說出口。

他看著我，無奈地點了點頭，「但我仍舊什麼都沒有說。」

我不知道當年的他有著什麼樣的無奈，我想我也永遠不會知道。

我只知道當時他選擇了另一個女人。

那些年都已成過去，想再弄清楚已經沒有意義。時間殘忍的地方還有另一點，它會讓熱烈的愛都成爲往事。

而這些，是現在的我才能體悟得到的。

我咬著下唇，最終破涕而笑。

「我們，曾經彼此喜歡過。」

他點頭，揚起一抹苦澀的微笑，「似乎是這樣。」

「這樣就夠了。」我說。

「這樣就夠了。」他說。

這樣，就夠了。

我和學長並沒有留下彼此的聯絡方式，一直到最後，我對他的了解還是少之又少。

我甚至連他的本名都不知道。

如今，他眞的永遠成爲了我記憶中的人。

回到家後，我趴在床上放聲大哭，像個剛出生的嬰兒，用盡全身的力氣哭喊。

放在我床頭櫃抽屜中的那張和學長的合照還在，我的青春歲月都被鎖在那張照片裡，那是我最快樂的一段時光。

我哭得累了，不知不覺便沉沉睡去，等到再次睜開眼睛時，窗外帶著兩顆星星的笑臉月亮映入眼簾。

我呆了一陣，困難地坐起身，點了根菸，靜靜凝望著夜空。煙霧朦朧了我的視線，我輕聲哼起了浮現在腦中的歌。

開始總是分分鐘都妙不可言　誰都以為熱情它永不會滅
除了激情褪去後的那一點點倦
也許像誰說過的貪得無厭　活該應了誰說過的不知檢點
總之那幾年　感性贏了理性那一面

當年，我不明白自己爲何會把生活弄得一團糟，一直到現在，那些傷痛早就成爲了過去，我的心卻依然隱隱作痛。

彷彿就像用一塊紗布將傷口蓋住，看不見了，以爲它痊癒了，但有一天掀開紗布卻發現，傷口非但沒有結痂，反而潰爛得更嚴重。

陰天　在不開燈的房間　當所有思緒都一點一點沉澱
愛恨情慾裡的疑點　盲點　呼之欲出　那麼明顯

女孩　統統讓到一邊　這歌裡的細微末節就算都體驗
若想真明白　真要好幾年

如今，事過境遷，我們都長成了足夠圓滑世故的大人，我相信若是現在遇見俞季玟和林琦惠，她們應該都已經能微笑著跟我說話。

只是那些笑容裡，帶著多少眞心？

記憶中的鏡湖依然絢麗閃耀，但湖面下埋葬的，是我全部的青春。

感情不就是你情我願　最好愛恨扯平兩不相欠
感情說穿了　一人掙脫的　一人去撿
男人大可不必百口莫辯　女人實在無須楚楚可憐
總之那幾年　你們兩個沒有緣

我取出抽屜中的相片，拇指撫過笑得不自然卻洋溢著幸福的我，旁邊的酒窩學長臉上，有著與我一樣的笑容。

傻傻兩個人　笑得多甜

眼淚落上了相片，那段時光裡，我們確實彼此喜歡過。

「總之那幾年，我們兩個沒有緣。」

尾聲

我手拿咖啡，腳踩跟鞋，來到鏡湖高中。

抬頭看了眼依然轉動的世界、依然風吹的城市、太陽依然閃耀的天空。

在一切變好以前，總是要經歷一段不開心的日子，這段日子也許很長、也許很短。心痛以後才慢慢明白，原來曾經的那份執著與暗戀，不過是年少輕狂的副作用。

那曾經的純眞只是幼稚，那曾經的愛戀也只是注定會輸的一場遊戲。

鏡湖如同我的青春歲月，不管風雨如何打亂湖面，不管湖面下的水流如何洶湧，最終都會回歸平靜。

它終究會反射出太陽的光芒，靜靜地美麗。

如今我已經能明白當年學長所說的，《神隱少女》的結局爲什麼是最好的結局。

在不在一起已經不再重要，遺憾也無可避免。

學長曾經在我最低潮的日子裡成爲我的心靈支柱，這才是最重要的事。

手機螢幕亮起，是張珈瑩傳來的訊息：「妳以為我會退縮嗎？做好心理準備，髮型秀當天我拖也會把妳拖去。」

她和蕭如筠如此積極地想要闖進我的世界，敲碎我戴著多年的面具，令我感到害怕。

我曾經眞心結交的朋友，不管是俞季玟、林琦惠或是李露，最終都不歡而散，所以我不想重蹈覆轍。

可是當我這次經過鏡湖高中時，赫然發現圍牆邊種了一整排的雞蛋花樹。

這是什麼時候種的？

我想起雞蛋花的花語。

酒窩學長曾說過，我像雞蛋花一般，孕育著希望。

想哭的衝動猛然湧上，我深吸一口氣，把眼淚逼回去。

只要保有希望，再怎麼身陷黑暗都能找到一絲光芒。

「好吧。」

我回完訊息後，張珈瑩和蕭如筠立即轟炸群組，傳了一大堆親親抱抱的貼圖。

嘴角浮現一抹笑意，我再次抬頭看了眼鏡湖高中，告訴自己不要再回頭，永遠不要再回頭。

邁開腳步，揮別那些過去。

所有的過去，都是爲了現在。

一切，都會變好的。

（全文完）

後記　時間那麼殘忍也那麼仁慈

看過校稿完畢的《青春副作用》後，我馬上打開電腦撰寫後記。可是面對空白的WORD，我眞的不知道該寫些什麼。

這應該算是一種相當特別的故事類型，比起愛情，似乎整個故事在探討「校園人際關係」這個部分著墨更多（雖然一切的崩壞都建立在愛情之上）。

故事的最後就如同書名一樣，一切都是青春的副作用。

因爲年輕，被當下的情緒所蒙蔽，輕易就毀壞掉了所有。

爲了自己而活，站在自己的角度看待一切，讓感情凌駕於理智之上，直直往前衝，卻忘了停下腳步多想想。

誰都沒有錯，誰也都錯了，他們都有更好的選擇。

方譽元，這樣一個嬌生慣養的大少爺，面對堯禹一次次的傷害與逃避，縱使他曾經發過脾氣，卻依然沒有退縮，仍用了許多方式接近堯禹，非常明確地表達自己的感情。但最後他僅存的自尊卻被堯禹粉碎，因爲衝動與不甘，徹底離開了她的生活。

俞季玟，她的所作所爲看似很過分，但若我們站在她的角度設想，眞的可以做到不去怪罪堯禹嗎？

陳詣安，故事裡對他的描寫算是最少的，只有他看見了俞季玟的眞實模樣。他當然明白俞季玟和自己交往的原因絕非出自於愛情，然而他心甘情願。他終有一天會受傷的，或者說，其實早已經受傷了。

李露，她熱心、好管閒事，在堯禹封閉自己的期間，努力想將她帶出來，可是就是太過直率了，才會不多加思考就認爲堯禹的不解釋是默認。

林琦惠，理性的女孩，就連在俞季玟和堯禹關係決裂之時，依舊能勇敢說出自己的想法訓斥俞季玟，可惜卻在最終歇斯底里離堯禹而去，但同樣的，若我們是她，難道眞能心平氣和？

「不是你們沒什麼，是你們還沒發生什麼以前就被我發現了。」

其實林琦惠的這句話很中肯，未來會發生什麼事，誰也不知道，誰能保證宋奇軒完全沒有二心？

畢竟宋奇軒也說了：「堯禹，和妳聊天我很高興，但也許這種高興的心情，就是一個錯誤。」

在課業壓力巨大、女友情緒又不穩定的情況下，有另一個溫柔的異性從旁給予心靈上的慰藉，是否就會開始依賴起對方？當然，並不是說有了交往對象，就必須和所有異性斷絕關係，但是所謂的界線，該如何劃分？

而酒窩學長，這位算是男主角的學長，他的名字居然從沒在書裡被提起過，連花饗公園都有名字了，我們的男主角居然沒有名字，這也是這本書的特別之處。

大家是否討厭學長？是否覺得他是渣男？

然而，學長的笑容與歉意都是眞心的。

堯禹永遠也不會知道，學長的無奈是什麼。如同她最後所體悟的那般，一切都會變好，過去發生的那些事情，再去探究對錯以及原因都沒有意義了。那些種種都成爲青春的一部分，推動她繼續向前。即使沒有在一起，但在堯禹痛苦的高中生活裡，和學長之間的回憶是她唯一的救贖，這才是最重要的。

故事裡的所有人都有優點，也都有缺點，每當他們回想起過去那段青春往事，都會覺得自己當時不夠成熟，應該能用更好、更圓滑的方式去處理，就不會導致彼此的分離如此難堪。現在倘若他們再度相遇，一定也都能面帶微笑地聊起過去，就像堯禹在故事結尾再次遇見酒窩學長一樣，時間那麼殘忍也那麼仁慈，總是帶走一切，讓曾經熟悉的人都變得陌生，這一切都是青春的副作用。

然後，各位有發現小驚喜嗎？在最後的最後——張珈瑩以及蕭如等。

戀之四季結束了，那所高中裡曾經的主角們都暫時休息了，不過他們的人生也都還在繼續下去。我希望能讓故事裡頭的所有角色與大家一起成長，讓他們更加眞實。

謝謝各位看到這裡，也謝謝編輯的幫助，這是一個讓我有點卡的故事，因爲酒窩學長好難捉摸啊。

接著，你們一定知道我要說什麼吧。

那就下次見啦！

Misa

城邦原創 長期徵稿

POPO城邦原創 www.popo.tw

題材

(1) 愛情：校園愛情、都會愛情、古代言情等，非羅曼史，八萬字以上，需完結。
(2) 奇幻/玄幻：八萬字以上，單本或系列作皆可；若是系列作，請至少完稿一集以上，並附上分集大綱。

如何投稿

電子檔格式投稿（請盡量選擇此形式投稿）

(1) 請寄至客服信箱service@popo.tw，信件標題寫明：【投稿城邦原創實體書出版／作品名稱／真實姓名】（例：投稿城邦原創實體書出版／愛情這件事／徐大仁）
(2) 稿件存成word檔，其他格式（網址連結、PDF檔、txt檔、直接貼文於信件中等）恕不受理；並請使用正確全形標點符號。
(3) 請附上真實姓名、性別、聯絡電話、email、POPO原創網會員帳號、作者簡介與出版經歷。
(4) 請加入POPO原創市集(www.popo.tw/index)申請成為作家會員，並將投稿作品公開放上該網站至少4萬字，若想全文公開也可以。

紙本投稿

(1) 投稿地址：10483台北市民生東路二段149號6樓A室
城邦原創實體出版部收
(2) 請以A4紙列印稿件，不收手寫稿件。
(3) 請附上真實姓名、性別、聯絡電話、email、POPO原創網會員帳號、作者簡介與出版經歷。
(4) 請自行留存底稿，恕不退稿。
(5) 請加入POPO原創市集(www.popo.tw/index)申請成為作家會員，並將投稿作品公開放上該網站至少4萬字，若想全文公開也可以。

審稿與回覆

(1) 收到稿件後，約需2-3個月審稿時間，請耐心等候通知。若通過審稿，編輯部將以email回覆並洽談合作事宜，如未過稿，恕不另行通知。
(2) 由於來稿眾多，若投稿未過，請恕無法一一說明原因或給予寫作建議。
(3) 若欲詢問審稿進度，請來信至投稿信箱，請勿透過電話、部落格、粉絲團詢問。

其他注意事項

(1) 請勿抄襲他人作品。
(2) 請確認投稿作品的實體與電子版權都在您的手上。
(3) 如果您的作品在敝公司的徵稿類型之外，仍然可以投稿，只是過稿機率相對較低。

國家圖書館出版品預行編目資料

青春副作用／Misa著. -- 初版. -- 臺北市；城邦原創, 2015.05
面；公分. --（戀小說；42）

ISBN 978-986-91519-3-1（平裝）

857.7 104007466

青春副作用

作　　者／Misa
企畫選書／楊馥蔓
責任編輯／楊馥蔓

行銷業務／林政杰
總 編 輯／楊馥蔓
總 經 理／伍文翠
發 行 人／何飛鵬
法律顧問／元禾法律事務所　王子文律師
出　　版／城邦原創股份有限公司
台北市中山區民生東路二段 141 號 6 樓
電話：(02) 2509-5506　傳眞：(02) 2500-1933
E-mail：service@popo.tw
發　　行／英屬蓋曼群島商家庭傳媒股份有限公司城邦分公司
聯絡地址：台北市中山區民生東路二段 141 號 11 樓
書虫客服服務專線：(02) 25007718・(02) 25007719
24小時傳眞服務：(02) 25001990・(02) 25001991
服務時間：週一至週五09:30-12:00・13:30-17:00
郵撥帳號：19863813　戶名：書虫股份有限公司
讀者服務信箱 email：service@readingclub.com.tw
城邦讀書花園網址：www.cite.com.tw
香港發行所／城邦（香港）出版集團有限公司
地址：香港灣仔駱克道 193 號東超商業中心 1 樓
email：hkcite@biznetvigator.com
電話：(852)25086231　傳眞：(852) 25789337
馬新發行所／城邦（馬新）出版集團 Cité(M)Sdn. Bhd.
41, Jalan Radin Anum, Bandar Baru Sri Petaling,
57000 Kuala Lumpur, Malaysia.
電話：(603) 90563833　傳眞：(603) 90576622
email：services@cite.my

封面設計／黃聖文
電腦排版／游淑萍
印　　刷／漾格科技股份有限公司
經 銷 商／聯合發行股份有限公司
電話：(02)2917-8022　傳眞：(02)2911-0053

■ 2015 年 5月初版
■ 2023 年 8月初版 16.2 刷
Printed in Taiwan

定價／250元

ISBN 978-986-91519-3-1

POPO城邦原創 www.popo.tw　城邦讀書花園 www.cite.com.tw